Carol Dana

Pélagie-la-Charrette

Mariaagélas
La Sagouine
Les Cordes-de-Bois
La Gribouille
Crache à Pic
Le Huitième Jour
L'Oursiade
Les Confessions de Jeanne de Valois
Le Chemin Saint-Jacques

ANTONINE
MAILLET

———

Pélagie-la-Charrette

roman

Bernard Grasset
Paris

Antonine Maillet / Pélagie-la-Charrette

Antonine Maillet est née en 1929 à Bouctouche, dans le Nouveau-Brunswick, province maritime de l'Est canadien, frontalière des Etats-Unis, au cœur de l'Acadie, cette ancienne colonie française dont les Anglais chassèrent la moitié des habitants au milieu du XVIIIe siècle. Fille d'instituteurs (son père gérera plus tard un grand magasin), elle a grandi dans une famille nombreuse, affichant très tôt une étonnante détermination : à dix ans elle voulait être la première à écrire l'histoire de l'Acadie, à douze elle forçait son école à lui enseigner le latin, comme la loi le lui permettait. Tentative réussie.

Après des études universitaires à Moncton, Montréal et Québec, elle fait la classe dans un village, enseigne dans un collège, puis à l'Université. Sa thèse de doctorat, Rabelais et les traditions populaires en Acadie, délimite parfaitement son territoire d'écriture, son terreau. « J'ai trois siècles d'Amérique du Nord dans les veines, dit-elle, si je suis française, c'est par la langue du XVIIe siècle, et par Rabelais. » Française par le XVIIe, peut-être ; Acadienne depuis toujours, *sûrement. Et ce n'est pas faire injure à quelques rares auteurs contemporains comme Léonard Forest ou Raymond Leblanc que de la considérer comme le plus grand écrivain d'Acadie. Antonine Maillet est la première à avoir donné de si belles lettres de noblesse à un peuple dont la mémoire écrite fut confisquée, occultée, par l'occupant anglais, et qui n'y résista que par une très forte tradition orale. Écrire, Antonine Maillet a, littéralement, cette vocation dans la peau : « Des gènes ancestraux me sont venus dans les molécules, par la voie de ventre à ventre, de ma grand-mère, de ma mère à moi. » Cependant ses débuts, à compte d'auteur, ne furent pas faciles. C'est un long monologue théâtral, la Sagouine, qui la révèle au public en 1971 et lui permet de se consacrer à l'écriture. De nombreux romans suivront ayant tous pour cadre l'Acadie : Don l'Orignal (1972), Mariaagélas (1973), les Cordes-de-Bois qui frôle le prix Goncourt en 1977, Pélagie-la-Charrette qui l'obtient en 1979, la Gribouille (1982), Crache à pic (1984), le Huitième Jour (1987), l'Oursiade (1991), les Confessions de Jeanne de Valois (1992), le Chemin Saint-Jacques (1997). Elle est aussi l'auteur d'une dizaine de pièces de théâtre parmi lesquelles les Crasseux (1973), la Veuve enragée (1997), Garrochés en paradis (1986).*

Extraordinaire « raconteuse », Antonine Maillet écrit, évidemment, en acadien, français du XVIIe siècle, dru, percutant, imagé, aux sonorités vives, assez proche, en effet, de Rabelais. Une langue exubérante, plus que vivante, « qui tortille les mots comme la mer le goémon », propre à faire sortir les personnages d'eux-mêmes, à les transcender. On comprend dès lors que l'intimisme des écrivains français contemporains ne la passionne guère. Pour elle, l'humain dépasse la psychologie et le comportement, les actes prédominent. La pente d'Antonine Maillet est picaresque ; la lire, c'est s'ouvrir au *grand souffle de la truculence, de l'ironie, au vent de l'amour aussi. Comme Balzac, qu'elle admire, elle ne conçoit pas le roman sans substrat historique – une Histoire orale, plus que livresque, dans le cas de l'Acadie. Ses sources? Les habitants de cette Acadie où elle vit et qu'elle a tant célébrée; elle pêche, chasse, se promène avec eux, les écoutant parler, se confier, se souvenir. Son cœur, sa chaleur sont contagieux. Et c'est sans doute parce qu'elle est heureuse, gourmande, naturellement anticonformiste et d'ailleurs qu'elle étourdit et ravit autant le lecteur. En dépassant le régionalisme pour atteindre à l'universel : la littérature.*

En 1755, quand les troupes anglaises délogèrent de chez eux les Acadiens de la baie française, certaines victimes de ce que l'on appela pudiquement le « Grand Dérangement » s'installèrent en Louisiane. D'autres, ne pouvant souffrir l'exil, choisirent de revenir coûte que coûte dans leur région natale. Comme Pélagie-la-Charrette, l'héroïne d'Antonine Maillet, qui n'a jamais oublié sa « Grand'Prée » sur la baie. Après quinze ans à trimer dans les champs de coton en Géorgie, cette veuve Courage s'achète trois paires de bœufs et une charrette où elle entasse ce qui lui reste de parentèle : les « bessons » Charlécoco, Madeleine sa fille, Célina la boiteuse, la sauvage Catoune, sans oublier Bélonie, l'aïeul centenaire. Direction la Terre promise. D'autres exilés, pauvres « lambeaux d'Acadie », se joignent à son singulier équipage pour un voyage de retour, une odyssée qui durera dix ans, de Charleston à Baltimore, en passant par les marais de Salem, sous la garde plus ou moins rapprochée d'un capitaine courageux, Robin des Mers, qui suit l'exode par la côte sur son quatre-mâts. En route – une route de dangers, de bouffonnerie et d'amours –, Pélagie et son peuple en guenilles croiseront les Iroquois, con-

naîtront la guerre d'Indépendance américaine, souffriront la haine des protestants de Boston et un dernier hiver rigoureux avant de revenir en Acadie, où Pélagie, épuisée, pourra reposer en paix.

Parabole biblique, roman épique, chanson de geste... Les comparaisons se bousculent pour qualifier *Pélagie-la-Charrette* que survolte une langue volant d'image en image. Chaque personnage atteint ici au mythe, à la légende, vient éclairer une page d'histoire inconnue, oubliée. Antonine Maillet a peut-être réussi là son plus beau roman. Il faut, avec Pélagie, symbole du drame et du courage des Acadiens, monter dans cette « charrette de la Vie ». L'on s'y sent chez soi, comme dans un rêve, très beau et très glorieux, d'espérance.

A la mémoire de Virginie Cormier,
ma mère.

Prologue

Au dire du vieux Louis à Bélonie lui-même, ce rejeton des Bélonie né comme moi de la charrette, seuls ont survécu au massacre des saints innocents, les innocents qui ont su se taire. N'éveille pas l'ours qui dort, qu'il dit, surtout pas l'ours qui dort sur le marchepied de ton logis. C'est pourquoi l'Acadie qui s'arrachait à l'exil, à la fin du XVIIIe siècle, est sortie de ses langes tout bas, sans vagir ni hurler, sans même se taper dans les mains. Elle est rentrée au pays par la porte arrière et sur la pointe des pieds. Quand le monde s'en est aperçu, il était trop tard, elle avait déjà des ressorts aux jambes et le vent dans le nez.

Un nez comme celui de Pélagie-la-Gribouille, entre autres, qui sort du bois un siècle plus tard pour renifler l'air une petite affaire, le temps de sentir le temps qu'il fait. Le temps est au beau, la vie peut recommencer. Et la gueuse crie aux autres de sortir de leur trou et de venir prendre leur place au soleil. Elle a entendu la trompette des oies sauvages qui rentrent du Sud, on peut commencer à remuer la terre et jeter ses seines à l'eau.

— Grouillez-vous, bande de flancs-mous ! qu'elle leur crie, la Pélagie ; personne viendra vous nourrir à la louche ni vous border au lit.

Pélagie-la-Gribouille, troisième du nom, aimait à dire qu'elle descendait en droite ligne de son ancêtre directe. Et comme si cet aphorisme ne suffisait pas à convaincre le cercle des gicleux assis en demi-lune devant la maçoune – que certains appellent l'âtre – elle reprenait son lignage du début, chaque mauvais soir d'hiver, de Pélagie à Madeleine, à Pélagie, à elle, Pélagie-la-Gribouille, rien que pour faire enrager les Després et les Gallant qui, à son dire, ne figuraient pas au nombre des déportés de la charrette.

Bélonie, père de Louis à Bélonie, conteur et chroniqueur de son métier de père en fils, ricanait à ces défrichages d'amateur qui ne savait même pas distinguer l'aller du retour, dans cette Déportation, et qui n'aurait pas su nommer, pour sûr, la goélette du capitaine Broussard dit Beausoleil qui, en longeant les côtes du Nord au Sud et du Sud au Nord, aurait fait autant pour rassembler les lambeaux d'Acadie que la fameuse charrette et ses quarante-six charretons. Voilà pour Pélagie !

Et pcht ! dans la maçoune.

— Ah oui ? C'est peut-être bien par rapport que les Bélonie étiont au sec au fond d'une cale, durant tout le voyage, qu'aucun de ces effrontés a aperçu l'ombre de la charrette de nos aïeux qui remontait au pays sans même grincer des roues ?

Bélonie n'était pas un obstineux, pas plus que son père, que son grand-père, que son aïeul Bélonie qui ne se cachait pas au fond d'une cale de goélette, pardon, Pélagie ! mais qui s'appuyait aux ridelles de la charrette, la vraie, à côté de cette Pélagie première du nom, ancêtre en droite ligne de Pélagie-la-Gribouille qui, après cent ans, n'avait pas encore pardonné à son arrière d'avoir accueilli ce bâtard dans la famille...

— Bâtard ! peuh ! Le seul nom de Bélonie fait encore rêver trois quarts du pays et frissonner l'autre quartier... Et puis je suis point un obstineux.

Et il ne répondit pas davantage à la Gribouille.

Mais la Gribouille n'avait pas besoin de réponse pour comprendre, pas besoin d'explications ni de cours d'histoire du pays. Et elle renvoya Bélonie et tout le cercle de la maçoune à leurs pipes.

— Si vous vous figurez que vous me ferez des accroires à moi !

Depuis cent ans déjà qu'on se passait la charrette, de Bélonie en Bélonie, en Bélonie, comme un fief, alors que la charrette n'avait appartenu à nul autre qu'à son légitime et unique maître, Pélagie, première du nom, LeBlanc de par son homme, sortie vivante des flammes de la Grand' Prée.

— Et vous viendrez encore me raconter à moi la charrette des aïeux ?

On la lui raconterait encore, et encore, car sans ces conteux et défricheteux de Bélonie, fils de Bélonie, fils de Bélonie, l'Histoire aurait trépassé à chaque tournant de siècle. Combien de fois elle s'est arrêtée, butée, effondrée sur le bord de la route. Et sans l'un de ces Bélonie qui passe par là, un soir d'hiver... Il l'aperçoit à temps, la moribonde, et la ramasse, et la redresse, et la ramène pantelante mais encore chaude au logis. Et là, à coups de bûches dans la maçoune et de gicles de salive, pcht !... on la ravigote, la garce, et l'Histoire continue.

... Elle continue encore dans la bouche de mon cousin Louis à Bélonie, qui la tient de son père Bélonie à Louis, qui la tenait de son grand-père Bélonie – contemporain et adversaire de la Gribouille – qui l'avait reçue de père en fils de ce propre Bélonie, fils de Thaddée, fils de Bélonie premier qui, en 1770, fêtait ses nonante ans assis au fond de la charrette même de Pélagie, première du nom.

Après ça, venez me dire à moi, qui fourbis chaque matin mes seize quartiers de charrette, qu'un peuple qui ne sait pas lire ne saurait avoir d'Histoire.

I

Bélonie, le premier du lignage des Bélonie à sortir du Grand Dérangement, était déjà un vieillard épluché quand la charrette se mit en branle. Et il déchiffra pour les jeunesses qui montaient à bord la légende de la charrette de la Mort. Il l'avait vue de près tant et tant de fois, entendue, Bélonie, entendue, car personne jamais n'avait vu ce sombre fourgon, sans portières ni fanaux, tiré par six chevaux flambant noirs, une charrette qui parcourait le monde depuis le commencement des temps.

— Si parsonne l'a onques vue, comment c'est qu'on sait qu'elle est noire, votre charrette ? que planta Pélagie en plein dans le front du vieux radoteux.

— Hi ! ... pour toute réponse de Bélonie. Car en bon conteur de sa profession, il se réservait pour ses contes, Bélonie, et ne gaspillait jamais sa salive dans des obstinations perdues. Verrait qui verrait. Aucun vivant n'a encore vu la Mort et tout le monde la connaît. Tout le monde connaît le Diable encorné, l'Archange saint Michel accoté sur sa lance, et la charrette fantôme, noire, sans portières, tirée par trois paires de chevaux, voilà. Et qu'on n'en parle plus.

D'accord, qu'on n'en parle plus. Mais Pélagie savait qui en reparlerait le premier. Et à coups de hue! dia! elle remit les bœufs en marche. La charrette de la Mort pouvait s'aller embourber dans les marais de Géorgie; elle, Pélagie, conduirait les siens dans la charrette de la Vie.

— Embarque, Célina, et prête point attention au radoteux.

Célina garrocha sa besace sur les genoux du radoteux et enfourcha la ridelle.

— Tu m'avartiras quand ça sera mon tour de marcher, Pélagie. Je suis point plus décrépite qu'un autre.

... Point plus décrépite, non, juste un brin plus clopeuse. Mais Bélonie dit ça sans dire un mot, et sans cesser de sourire de toutes ses brèches à Célina qui épluchait sa pensée jusqu'au cœur.

— Fallit qu'on l'amenit à tout drès, c'ti-là.

Fallit. On ne laisse pas seul en Géorgie un vieillard qui approche cent ans et qui n'a plus ni famille ni parenté parmi les vivants. Pélagie n'aurait pas eu le cœur de laisser derrière le doyen des déportés, même s'il devait traîner avec lui jusqu'à la Grand'Prée sa charrette fantôme.

— Il la traînera, je le connais, que renchérit Célina. Pourvu qu'il se mette point en tête d'y atteler nos bœufs... Bien le bonjour, jeunes genses, dérangez-vous pas pour moi.

Les jeunes gens, c'était les trois fils de Pélagie et sa fille Madeleine qui rangeait déjà les affaires de Célina avec les hardes, les victuailles et les paillasses, tout ce qui restait de biens aux LeBlanc, après quinze ans de Géorgie. On avait tout vendu : linges de toile et coupes d'étain réchappés du Dérangement, meubles, volailles, moutons, même un abri de planches qui avait soulagé leur exil et empêché la famille de partir à la dérive comme tant d'autres.

— Pas moi ! qu'avait crié Pélagie en voyant tomber les déportés comme des mouches tout le long des côtes géorgiennes. Je planterai aucun des miens en terre étrangère.

Et à partir de ce jour-là, son premier jour de terre ferme après des mois et des mois au creux des lames de trente pieds qui depuis les rives d'Acadie avaient déjà avalé la moitié de ses gens, Pélagie avait juré aux aïeux de ramener au moins un berceau au pays. Mais ses enfants avaient poussé trop vite, même la petite Madeleine née en pleine goélette anglaise ; et quand enfin Pélagie put appareiller, son dernier-né avait quinze ans. Et pour tout bâtiment, Pélagie gréa une charrette.

Une charrette et trois paires de bœufs de halage qui lui avaient coûté quinze ans de champs de coton, sous le poids du jour et sous la botte d'un planteur brutal qui fouettait avec le même mépris ses esclaves nègres et les pauvres blancs. Elle, Pélagie Bourg dite LeBlanc, attelée à la charrue des esclaves ! Elle qui avait connu la prospérité et l'indépendance en terre d'Acadie... oui, l'indépendance. Car l'Acadie, à force d'être ballottée d'un maître à l'autre, avait fini par se faufiler entre les deux, par les leurrer tous et par mener ses affaires toute seule, juste sous le nez des Louis et des George des vieux pays qui reniflaient encore du côté des épices. Et sans souffler mot, la petite colonie d'Atlantique laissait les rois de France et d'Angleterre se renvoyer des cartes revues et corrigées d'Acadie et de Nova Scotia, pendant qu'elle continuait allégrement à planter ses choux. Ça ne devait pas durer, c'était des choux gras. Et les soldats anglais qui rêvaient d'un coin de terre se mirent à lorgner ces champs-là.

L'exil, c'est un dur moment à passer pour l'Histoire. Hormis qu'elle en sorte.

Pélagie avait entendu dire que tout le long de la côte, en Caroline, dans la Marilande, et plus au nord, des Acadiens sortis des goélettes du gouverneur Lawrence, comme elle, et garrochés au hasard des anses et des baies, transplantaient petit à petit leurs racines flottantes en terre étrange.

— Lâcheux! qu'elle n'avait pu s'empêcher de leur crier par-delà sa frontière de Géorgie.

Car les racines, c'est aussi les morts. Or Pélagie avait laissé derrière, semés entre la Grand'Prée et les colonies du Sud, un père et une mère, un homme et un enfant qui l'appelaient chaque nuit depuis quinze ans : « Viens-t'en! »

Viens-t'en!...

... Quinze ans depuis le matin du Grand Dérangement. Elle était une jeune femme à l'époque, vingt ans, pas un an de plus, et déjà cinq rejetons dans les jupes... quatre, à vrai dire, le cinquième étant en route. Ce matin-là, le destin l'avait surprise aux champs où son aîné, que Dieu ait son âme!, l'avait rattrapée à coups de Viens-t'en! viens-t'en! Le cri lui avait collé au tympan. Viens-t'en..., et elle a vu les flammes monter dans le ciel. L'église brûlait, Grand'Prée brûlait, la vie qu'elle avait laissée jusque-là couler dans ses veines fit un seul bouillon sous sa peau et Pélagie crut qu'elle allait éclater. Elle courait en se tenant le ventre, enjambant les sillons, les yeux sur la Grand'Prée qui avait été la fleur de la baie Française. On empilait déjà les familles dans les goélettes, jetant pêle-mêle les LeBlanc avec les Hébert avec les Babineau. Des marmots issus de Cormier cherchaient leur mère dans la cale des Bourg qui huchaient aux Poirier d'en prendre soin. D'une goélette à l'autre, les Richard, les Gaudet, les Chiasson tendaient les bras vers les morceaux de leurs familles sur le pont des autres et se criaient des « prends garde à toi ! » que la houle emportait en haute mer.

... Ainsi un peuple partit en exil.

Et elle, Pélagie, avec les lambeaux de famille qu'elle avait réussi à rescaper du Dérangement, avait atterri à l'Ile d'Espoir, au nord de la Géorgie. Ile d'Espoir ! le seul bon augure de ce nom avait gardé en vie cette femme, veuve d'Acadie, et ses quatre orphelins. L'espoir, c'était le pays, le retour au paradis perdu.

— Un paradis qu'avont pourtant pardu les Richard et les Roy, que s'empressa d'ajouter Célina en levant le nez. Pourquoi c'est faire qu'ils avont caillé tout d'un coup, les faignants ?

Pas caillé, non, choisi. A regret, pour la plupart, mais choisi tout de même. Tout le monde peut pas recommencer sa vie à son retour d'âge, Célina. Et la recommencer à zéro, à tâtons, et à pied. Les adieux de la charrette à l'Ile d'Espoir ne furent pas joyeux, en dépit du sourire plein la face de Bélonie et des huchements de Pélagie à ses commères d'exil :

— Je replanterai votre baillarge laissée en fleur et je vous en ferai de la soupe quand vous vous déciderez de rentrer au pays !

Et les voisines s'essuyaient les joues et le menton du revers de la main en s'appuyant sur les hommes ou les enfants qui leur restaient. Tandis que dans un grand hu-hau ! Pélagie remettait en marche sa charrette à bœufs.

Mais dans les propres ornières de la charrette de Pé-lagie grinçaient les roues invisibles de la charrette de la Mort. Et le vieux radoteux de Bélonie reprit son récit là même où le pied bot de Célina avait planté son point d'orgue.

... Donc la charrette grinçait des roues pour avertir les vivants de s'enlever de son chemin, qu'elle ne venait que pour les trépassés, les moribonds ou les marqués du destin. C'est ainsi qu'on l'avait entendue à la mort du défunt Sirois à Basile Gautreau au printemps, tombé d'épuisement dans un champ de tabac; et la veille du trépas de la pauvre Barbe à Babée le long de la rivière Savannah; et lors du naufrage de la défunte *Espérance*, au large des îles, alors que la charrette avait grincé toute la nuit sur toutes les côtes de la Grande Echouerie. Après ça venez dire à Bélonie le conteux, vieil homme d'Acadie, que la Faucheuse n'est pas de la famille ou de la parenté. Et il expliqua aux jeunesses qui en riaient de peur et de sueur dans les yeux que la Mort est la plus sûre compagne de route de l'homme, la seule sur qui tu peux compter en dernière instance pour t'arracher aux dangers de la vie.

Pélagie en fouetta ses bœufs.

— Je pourrions point parler de la pluie et du beau temps pour mieux larguer notre charrette sus le chemin du Nord?

Célina ne perdit pas de temps et se rangea du côté de Pélagie :

— J'allons-t-i l'endurer jusqu'au pays, le prophète de malheur? Le voyage pourrait être long, on sait jamais, languir des mois, des années.

— Des générations, que ricana Bélonie.

Et il ajouta hi! par fidélité à lui-même.

Ah! là, il commençait à lui gratter les nerfs, à la Célina. Enerver aussi Pélagie. Se mêler de compter les générations qui séparaient l'exil du retour! Mais quel Jérémie l'avait engendré, celui-là? Se souvenait-il au moins, le sorcier, qu'on avait fait l'aller en quelques mois?

Le vieux plissa les yeux.

— Pour descendre dans le sû, ils nous avont fourni les bâtiments, qu'il fit sans broncher.

Célina en avala sa glotte. Eh bien oui, une déportation se fait comme ça, figurez-vous ! on vous fournit les goélettes, s'il fallait ! Comme on fournit la corde et la potence aux condamnés. Ça serait-i' une raison, ça, pour les regretter, leurs potences et leurs bâtiments ? Allait-i' falloir asteur exiger des bourreaux le voyage de retour ?

— S'il y a une parsonne à bord qui trouve que j'avançons point assez vite, c'tuy-là peut toujours s'en aller cogner sur le gouverneur Lawrence pour y demander de nous affréter une goélette.

— Taise-toi, Jeannot, on parle point sus c'te ton au plus vieux vieillard du pays.

Et Pélagie reprit les rênes des mains de son fils.

La charrette roulait déjà depuis plusieurs jours, allègre sur ses quatre roues huilées à la sève de tournesol, ses ridelles dentelées dans le ciel, et son pont tanguant comme une goélette au large, quand les bœufs de tête s'arrêtèrent brusquement, immobilisant tout l'équipage. Pélagie se dressa. Les autres attendirent.

— Mais c'est la Catoune ! que fit Célina qui venait de sauter de la charrette.

C'était la Catoune, en effet, l'enfant de Beaubassin échouée dans la mauvaise goélette lors du Grand Dérangement. On n'avait jamais réussi à défricher les origines de cette petite fille d'à peine trois ans, qui n'apportait pour tout bagage qu'un surnom, le nom de sa terre de Beaubassin et un cri : « Zé faim ! » Elle avait dû passer de pont de navire en pont de navire, la Catoune, car personne ne pouvait expliquer comment, en plein océan, elle avait surgi dans la cale du *Nightingale* qui transportait les LeBlanc, les Richard, les Roy, les Belliveau, les Bourg et des morceaux de familles Babin et Babineau.

— D'où c'est qu'elle vient comme ça ?

Sûrement de l'Ile d'Espoir, à pied, à la course même. Elle avait dû courir en flairant les bœufs, comme un chien. Comme un chat. Elle était de la famille des chats, la Catoune.

— Mais grouillez-vous, Charlécoco ! vous voyez point qu'elle est à bout, l'enfant de Dieu ?

Oui, elle gisait à travers la route, la pauvre, râlant et tremblant de tout son corps de chat mouillé. Et Charles et Jacquot, les jumeaux de Pélagie, si fondus de corps et d'esprit qu'on avait fini par fondre leurs noms en un seul et ne plus les interpeller qu'au pluriel, soulevèrent ensemble l'enfant de Dieu qui après quatre ou cinq jours de jeûne ne pesait pas plus lourd qu'un ange.

— Et là, quoi c'est que j'en faisons ?

Jean arracha aussitôt Catoune des bras de sa paire de frères empotés et la déposa sur le fourrage au fond de la charrette.

— S'y en a pour sept, y en a pour huit, que répondit Pélagie à la paupière froncée de Célina.

Elle avait rendu la même sentence quinze ans plus tôt, la jeune Pélagie, allant jusqu'à partager son lait entre tous les nouveau-nés garrochés sur la côte géorgienne et mettant ainsi en péril la vie de sa propre fille. Madeleine en avait crié durant six mois, puis s'était accoutumée aux hérésies de sa mère qui croyait que charité bien ordonnée commence par les autres.

C'est ainsi que la Catoune, qui n'avait jamais appris à couper les cheveux en quatre, finit par glisser son petit être dans les plis des jupes de Pélagie chaque fois qu'elle se sentait menacée. Longtemps menacée, la Catoune, sans doute dès les premiers jours de l'Evénement. Pélagie se souvenait de cette petite réfugiée jetée un matin au fond du *Nightingale* et saignant de partout, vraiment de partout. Célina avait fait le nécessaire, en guérisseuse et sage-femme de son métier. Le reste, c'est Pélagie qui s'en chargea, un reste qui devait durer quinze ans.

— Apporte du lait, Madeleine.

Toute la charrette dressa le cou. Du lait ? Mais où trouver du lait à la frontière de la Géorgie et des Caroline, en terre étrangère, dans un chariot tiré par six bœufs ? Où avait-elle la tête, Pélagie ? Même Bélonie-le-Vieux cessa de sourire un instant et dévisagea cette femme de trente-cinq ans qui demandait du lait aux pierres des champs.

Pas aux pierres, non, Bélonie, à la vie, la vie qui grouillait tout autour de la charrette, comme autour de leur cabane de planches durant quinze ans, comme en pleine mer durant des mois, comme au temps du bonheur durant un siècle d'Acadie. La vie ne s'arrête pas de respirer simplement parce qu'elle prend le chemin du Nord, voyons, et n'est pas plus vie au logis que sur la grand-route. Les Hébreux ont bien, eux, traversé le désert. Et puis de toute manière, toute la vie est un voyage, façon de parler.

— Ça fait que va nous qu'ri' du lait, Madeleine. Je pouvons toujou' ben pas quitter crever cette esclave du bon Dieu.

Et Madeleine obéit.

Hi !...

Oui, Bélonie, ce matin-là, la charrette de Pélagie était plus forte que la vôtre, riez-en à votre aise. Car au bout d'une heure, Madeleine revint non seulement avec du lait mais avec toute la chèvre. Et la Catoune fut sauvée.

Pélagie, sans interroger sa fille, sentit pourtant qu'il valait mieux ne pas s'attarder, qu'un chevrier dans un champ environnant allait bientôt faire le compte de ses bêtes et que...

— Huhau !

... de toute façon, la Grand' Prée n'était point à la porte.

Deux jours plus tard, la Catoune riait avec les autres et menait sur l'air, pépillant et gazouillant comme un oiseau, car la fée des bois ne s'était jamais souciée de filtrer son âme dans des mots. Elle disait tout, Catoune, sans rien dire. Et petit à petit, on devina par bribes les vrais motifs de sa fugue.

Elle n'en était pas à sa première disparition, la sauvage. Toute son enfance, elle l'avait courue dans les bois, au creux des marais, ou le long des dunes. Au commencement, elle mangeait dans les écuelles qu'on lui laissait sur les perrons, aussi bien chez les Blanchard, que les Richard, que les Roy. Mais à mesure que son appétit grandissait avec sa taille, elle s'approchait de plus en plus de la table de Pélagie. Au point que Pélagie l'avait comptée dans la charrette. La veuve d'Acadie n'abandonnerait pas à l'exil l'orpheline de tout un peuple. Catoune retournerait à sa terre de Beaubassin.

Mais Catoune avait dû oublier Beaubassin après des années d'errance, car au matin du départ de la charrette, elle avait disparu.

— Bâsir à l'heure de lever le pied, c'est curieux.

Et Pélagie avait attendu Catoune durant deux jours.

— Plus un mot, Charlécoco ! vous auriez espéré votre chien si votre chien avait bâsi.

Charles et Coco s'étaient renfrognés : ils n'avaient pas de chien.

Mais après deux jours :

— Si le ciel en a décidé autrement pour Catoune, faut point tenter Dieu, qu'elle avait dit. Allez, les bessons, attelez.

Et les jumeaux n'avaient point perdu de temps, attachant les jougs aux bêtes et les bêtes à la charrette... tandis que la Catoune, couchée dans le foin sauvage, flairait le vent pour deviner vers quel horizon s'ébranlerait l'équipage. Durant plusieurs jours, longeant les buissons, coupant à travers bois, elle avait suivi puis devancé la charrette jusqu'à tomber d'épuisement quasiment sous les pattes des bœufs d'en avant.

— Quoi c'est qu'il lui a pris, à la tête ébouriffée ? que jetèrent au ciel les deux bras décharnés de Célina.

Rien, sinon que dans la petite tête ébouriffée il n'y avait jamais eu place pour la sécurité et les garanties. Et la Catoune n'avait pas pris de chance qu'on la renvoie aux Richard déjà établis sur des plantations.

Pélagie regarda avec tendresse cette fille de moins de vingt ans qui était partie seule, à pied et à jeun, décidée à suivre les déportés jusqu'en Acadie. Et s'essuyant le nez du revers de la main, elle claqua un grand coup de fouet sur le flanc des bœufs.

— Si Beaubassin est encore sous le soleil, tu le retrouveras, ma fille, qu'elle dit.

Et chacun comprit que la Catoune aurait désormais son écuelle et sa botte de paille, comme les autres. Célina se le tint pour dit.

— De toute façon, c'est point moi qu'aurais le droit de regimber.

Ça, pour qu'on sache bien, à la grandeur du conti-

nent, qu'elle-même était montée dans la charrette des
autres, la Célina, et qu'elle le savait.

... Depuis son tout jeune âge qu'elle montait les
montures des autres, et logeait dans les logis des autres.
Car Célina n'était pas, à l'instar de Catoune ou des enfants trouvés dans les cales, une orpheline de la Déportation ; elle l'était de naissance. Certains avaient chuinté
entre leurs dents qu'elle aurait pu sortir d'un père micmac, Célina, et d'une mère sorcière ou coureuse de
bois. Mais ils se taisaient devant la vieille fille, les grand'
langues, car la mégère était aussi guérisseuse et sage-
femme. Et depuis qu'on avait vu le dernier-né des Savoy
de Grand-Pré sortir du corps de sa mère un pied de six
orteils... ça vous apprendra à colporter des méchancetés.

Une vocation de sage-femme naît bizarrement en
Acadie. A la manière de la carrière d'un Suisse dans la
marine. Une sage-femme va toujours chercher ses rêves
dans le ventre des autres, à croire que ce métier-là est
réservé aux veuves ou aux stériles. Mais rien ne prou-
vait que Célina fût stérile. Elle n'avait pas eu l'occasion
de rien prouver. Elle avait raté sa chance, c'est tout.
Une chance qui aurait pu sourire à Célina vers ses
trente-cinq ans, comme tout le monde, à l'âge où les
filles solitaires et désavantagées rencontrent d'ordinaire
un partenaire avantageux, comme c'est la coutume dans
un pays qui s'abandonne plus souvent à la chance qu'à
la raison. Mais la chance de Célina fut engloutie dans la
déportation collective et la pauvre fille passa le cap de
ses trente-cinq ans au fond d'une goélette. Ensuite, allez
courir après un destin qui vous a fait la nique ! Même
une boiteuse, rejeton d'un père et d'une mère hypothé-
tiques, conserve sa dignité. Et Célina, en posant le pied
en Géorgie, se remit à glaner de nouvelles plantes médicinales et à mettre au monde les enfants des autres.

Les plantes de Célina allaient se révéler de toute première nécessité dès le début du voyage. Au point que des conteurs-chroniqueurs de la mauvaise lignée auraient pu, un siècle ou deux plus tard, prêter à Pélagie qui recueillait Célina dans sa charrette des intentions intéressées.

Comme si !

Comme si Pélagie-la-Charrette, héroïne du retour des aïeux au pays, avait pu nourrir des intentions pareilles, des intentions autres que l'intention de rentrer, asteur !

Et Pélagie-la-Gribouille, sa descendante du siècle suivant, remit encore un coup tous les traîneux de la maçoune à leur place en jurant qu'elle écrirait elle-même l'histoire du pays, s'il fallait, l'histoire vraie, celle de sa famille et lignée déportées dans le Sud et qui, sans la charrette de Pélagie, son aïeule, y seraient restées. Voilà.

Au dire de mon cousin, Louis à Bélonie, c'est sans doute Pélagie-la-Gribouille qui avait raison : son arrière Pélagie, première du nom, ne pouvait pas se prêter, dans les circonstances, à une telle gymnastique de mauvaises intentions. Si elle avait pris la guérisseuse dans sa charrette, c'est parce que la guérisseuse était elle-même, une infirme, sans parents ni parenté, sans attaches sinon à ses plantes. Et Pélagie avait pris les plantes avec Célina.

Et le vieux Bélonie pour les mêmes raisons.

— Hi !...

Naturellement, Bélonie allait ricaner. On accueillait une fille sans ancêtres et un centenaire sans héritiers pour les mêmes raisons ? Hi !

— Ça revient au même.

... Au même, heuh !

— Si vous pouviez itou vous faire une raison et tâcher d'oublier votre charrette de temps en temps. Des morts, j'en ons tous eus. Les uns plus que les autres, chacun plus que sa part. Et faut point blâmer le bon Dieu pour ça.

Bélonie planta ses yeux en plein dans ceux de Pélagie. Depuis quand blâmait-il quelqu'un pour ça, lui ? Chacun halait sa charrette, c'est tout, avec chacun les siens dedans. Elle ramenait ses vivants dans une charrette de bois franc ; et lui, le nonagénaire, qui avait vu sombrer quasiment sous ses yeux...

... Non, Bélonie, vous ne l'avez point vu...

... il avait vu la tempête séparer les goélettes et la sorcière de vent en emporter une dans son tourbillon, le *Duke Wellington* qui entraînait toute sa descendance au fond des eaux.

Non, Bélonie !

... Il n'accusait personne, il ne se plaignait pas, ne geignait pas, mais il avait bien acquis le droit de sourire à sa manière à la Faucheuse qui le suivait, ses pas dans les siens, depuis son premier jour d'exil.

— J'en connais pourtant, Bélonie, qui se sont rcfait une vie à passé septante ans !

Bélonie continuait à hocher la tête. Les butés n'entendraient donc jamais raison ? Il n'avait pas renoncé à la vie, Bélonie, la preuve, hein ! il lui avait accolé l'autre, c'est tout. Les deux charrettes pouvaient bien rouler en caravane, les huit roues dans les mêmes rouins. Quant à lui, Bélonie, il ne remonterait pas au pays tout seul, mettez-vous-le dans la caboche !

— Vieux toqué !

Mais Pélagie arrêta net Célina. Chacun ses bagages et chacun ses fantaisies.

Pourvu seulement que la charrette de Bélonie ne prît pas les devants, devant celle de Pélagie.

— Huhau ! les bœufs, hop, par le nord ! Et que j'en attrape point un seul à virer la tête par le sû.

Hi !...

Il avait quand même marqué un point, Bélonie, sa charrette suivrait.

II

— C'est rien que la premiére gorgée qui coûte, redorsez-vous !

La charrette en eut une secousse des quatre roues. C'était bien le moment de parler de gorgée, quand depuis des semaines on mesurait le pain à la miette et l'eau à la lampée. Elle avait mal choisi son image, Pélagie, et aurait mieux fait de parler de tabac ou de coton. Mais Pélagie ne choisissait pas ses images, elle les traînait avec elle depuis le pays. Un pays de mâts et de haubans, encadré de baies, balafré de fleuves, et tout emmuré d'aboiteaux.

Les aboiteaux ! Ce seul mot la mit en rut, Pélagie-la-Charrette, et elle fouetta les bœufs. Comment un pays comme la Géorgie avait-il pu s'assainir des champs sans aboiteaux ? Toute son enfance Pélagie l'avait courue sur ces larges digues qui jalonnaient les prés et volaient sa terre à l'océan. Son père lui avait conté que depuis le vieux pays d'où étaient sortis ses seize quartiers d'ancêtres et qui s'appelait tantôt la France, tantôt le Poitou, on s'était fait défricheteurs d'eau, de père en fils. La mer est une rusée qu'on doit prendre au piège. Elle a beau rager, et cracher, et avaler d'une seule bou-

chée une dune entière de sable blanc, elle finit toujours
par se lasser et laisser calmer ses eaux. Et c'est au tour
des aboiteaux de venger la terre et de sauver les champs.
A coups de clapets qui s'ouvrent et se referment sous le
poids de l'eau, les aboiteaux renvoient la mer à son lit.
Et on a le temps de semer avant la prochaine crue.

Toute cette eau qui lui remontait le long des veines,
en plein désert de Géorgie! Mais on en sortirait, cal-
mez-vous, c'est toujours la première gorgée qui coûte
au naufragé.

— Je nous accoutumerons, j'avons connu pire dans le
passé, et j'en sons sortis.

Pire? Les têtes, les unes après les autres, surgirent du
fond de la charrette. Pire que la faim et la soif?

Les yeux de Pélagie glissaient sur les ridelles,
s'accrochant aux prunelles larges et blanches, aux lèvres épaisses, aux narines béantes qui buvaient l'air
goutte à goutte, puis ils tombèrent sur la chevelure em-
broussaillée de Catoune assise en sauvage dans la
charrette, l'œil rivé au nord. Oui, que répondit la tête de
Pélagie, il y a pire que la disette.

— Mais c'est point une raison pour point chercher la
source, qu'elle lança soudain à coups de crosse sur le
plancher de la charrette. Charlécoco, partez chacun de
votre bord, l'un au nordet, l'autre au suroît, et me rap-
portez une paumée d'eau claire.

— Hein!...

— Point de hein, ni de geint, ni de rechignage. Après
le règne des vaches maigres vient cestuy-là des grasses.
Ça sera pas dit que je nous quitterons corver entre les
deux. Allez, ouste!

Et les jumeaux s'en furent à droite et à gauche, crachant, marmottant, se signant à l'envers comme à
l'endroit, et tapant les pierres comme des sourciers pour

bien laisser entendre à Dieu et à Pélagie qu'il fallait point les prendre pour des Moïse.

Heuh !

S'ils avaient su, Charles et Jacques, la surprise qui les attendait derrière la colline, et s'ils avaient mieux connu l'histoire, ils se seraient pris eux-mêmes pour de petits pharaons. Mais les Acadiens de l'ancienne Acadie ne connaissaient de l'histoire que les chapitres qu'on se passait de bouche à oreille au pied de la cheminée, et où n'entraient point les rois d'Egypte. Derrière la colline les attendait un fleuve qui venait de s'ouvrir, comme pour les faire passer à gué.

La sécheresse qui avait frappé les colonies du Sud, en cette année-là, n'avait pas entraîné que des maux, Pélagie devait plus tard le répéter aux charrettes qui voulaient l'entendre. Car sans cette Savannah presque à sec, comment aurait-on fait passer les bœufs ? et la charretée d'exilés qu'on ramenait au pays ? hein ?... Faut être reconnaissant à Dieu pour le chaud comme pour le froid, pour la sécheresse comme pour la pluie, quoi qu'on en dît. *Et benedicamus Dominum !*

— On se passerait pourtant de c'te chaleur et c'te sécheresse-là, qu'on le dise ou le dise pas.

Et Célina arracha la bottine de son pied bot, dur comme un sabot de jument.

C'était la première fois que la boiteuse exposait ainsi son infirmité à la vue de l'équipage et elle maugréa pour déguiser sa honte. Pas même une pilée de roches, pas même un petit buisson où réfugier ses intimités, bientôt faudrait faire ses besoins face au soleil, sous le nez des bœufs, fesses au monde. Quand on en est rendu à s'asseoir sur une touffe de cactus, ça vous coupe l'envie... Mais ils bougent, les cactus... voyons... le vent s'élève...

— Des porcs-épics ! trois, quatre, une famille de porcs-épics !

Et la charrette entière partit à travers champs armée de branchailles et de rondins. Deux heures plus tard, on s'essuyait le menton dégoulinant de graisse rôtie à la braise, en écoutant Bélonie raconter Port-Royal. Et c'est là, en plein Port-Royal, entre Poutrincourt, Biencourt et le Sieur Menou d'Aulnay, que surgit le jeune Cormier, un rejeton de déportés, qui s'en venait saluer Pélagie au nom d'une colonie d'Acadiens qui traînaient leur vie de misère juste à côté, dans un semblant de pays qu'on avait baptisé Beaufort. C'était des Cormier, des Hébert, des Girouard, autrefois de Beauséjour...

— Comment tu dis ça ?

Eh oui, il disait ça en trébuchant, mais il disait pourtant tout, quinze ans de va, de vient ; d'errance, d'efforts pour prendre son souffle, de bouchette-à-cachette avec les planteurs qui leur refusaient un morceau de terre pour y creuser leur trou et qui les renvoyaient de sillon en sillon jusqu'à tomber d'épuisement, au creux d'une carrière picotée de ronces que les réfugiés nommèrent Beaufort en souvenir du Fort Beauséjour de la grande époque. Il disait tout ça, le messager de la parenté.

— Ça fait que vous seriez des Cormier issus de Pierre à Pierre à Pierrot, peut-être bien ?

Figurez-vous !

Et hop ! la charrette, attelez !

Le lendemain, on atteignait Beaufort et la première parenté depuis l'Ile d'Espoir. Les Hébert, les Douéron, les Chiasson, les Giroué, les Cormier... c'est point vrai, Seigneur Dieu ! C'était vrai. Vrai comme elle était là, Célina, en train de faire taire Bélonie qui n'était pas encore sorti de Port-Royal, le pauvre homme.

— Ceux-là sont des pays et payses de Beauséjour, le vieux, point de Port-Royal.

... C'est pas sa faute, il est mélangé.

— De Beauséjour et de Beaubassin, Bélonie, de Beaubassin.

... Prêtez point attention au radoteux.

Beaubassin ? Catoune se souvint-elle à ce moment-là de Beaubassin ? Elle s'approcha des Girouard et se mit à renifler. Quinze ans, ça peut vous sortir de la tête, mais ça vous reste dans le nez.

— Quelqu'un d'entre vous aurait-i' souvenance d'une grenaille de Beaubassin dénommée Catoune ?

Tous les Girouard avisèrent le vieux Charles à Charles ; si l'un le savait, c'était lui. Et Pélagie répéta pour Charles à Charles : une dénommée Catoune, enfant perdue, garrochée dans les goélettes, aveindue sûrement de Beaubassin.

Le vieillard plissa les joues, le front, le nez, rapprochant toute sa figure de ses yeux :

— Caton, c'était itou le petit nom de ma pauvre mère, qu'il dit, Charles à Charles.

Allez défricher ça ! Au moins trois générations séparaient la Caton de la Catoune. Au moins. Et Pélagie comprit que Catoune ne regrimperait plus jamais sa lignée.

— Faisez quand même un brin d'effort, grand-père, que lui dit sa bru, vous avez été bon défricheteux dans le temps.

... Dans le temps. Mais dans le temps, Jeanne Aucoin Girouère, tout le monde défrichetait. On défrichetait des terres aussi, de bonnes terres grasses sises entre Beaubassin et Tintamarre. Comme l'ancêtre avait défriché le bassin des Mines, et son aïeul Port-Royal.

Jeanne Aucoin hocha l'épaule et s'approcha de Pélagie. Il dépérissait, le pauvre, de mois en mois. Et à mesure qu'il enfonçait les pieds sous terre, il y dénigeait chaque jour de nouveaux aïeux.

— Le v'là rendu à Port-Royal, au jour d'aujourd'hui. Après ça, il lui restera plus que le vieux pays de France.

Et Jeanne Aucoin ne put s'empêcher de confier à Pélagie LeBlanc dite la Charrette :

— Il a tant aimé la vie, le vieux Charles à Charles, qu'avant de mouri' il est tenté d'envaler c'telle-là de toute sa lignée dans une seule gorgée.

Pélagie eut un léger hoquet en entendant parler ainsi sa commère du Nord. Et soudain, sans y réfléchir, dans un geste de bras qui a dû faire des ronds dans le ciel qui en vibre encore :

— Montez ! qu'elle dit. Revenez-vous-en au pays.

Jean LeBlanc fut le premier à sentir la gifle comme un grain de nordet. Une seule charrette, six bœufs, une famille plus trois rapatriés, et sa Pélagie de mère ramassait encore du monde ?

— Où c'est que j'allons les crècher ? qu'il haleta.

— A Beauséjour et Beaubassin, mon garçon.

En attendant, qui vivrait verrait.

— Je vivrons peut-être point pour le vouère, qu'il dit, le fils, à coups de pied sur les brancards.

Et se dérageant sur ses frères :

— Dételez les bœufs, flandrins de Charlécoco ; avant d'aller corver, les pauvres bêtes méritont ben un jour ou deux aux champs pour y ruminer leur sort en paix.

Pélagie fit signe à ses hôtes de point prêter attention aux égarements de son fils, un prompt comme l'avait été son défunt père...

— Comment ? il a passé, ton homme ?

Toutes les nouvelles étaient vieilles de quinze ans, lors de ces retrouvailles de Grand-Pré et de Beauséjour

et Beaubassin, au sud de la Caroline. Et durant des jours
on s'échangea ses morts et ses nouveau-nés, ses erran-
ces et ses errements, et même ses rêves, en cachette.

— Si vous pouviez, asseurement, fournir un chariot,
un charreton ; et chacun prendrait son tour à marcher
plus souvent, c'est tout.

— Il vous reste un continent à franchir, Pélagie, je
sais pas si tu le sais.

Elle le savait, François à Pierre, fils de Pierre à Pierre
à Pierrot, héros de Beauséjour et du Grand Dérangement. Mais elle le saurait un jour à la fois.

— Rien dit que je devions boire toute la coupe d'un
coup.

Rien le dit. Et François à Pierre se bourra une pipe
qu'il fit circuler de Bélonie, à Jean, aux jumeaux – qui
s'engottèrent généreusement dans la même bouffée – à
tous les mâles de ce Beaufort agrippé ce soir-là à la hutte
des Cormier, hutte souriante qui disait à la charrette
comme on disait jadis : « Faites comme chez vous. »

Et il fut décidé que les Cormier et les Girouard accrocheraient un charreton à la charrette de Pélagie et
partiraient aussi vers le nord.

— Quoi c'est qui prend aux autres ? que fit Célina
qui pourtant avait été la première avec Jean à protester
contre cet embarquement collectif. C'est-i' qu'une
charrette, c'est point assez pour des Hébert, des Chiasson pis des Douéron ? Leur faudrait-i' le *Nightingale* du
beau Lawrence pour mieux s'élonger les jambes au
fond d'une cale ?

— Hi !...

— Prenez point garde au radoteux, qu'elle finit par
dire à tout le monde pour dérager son humeur sur Bélonie. De toute manière, dumeshui, j'en aurons deux
vieil-hommes à se tirailler leur charrette fantôme.

Et elle fit heh! en passant sous le nez du vieux Charles Girouard qui n'eut même pas l'air de faire semblant. Comme si à un certain âge, on avait passé l'âge.

Tout le monde ne pouvait pourtant pas monter dans la charrette, Célina, pas dans la même, en tout cas, pas tous en même temps. Fallait bien que certains se sacrifient. Et puis les Chiasson et les Doiron gardaient des milliers de moutons chez un riche éleveur américain et ils arrivaient à manger quasiment chaque jour. Quant aux Hébert...

— Les Hébert?...

— Ils avont enterré la moitié de leur monde icitte à Beaufort; l'autre moitié a peut-être envie de rester pour fleurir les tombes au jour de la Toussaint.

Célina se tut. Et Pélagie put reprendre le compte des Beauséjour et Beaubassin qui s'accrocheraient désormais à sa charrette : quelques hommes, un peu plus de femmes et, mon Dieu! des enfants, pour la première fois, des enfants dans la charrette de Pélagie. Madeleine et Catoune en eurent les joues illuminées; Charlécoco en grommelèrent pour la forme; puis tout rentra dans l'ordre.

Presque tout. Car il restait Charles à Charles.

— Voyons, le beau-pére, Bélonie est plus âgé que vous, et le v'là vigoureux comme du bois vert.

— C'est un sapin, Bélonie, qui garde ses aigrettes hiver comme été. Moi je suis de la famille du bouleau, j'ai l'écorce qui commence à déplumer.

Mais Jeanne Aucoin n'allait pas lâcher comme ça, elle qui avait rescapé au moins le tiers des Girouard dans le Dérangement, autant par la ruse que par le courage. Elle avait rusé avec Winslow, l'assistant-commandant; et rusé avec les soldats qui scindaient les familles sans discernement ; et rusé avec la mer, la vorace, qui par deux fois avait fait chavirer la barque entre la rive et la goélette au large. Et chaque fois, Jeanne Aucoin, femme Girouard, avait payé son tribut au destin.

Le destin ! C'est le vieux Charles à Charles qui en avait long à dire à celui-là. Il n'allait pas un jour poser ses cartes sur la table, le chenapan ? Pour ou contre, mais se prononcer à la fin. Depuis le début, depuis les premiers craquements dans la pierre du Fort Beauséjour ou dans les aboiteaux de Memramcook, le destin promenait les restes d'un peuple terreux et guénilloux de rive en rive et d'île en continent. Ç'allait durer encore combien de temps, ce jeu de cachette-à-bouchette ?

Hi !...

Charles à Charles vit Bélonie-le-Vieux approcher son banc du sien. Et les deux ancêtres s'avisèrent longuement, sans rien dire. Les autres les laissèrent se confesser en paix.

Aucun Bélonie dans les générations à venir n'osera rapporter une conversation qui s'était déroulée d'âme à âme entre deux patriarches jouant à colin-maillard avec la Vie et la Mort. Pourtant un jour le vieux Louis me dit qu'il avait bien sa petite idée là-dessus et que, pour comprendre, on n'avait qu'à juger la fin.

Ça se passait le lendemain. Charles à Charles avertit sa bru de s'adonner aux préparatifs, que tout le monde rentrait au pays. Jeanne Aucoin en applaudit, mais du revers de la main. Elle connaissait les Giroué mieux que ses père et mère, la bru, et chercha à deviner, de son nez de fouine, de quel côté viendrait le vent contraire. Elle parla à Pélagie qui séchait au soleil sa crine de lionne et qui déjà commandait à Charlécoco de ranger le banc du vieux au fond de la charrette.

— Il veut revoir le pays, qu'elle dit, Jeanne Aucoin ;

mais la mort peut-i' tarzer encore si longtemps et si loin ?

Pélagie agrippa les épaules de la maîtresse de Beaufort et rit pour entendre sonner son courage :

— La mort, c'est le Bélonie qui la traîne dans sa charrette fantôme. Mais Charles à Charles montera dans la mienne ; et c'telle-là, Jeanne Aucouin, je la quitterai timber en morceaux le jour où me faudra des planches pour dresser ma croix sus ma fosse.

Madeleine, fille de Pélagie, joignit son rire à celui de sa mère, et Jeanne Aucoin rentra réconfortée au logis. Encore un coup, elle arrachait un Giroué aux griffes du destin, encore une grimace en coin à l'adversité... Et alouette, gentille alouette, alouette, je te plumerai.

— Aveindez les bombardes, c'est notre veillée des morts à Beaufort. Demain au petit jour, je mettons le cap sus l'Acadie du Nord.

Au petit jour, le lendemain, on trouva Charles à Charles qui avait trépassé durant la nuit.

C'était un dur coup pour Jeanne Aucoin, pour les Girouard, et pour ce qui restait de Beaufort. C'est tout comme si on l'avait tué, le Charles à Charles.

— Il s'est occis lui-même, que protesta Célina la guérisseuse qui n'avait même pas eu le loisir d'exercer sa profession mais qui s'y connaissait en mort naturelle.

Non, Célina, pas occis, mort tout simplement. Se laisser aller à sa mort, ce n'est pas se tuer, pas tout à fait. Charles à Charles avait compris que les siens n'avaient plus besoin de lui pour atteindre le pays ; que pour atteindre le pays, les siens avaient plutôt besoin que lui, il...

— Taisez-vous, beau-pére !

Si quelqu'un au monde, outre Bélonie, savait parler

aux défunts, c'était bien Jeanne Aucoin, elle qui devrait traîner dans la charrette de Pélagie plus de morts que de vivants.

— Fallit point faire ça, Charles à Charles, fallit point vous laisser aller. J'aurions pu sougner vos jambes, et vous régler les boyaux à l'harbe-à-dindon, j'aurions pu.

Pélagie, durant les réprimandes de Jeanne Aucoin au défunt Charles, avisait de toute la force de ses yeux le vieux Bélonie qui n'avait pas dit un mot de toute la matinée, même pas un hi! même pas un pli au coin des lèvres. Mais quand elle voulut jeter un œil sur le suaire, elle fut forcée de reconnaître le sourire de Bélonie sur le visage du défunt. Un peu plus et le hi! sortait de la bouche de Charles à Charles.

... Eh bien! qu'elle se dit, la Pélagie, j'avais bien beau point le prendre dans ma charrette, le sorcier. J'avais bien en bel!

Et pour se soulager le foie, elle se rendit au champ vérifier l'état de ses bœufs.

On allait partir vers le nord, après la mise en terre du défunt Charles à Charles, quand l'un des Douéron prit à l'écart Jeanne Aucoin qui s'en vint parler à Pélagie. Le palabre dura un certain temps mais sans gestes ni écarts de voix. Célina aurait bien aimé comprendre pourquoi on se chuchotait des mots de dentelles au lieu de crier hue! dia! à l'heure où se joue le destin des peuples auquel elle aurait eu droit, il lui semble, de participer.

Elle allait y participer malgré elle, la commère, participer au destin d'un restant de colonie qui se cachait un peu plus au sud, dans une région de Caroline quasi inaccessible. En cachette, un déserteur avait rejoint Beaufort de nuit, et supplié Antoine Douéron de plaider auprès de Pélagie la cause des rescapés de Port-Royal.

Pélagie n'avait pas compris tout de suite pourquoi des déportés se cachaient encore après quinze ans, comme des sauvages ou des repris de justice. Mais petit à petit se fit la lumière sur ce Port-Royal de la Caroline du Sud.

... Ils provenaient de Port-Royal du Nord, des Bourgeois, des Thibodeau, des Léger dit la Rozette, tous embarqués sur le *Black Face* qui faisait voile vers les îles de Caraïbe. Mais en 1755, les Caraïbes et surtout les Bahamas gardaient encore le souvenir du terrible âge d'or des pirates. Et durant les mois de houle au fond de la cale, les pauvres déportés s'étaient nourris des pires phantasmes, redoutant chaque nuit l'attaque du capitaine Kidd ou de Barbe-Noire, le roi des pirates. D'aucuns affirmaient que Barbe-Noire était mort, d'autres craignaient que non. D'ailleurs mort ou vif, le démon était à fuir. Tous les bâtiments de la grande époque, même les goélettes des pirates, pouvaient vous certifier que la tête de Barbe-Noire s'allumait dans les nuits sombres des mers de Caraïbe, et que sa chevelure se tressait et se bouclait toute seule sous vos yeux ahuris, et que de sa bouche s'arrachaient des hurlements d'enfer dans la langue de Satan. Telle était la vision que rapportaient les trois-mâts et les bâtiments qui avaient longé les côtes du Sud dans la première moitié du siècle. Et en 1755, les Acadiens déportés sur le *Black Face* s'éveillaient à chaque cri de mouette ou chaque grincement des mâts.

Puis un jour qu'on les avait fait monter sur le pont prendre une gorgée d'air salin...

Le jeune Thibodeau avala lui-même sa gorgée d'air... pour raconter la suite à Pélagie, une gorgée d'air qui gargouilla dans sa gorge en une sorte de gémissement qu'il traînait depuis son enfance. Il avait une dizaine d'années, au temps de l'événement, et ne se rendait compte qu'à moitié. Mais les récits de la piraterie lui avaient échauffé le cerveau, en ces mois de cale, peut-être affiné la vue, sait-on jamais. Ce qu'il savait de sûr et certain c'est qu'il avait vu de ses yeux vu la tête de Barbe-Noire flotter sur les eaux, au large des côtes de la Pennsylvanie, une tête qui en pleine mer continuait à cracher du feu, impudemment.

Ce jour-là, les prisonniers du *Black Face* avaient juré sur la tête des aïeux de ne jamais mettre les pieds dans les îles du Sud, mais de s'enfuir de la goélette à la première occasion. Ils ratèrent la première occasion, en Virginie, lors d'une escale d'approvisionnement, mais réussirent la suivante en Caroline.

— Tu veux dire que des familles au grand complet sont là depuis quinze ans, cachées entre les ronces et les roseaux des marais ?

— Point au grand complet, mais ce qu'il en reste.

Pélagie n'en revint pas.

— Mais même le beau Lawrence doit avoir rendu l'âme avec les tripes, à l'heure qu'il est. Ça serait-i' encore le Barbe-Noire que vous fuyez ?

Il ne répondit pas, le déserteur, de peur d'outrepasser sa mission, mais il laissa errer sur le visage de Pélagie ses grands yeux bleu de mer qui à dix ans avaient vu la tête du plus monstrueux des pirates surgir des flots.

Pélagie rassembla tout son souffle et hucha à son fils Jean, à Jeanne Aucoin, aux Cormier, aux Girouard, à tout le monde de s'approcher.

— Je crois bien que je rentre dans tout le monde.

... Approche, Célina, approchez tous.

C'était délicat. Un véritable cas de conscience torturait Pélagie. Cette fois, il lui faudrait le consentement général. Comme du temps des assemblées du peuple à

la Grand'Prée, présidées par un patriarche élu, où chaque chef de famille prenait part aux décisions. Un
peuple qui se gouvernait tout seul, sans le dire à personne. Le chef des LeBlanc, aujourd'hui, c'était elle,
Pélagie. Mais désormais, d'autres clans se greffaient au
sien. Il fallait en tenir compte et demander à chacun de
jeter sa fève dans le chapeau.

François Cormier laissa entendre à Pélagie qu'elle se
faisait beaucoup de scrupules, que la charrette était son
bien, son fief par droit d'héritage...

— Point par droit d'hairage, nenni, payée en écus
sounants à un charretier de son métier qui m'a point fait
de présent.

Son fief, quoiqu'il en soit, et par conséquent son droit
d'y faire monter qui elle voulait.

Qui elle voulait... Mais savaient-ils bien, tous, de
quel bois se chauffaient ces déserteurs enfouis depuis
quinze ans au fond des marais ? Vous pensez, vous, que
cette gent se cachait encore de Barbe-Noire ou du capitaine Kidd ? Allez donc ! Et puis Port-Royal se trouvait
au sud, vous y songez, il faudrait pour tout dire faire
demi-tour, tout comme rebrousser chemin, songez-y.

La charrette sur le coup dévisagea les huttes de Beaufort. Redescendre au sud ? On montait depuis des mois,
à coups de fouet sur le flanc des bœufs et de dia ! Mais
n'allait-on point le quitter une fois pour toutes, ce Sud
de l'exil et du malheur, et rentrer chez soi ? Pélagie passait toutes les têtes et attendait. Attendait un grain, un
souffle de brise, un mouvement d'air dans une direction
ou l'autre. Et au moment de renoncer, c'est de la Célina, figurez-vous, que vint le renfort :

— Je m'en vas moi-même sourlinguer des bœufs trop
faignants pour virer de bord et mettre leurs pattes d'en
avant dans les pistes de c'telles-là d'en arrière. S'y a

dans le sû un Port-Royal, j'allons le qu'ri', c'te Port-Royal, et le ramener au pays, beau temps, mauvais temps. Vlà ce que je dis.

Elle avait besoin de replanter sa personne au mitan de la charrette, la guérisseuse, depuis que les moribonds se mêlaient de mourir sans les secours de sa profession. Elle se rattraperait avec les bœufs ; et avec ces affamés-affalés-effarés qui se terraient dans un soi-disant Port-Royal et qui étaient sûrement tous plus morts que vifs après une demi-génération de vie sauvage. Allez, flandrins, par le sû ! Quelqu'un avait besoin d'une sorcière là-bas.

Pélagie ne put retenir le gloussement qui lui chatouillait le gosier. Après tout, qu'elle se dit, la boiteuse a peut-être plus de sentiment qu'elle ne veut en laisser voir.

Peut-être. Mais si la boiteuse avait pu deviner le genre de gibier qui l'attendait au sud, elle aurait fait l'économie de ses sentiments, prenez-en la parole de Louis, fils de Bélonie, fils de Louis, fils de Bélonie, jusqu'au premier du nom qui assista en personne à l'explosion qui devait suivre.

C'était les Léger, les Thibodeau, les Bourgeois...

Ceusses-là !

... tous de braves artisans et paysans du Port-Royal d'Acadie que des goélettes anglaises avaient raflés avec les autres au matin du Grand Dérangement. Et plus que les autres, ils avaient subi un malheur qu'ils devraient traîner toute leur vie, les rescapés du *Black Face*. C'est un Léger, dit la Rozette, qui raconta au conteur Bélonie et à l'équipage de la charrette la fin de la goélette qui avait été leur prison.

... Dans un havre de Caroline, à l'embouchure de la Coosawhatchie...

— La quoi ?

... la Coosawhatchie, une manière de fleuve qui rentre dans les terres en inondant les marais tout autour, ce qui les rend quasi inhabitables, à l'embouchure de la rivière donc, la goélette avait accosté.

— Boune affaire.

... Le capitaine avait d'abord vérifié les fers de ses prisonniers qui avaient déjà tenté de s'enfuir en Virginie, il s'en souvenait, il fallait pas se fier à des Acadiens qui avaient l'habitude des mers, pas se fier.

— Pour ça, il avait raison.

... Puis il avait libéré pour une nuit un équipage de rouspéteurs enclins à la mutinerie. Et lui-même s'était enfermé par précaution dans la cabine du gaillard d'avant pour y boire son grog tout à son aise.

— Le cochon !

... Ce qu'il ignorait, le capitaine, c'est que les Thibodeau, de père en fils, étaient les plus habiles et plus solides maîtres de forges de toute l'Acadie.

— Ah-ha !

... Hé oui, depuis le premier de la lignée sorti de la Seigneurie d'Aulnay, voilà que les Thibodeau s'étaient passé la forgerie comme on se passe un gobelet d'argent, d'hoir en hoir. Et alors, si vous pensez qu'un forgeron qui a brisé durant toute une vie les fers des chevaux et des bœufs, saura point en une nuit briser ceux de ses frères et compères prisonniers des Anglais !

— Aaaah !

Et j'ons aveindu de la cale en premier les femmes et les enfants. Puis avant de quitter le pont, j'ons gratté deux pierres et mis le feu à un bout de câble qui s'en allait finir à la poudrière, juste en dessous du gaillard d'avant.

— ...

— Le conteur aussi se tut. Car la suite passait mal le

gosier. Il balbutia des bribes d'images restées dans toutes les mémoires durant les longues années de leur vie cachée dans les marécages... des images de navire qui craque, puis s'enflamme, puis crache des barils de feu contre les mâts... puis cette image, celle-là, d'une torche vivante, un capitaine courant sur le pont brisé, tenant dans ses mains sa tête de Barbe-Noire en brasier...

Quand la charrette put reprendre son souffle régulier, on laissa s'éteindre les dernières flammes dans les yeux, puis on précipita la suite : la tête des Acadiens mise à prix, leurs noms affichés dans toutes les villes et tous les bourgs de la Caroline, la chasse le long du fleuve durant des mois... des années.

Il était grand temps, pensa Pélagie, que ce Port-Royal du sud remonte au nord et tourne la page de l'exil.

III

Un coffre, asteur !

Tout de même, il fallait pas exagérer : des gobelets d'argent, des toiles de lin, et un coffre, voyons ! Allait-on traîner un coffre de bois franc rempli des retailles de 1755 jusqu'à Port-Royal et la Grand' Prée ? Célina s'interposa :

— J'ai laissé derriére toute ma batterie et tout mon barda. Je quitte le Sud le cœur plein mais les poches vides, hormis de mon paroissien. Ça fait que débarrassez-vous.

Si vous pensez ! Les Bourgeois n'étaient pas parvenus à camoufler leur coffre dans une cale de goélette anglaise durant des mois, puis à le débarquer de nuit, la fameuse nuit ! à le transporter de barque en chaloupe en radeau jusqu'au fond des marais, pour ensuite le laisser en héritage à des flandrins qui n'avaient même pas le courage d'entreprendre le voyage de retour...

... Les flancs-mous qui n'entreprenaient pas le voyage de retour ? Mais quel Bourgeois restait en arrière ?

— Raison de plus. Si personne reste, j'allons point laisser le coffre à personne.

Le coffre était un bien de famille qui accompagnerait les Bourgeois par monts et par vaux, que mort s'ensuive.

— Par veaux, asteur! Même les veaux justement, je les quittons en terre d'exil. Ça fait que vos coffres...

Pacifique et Jeanne Bourgeois s'assirent sur le coffre et ne dirent plus un mot. Et le coffre partit vers le nord avec le peuple en marche.

Le peuple marchait déjà depuis des mois, roulant sa charrette et ses charretons sur les cailloux d'Amérique, quand le petit Frédéric Cormier se réveilla un matin, le front chaud et le ventre douloureux. Il n'était pas douillet, pourtant, encore hier, tenez! il avait grimpé dans un cerisier sauvage, l'escrable, et en avait secoué toutes les branches. Madeleine, Catoune, Charlécoco et les jeunes recrues de Port-Royal et de Beaufort avaient fêté la Saint-Jean au jus de cerises à grappes, coiffant du bonnet des fous Jean à Pélagie et les deux Jeanne... Et j'ai du grain de mil, et j'ai du grain de paille, et j'ai de l'oranger, et j'ai du tri, et j'ai du tricoli, et j'ai des allumettes, et j'ai des ananas, j'ai de beaux, j'ai de beaux, j'ai de beaux oiseaux...

— La belle jeunesse que v'là! qu'avait pouffé Jeanne Aucoin en pinçant le bras de son homme.

Alban Girouard n'était pas tout à fait son homme, pas tout à fait selon les lois et rites des sacrements. Son homme véritable, Alexandre, avait péri dans le Dérangement, et sa veuve n'avait pas voulu abandonner à sa misère une famille qu'elle avait épousée devant Dieu et son Eglise. Et elle finit par prendre son beau-frère en légitime époux, selon la légitimité des circonstances privées de dispense et de sacrement. L'important, au dire de Jeanne Aucoin, c'était de donner à Charles à

Charles une descendance par la voie des mâles et ne pas laisser s'éteindre le nom de Girouard que des cousins arriérés prononçaient encore Giroué. Ce qu'elle avait fait, Jeanne Aucoin, sans trop se plaindre, car Alban Girouard, à tout prendre...

Et elle avait pincé cette fois la cuisse de son homme.

Célina, au premier geint de l'enfant, était partie à travers champ. Le petit ne souffrait ni de la picote, ni du haut-mal, ni des auripiaux. C'était le ventre.

— Trop de cerises hier au souère, je l'ai dit; et des cerises à grappes par-dessus le marché. Ah! les enfants d'aujourd'hui! De mon temps...

Mais à quoi servait de parler de son temps aux oiseaux des bois! A quoi servait de parler tout court, personne dans les temps nouveaux ne croyait plus à rien. La belle Jeanne, prenez rien que celle-là, à peine veuve de son homme, et qui s'en va crécher dans son lit son propre beau-frère, sans bénédiction et sans dispense de l'Eglise.

C'est-i' chrétien ça?

Et les Blanchard et les Roy, de l'Ile d'Espoir, qui s'en ont été faire bénir les noces de leurs enfants par un pasteur protestant! Vous avez vu ça? Pourtant d'honnêtes genses de la Grand' Prée, ceux-là, et qui dans le temps n'ont consenti à prêter le serment d'allégeance au roi d'Angleterre qu'à la condition de garder leur religion.

— A quoi ç'a servi une déportation au nom de la foi, si au bout du compte j'allons nous faire baptiser sus Luther ou Calvin?

Louis à Bélonie, mon cousin, m'a laissé entendre qu'il aurait eu des choses à dire à Célina là-dessus, mais...

... de toute manière, ça n'aurait point empêché Célina de maugréer et continuer à cueillir ses plantes pour en pavoiser le ventre de l'enfant malade.

De plus en plus malade, le petit Frédéric ; la Catoune et Madeleine en étaient affolées et tournaient autour du clan de Beaufort qui attendait sans rien dire. La guérisseuse avait grande réputation et avait soigné déjà une grousse-gorge et même des poumoniques.

— Et quand Pierre à Télesphore a quasiment passé de la courte-haleine...

— V'là Célina !

Non, ce n'était pas Célina, mais une étrange, sortie des buissons à l'orée du bois, couverte d'un rabat et chaussée de mocassins, nu-tête, comme une folle ou une sorcière... plutôt une sorcière, grouillez-pas, personne, elle crie quelque chose, écoutez et taisez-vous.

— C'est point de l'anglais, ça.

— Quoi c'est que t'en sais ?

Elle approche en agitant les bras.

— *Friend or foe...* et le reste se perd dans le cri des corbeaux qui volent en cercle autour des têtes.

Pélagie va au-devant :

— Qui êtes-vous ?

Une Ecossoise, retirée dans les collines, rabouteuse et diseuse de son métier, éclaireur aussi pour son compte personnel dans ces forêts infestées de brigands qui attaquent la nuit les caravanes des Caroline comme de Virginie.

François Cormier expliqua à l'étrangère qu'on n'était ni Virginien ni des Caroline, mais des Acadiens déportés dans le Sud par accident et qui rentraient pacifiquement chez eux.

... Pacifiquement autant que vous voudrez, mais si quelqu'un savait à quoi s'en tenir avec ces hors-la-loi, c'était bien celle qui pansait leurs blessures dans sa chaumine au bord du bois.

— En ces temps de troubles, qu'elle dit, personne

prend le temps de vérifier l'intention ou la circoncision des passants. Contournez la forêt.

Un cri douloureux s'échappa du ventre du petit Cormier. L'Ecossaise dressa un œil et s'approcha de l'enfant.

Marie Cormière, sa mère, se hâta d'expliquer que c'était les cerises, rien que des cerises, des cerises à grappes, ça passerait, des coliques, et puis Célina allait revenir bientôt avec du séné et de l'herbe-à-dindon, vous verrez... c'était rien... non?...

La rabouteuse étrangère se détourna de la mère et de l'enfant. Elle se concentra, balbutia des paroles, sorties de ses montagnes d'Ecosse, puis se mit à fouiller entre les buissons en tâtant la terre.

Tout à coup, Marie Cormière agrandit les yeux et tendit l'oreille... Arrêtez, arrêtez ce bruit, ces roues de charrette qui grincent, arrêtez-les, l'enfant est malade... arrêtez le bruit des essieux... Mais non, Marie, la charrette ne bouge pas, tu divagues, personne ne bouge... Si, si, j'entends, tenez-vous tranquille, j'entends les essieux, le fouet... arrêtez-les!... Où donc est la Célina? Pour l'amour de Dieu, Célina! qu'est-ce qu'elle fait à traîner comme ça?... Entre les buissons, l'Ecossoise a repéré une laize de terre molle... Viens-t'en, Célina!... Arrêtez la charrette!... Mais où? Là-bas, non, à gauche, tout proche, tout proche... Arrête!

Quand revint Célina, ployée sous son fagot d'herbages, l'enfant était mort et la guérisseuse rendit ses plantes à la terre.

— C'est malaisé, qu'elle dit, de reconnaître le séné et le thé des bois dans le pays des autres; il est grand temps de rentrer chez nous.

Et toute la charrette s'agenouilla sur la terre de Caroline et entonna les litanies des morts.

Soudain Célina aperçut l'étrangère, debout à l'écart, et s'émoya :

— D'où c'est qu'elle est ressoudue, c'telle-là ?

Mais déjà l'Ecossoise entraînait le père de l'enfant dans le champ et lui indiquait l'endroit où creuser. En temps d'épidémie, on ne savait jamais, il ne fallait pas tarder à enterrer ses morts.

... Même sans cérémonie ?

Depuis quinze ans qu'on mettait ses morts en terre sans cérémonie, on ne s'était pas encore habitué. Et chaque fois, on reprenait les mêmes litanies :

— J'allons-t-i' l'enterrer sans sacrement ?

— Y aura-t-i' encore personne pour bénir sa tombe au moins ?

— Pas un prêtre, pas un homme de Dieu pour lui paver le chemin du paradis ?

— Même les morts avont pardu leur droit, même les morts sont sans Eglise et sans pays.

Marie Cormière gémissait en avisant la charrette immobile entre les bœufs. Elle se tenait coite, la charrette, ne grinçant plus des essieux. Elle n'avait donc point bougé, celle-là, tout le temps de l'agonie de l'enfant ? C'était l'autre, la charrette de Bélonie qui avait raflé encore un enfant à la vie. Et d'instinct, elle se tourna vers le vieux, Marie Cormière, et le dévisagea.

Pélagie vit le geste et s'interposa :

— Venez, qu'elle dit, venez vous déraidir un petit brin les jambes, Bélonie, vous trottez point assez ces derniers temps.

Et prenant le vieillard sous le bras, elle l'entraîna en haut du champ. Quand ils furent seuls, tous les deux, Pélagie laissa tomber de son cœur :

— Alors, c'te fidèle compagne de l'homme, elle va

s'en prendre aux enfants asteur, la Faucheuse? la Méti-
veuse?

Bélonie hocha la tête et ne répondit pas. Elle devait
pourtant savoir, Pélagie, elle, la veuve du Grand Dérangement, que la vie n'épargne pas plus les hommes que
les peuples, que pour grandir, il faut laisser la peau de
l'enfance derrière soi.

Pélagie serra les dents :

— Non, Bélonie, point de paraboles. C'est point
l'enfance d'un peuple qui gît là dans le foin sauvage;
c'est le petit Frédéric qui grimpait, dans les âbres encore hier et mangeait des cerises à grappes, et chantait
J'ai du grain de mil, et avisait de ses yeux bleus la
barre d'horizon en quête d'un pays qu'il connaîtra jamais. C'est cestuy-là que la Faucheuse a pris et
garroché au fond de sa charôme de charrette!

Et baissant la voix, elle ajouta, la gorge rauque :

— Prenez-vous plaisir à l'entendre grincer des roues,
votre coche maudit?

Bélonie aurait eu tant à dire là-dessus. Savait-elle au
moins, Pélagie, d'où il venait, ce coche, et quel était le
visage de son cocher? Pouvait-elle s'imaginer un seul
instant à quoi ressemblerait le monde sans le va-et-vient
de la charrette de la Mort qui, de toutes les balances pesant les droits des hommes et des peuples depuis toujours, était la seule juste et équitable? Elle ramasserait
le bourreau Lawrence avec ses chiens de Winslow, Mur-
ray, Monckton qui avaient cru, un soir de septembre
1755, qu'avec la dernière flambe de l'église Saint-Charles de Grand-Pré s'était éteint le souffle d'un peuple.
Sans la charrette qui grince chez les grands comme chez
les petits, chez les nantis comme chez les miséreux, qui
rétablirait l'équilibre et empêcherait la terre de basculer?

Pélagie se rebiffa :

— Vous figurez-vous que la mort fait point basculer c'tuy-là qu'elle enveloppe sous son aile ?

... Tôt ou tard, on se lasserait de la vie.

— Un enfant de huit ans a point eu le temps encore de faire le dégoûté ; la vie a point eu le temps d'y faire zire, à cestuy-là.

Bélonie se retourna pour s'assurer que sa charrette n'était pas trop loin derrière. Car depuis plus de quinze ans elle le suivait avec tous les siens, trois générations des siens disparues dans une seule vague au large de l'Ile Royale. Et parmi ceux-là, un enfant de huit ans comme Frédéric, et un autre à peine né, vagissant dans ses langes, et qui portait le nom de l'aïeul, Bélonie.

— Et vous vous en accommodez ? fit Pélagie. Vous trouvez ça juste ?

... Juste ? Qu'est-ce qui est juste ? Piocher une enfance en terre d'exil peut-être, esclave et mendiant, oubliant le pays de ses pères, ses racines coupées au ras des genoux ? Qu'est-ce qui est juste ? Depuis quatre mille ans que la terre roulait sa bosse, combien y avait-il eu de générations entre Adam, Abram, Moïse et le premier des Bélonie sorti d'un dénommé Jacques à Antoine sorti de France au mitan du siècle précédent ? Et tous ceux-là avaient bâsi pourtant, trépassé avec leurs parents et cousins et semblables, laissant la terre à d'autres qui bâsiraient à leur tour. C'était ça le sort du monde, partagé entre les vivants et les morts, beaucoup plus de morts que de vivants. Pourquoi ne point le reconnaître et accorder à chacun sa place ?

— La place des morts est dans la terre ; je saurions point les traîner avec les vivants.

... La place des morts est dans la mémoire des vivants, Pélagie. C'est pour ça que tu remontes au pays.

— Je remonte au pays pour ceux qui restent, pour nos

enfants et pour ceux qui sortiront des enfants de nos enfants. Et un jour, en terre des aïeux, une Pélagie dira à
l'un de vos Bélonie de descendants...

Elle s'engotta sur son dernier mot, Pélagie, car les
descendants des Bélonie, apparence...

Pélagie-la-Gribouille, un siècle plus tard, devait servir toute la phrase au descendant de Bélonie :

— Ça paraît que vous êtes sorti de la mauvaise charrette, vous.

— Hi !...

Pélagie entendit de loin la voix perchée de Célina et
les grognements des hommes. Ça lui avait tout l'air
qu'on se chamaillait autour de la charrette, il était
temps d'aller mettre le holà.

— Quoi c'est que le hourvari ? J'avons-t-i' plus aucun respect des morts, à l'heure qu'il est ?

Bien le contraire, c'était par respect pour les morts
qu'on s'attaquait aux Bourgeois, des Bourgeois qui
s'entêtaient encore sur leur coffre, leur cher coffre, et
refusaient de le céder à la dépouille de l'enfant.

— Ils aimont mieux voir le petit tout nu dans la terre,
les sans-entrailles.

Pélagie reconnut là les entrailles de Célina qui cherchait à prendre en défaut celles des autres. Voyons,
voyons asteur !

Mais c'est un fainéant de Girouard qui s'interposa,
accusant les Bourgeois de traîner dans la charrette de
Pélagie un ménage capable de rebâtir Jérusalem.

Les Bourgeois se pincèrent le bec :

— Ça serait-i' que Jérusalem se serait effondrée ?

— Vous entendez ça ? vous entendez ? Ça refuse
même le linceul aux morts.

— Et pourquoi notre coffre ? pourquoi pas votre mette à pain, les Giroué ?

— Par rapport que j'avons point de mette à pain et que vous avez un coffre.

— Vous avez d'autres biens, et vous les gardez.

Alban à Charles à Charles ricana :

— Je pouvons toujou' ben pas enterrer un enfant dans un pissepot.

Là, Pélagie jugea qu'on avait assez blasphémé pour un jour de funérailles et elle planta sa crosse entre les Bourgeois et les autres.

— Ça va faire !

... On avait-i' point assez de se reconquérir un pays et un logis sans déjà commencer à se chicaner sur les meubles ? Et c'était-i' pour une commode, asteur, ou un placard...

— Un coffre.

Bon, un coffre ! et puis après ? Si les Giroué ou même Célina voulaient un coffre à tout drès, ils n'avaient qu'à s'en tailler un à la varlope ou au couteau de poche dans de l'érable piqué, comme les Bourgeois, et qu'on n'en parle plus. Quant à y enterrer l'enfant, pas question : les Cormier eux-mêmes s'y opposaient. Comment vouliez-vous, sous les yeux de ses parents, déposer le petit Frédéric au fond d'un coffre qui les suivait depuis le Port-Royal du Sud ? Et puis ils n'étaient pas des quémandeux, les Cormier, et n'avaient jamais, eux, convoité les biens d'autrui. Que Célina et les Girouard en prennent leur leçon.

Ils prirent la leçon en maugréant durant quelques heures, pour la forme et la dignité, puis finirent par cailler. Alors on put mettre l'enfant en terre au seul son du *Dies irae.*

... Non, pas au seul *Dies irae,* mais au son d'une

mélopée qu'improvisa Catoune, mélangeant des mots
à des airs que la charrette n'avait jamais entendus auparavant. Des sons récitatifs qui ne disaient rien mais
berçaient l'âme de cette Acadie amputée et meurtrie.
Pélagie, attentive au chant de Catoune, semblait comprendre et même accepter le sort de ce peuple appelé à
semer le long des côtes d'Amérique des graines vivan-
tes.

C'est Jeanne Aucoin qui la première aperçut les
Bastarache. Ils approchaient, la tribu complète, tirant un
chariot à deux roues enfaîté de grabats, de nippes et
d'une batterie de cuisine plus cobie que leurs bonnets.
Des réfugiés bohèmes qui s'arrachaient à la forêt avoi-
sinante où la sorcière écossoise était allée les dénicher.
Elle les avait souvent aperçus entre les arbres, campant
à la manière des gitans, vivant de la chasse, de menus
larcins et de l'air du temps. Dix ans de plus, et les Bastarache seraient retournés à l'état sauvage, comme les
ours ou les chats-cerviers.

— Comme nos aïeux les Basques, que dit le François
à Philippe avec panache. J'ons des siècles d'accoutumance des bois et des mers. C'est pour ça que la dépouille de vent qui s'est abattue sus notre bâtiment a
point réussi à nous neyer. J'avons le pied marin, de père
en fi', et je connaissons la façon de coquiner avec les
lames et de sortir vivants d'un ouragan de mer.

C'est alors que Jeanne Aucoin les mit au courant du
malheur qui venait de frapper la famille Cormier, et que
les Bastarache, à leur manière, s'unirent aux pleurs de
la charrette : sur le violon.

Un violon, t'as qu'à ouère ! le seul réchappé du
Grand Dérangement. Un violon en pur frêne blanc, pas-

sé centenaire, et transmis en héritage aux Basques depuis les aïeux du Fort Lajoie à l'île Saint-Jean.

Une belle île, celle-là, tout en terre rouge, aux abords
déchirés par des anses et des baies, comme si les baleines depuis des temps reculés avaient mordu dans les
côtes à belles dents. Des baleines qui ne se gênaient pas
pour venir pisser leurs jets de fontaine jusqu'aux rives
de l'île. Pas plus d'ailleurs que les marsouins, et les
maraches, et les vaches marines. Et les Basques défri-
chetèrent pour les gens de la charrette leur lignage
d'ancêtres marins et chasseurs de morses qui durant des
siècles avaient fourni l'ivoire à l'Europe.

— Allez-vous-en déterrer les squelettes des vaches
marines, dans les échoueries des îles, et vous vouèrez
bien qu'il leur manque les cornes au menton.

Les échoueries des îles de la Madeleine comme de
l'île Saint-Jean, où venaient échouer les bêtes pour
mettre bas. Aujourd'hui des cimetières de vaches marines. Les Basques à eux seuls les avaient presque exter-
minées. Après quoi ils avaient quitté leurs îles d'Amérique pour rentrer dans leur vieux pays, sauf un, dénommé Joannes Bastarache dit le Basque, qui s'installa
sur le continent dans une baie appelée Chédaïk.

— Et les goélettes anglaises vous y avont dénigés et
déportés avec les autres ?

— Déportés deux fois, avoua François à Philippe à
Juan, mais point détruits. C'est malaisé d'exterminer une
race d'aventuriers qui a l'accoutumance de la mouvange
des glaces avec les merées. J'avons appris avec le temps
à sauter d'une île à l'autre, franchir des détroits, et ersou-
dre la tête de l'eau pour faire un pied de nez aux barbares
qui nous avont neyés et leur dire : cou cou !

Et riant de tout son ventre, il ajouta, le Basque :

— Ils couperont point le souffle à c'tuy-là qui garde

son souffle en-dedans, nenni, ils auront point la vie de c'tuy-là qui la tient à brasse-corps.

Les Bastarache ont vu les Cormier baisser la tête et se hâtèrent de reprendre leurs notes funèbres sur le violon.

L'Ecossoise dressa le nez et renifla. D'un geste elle fit taire le violon et rangea la charrette et les charretins autour de la croix de bois.

— Dites rien, qu'elle avertit tout le monde. Faites comme si.

Mais la sorcière ne réussit pas à camoufler la fosse à l'œil du planteur qui inspectait ses champs.

— *What is it ?*

Qu'est-ce qu'ils faisaient là, les maraudeurs ? Et ce trou dans la terre, dans son champ ? Toute la contrée lui appartenait. Qui avait osé creuser chez lui ? enterrer chez lui ses charognes ?

Les Cormier se serrèrent les uns contre les autres. Mais Pélagie et les Bastarache dressèrent le front. Et l'Ecossoise déclara en anglais au planteur qu'on venait de mettre en terre un enfant de huit ans.

Le planteur eut un léger plissement de paupières, mais tint ferme. Personne n'avait droit à ses champs, mort ou vif.

Pélagie s'avança à un pied du maître des champs de coton. On avait enterré là un petit garçon nommé Frédéric, sous les yeux de sa mère et des siens, un enfant mort en un jour de l'inflammation des boyaux...

— Ça se donne point, coupa Célina.

... Il n'était plus un danger pour personne, le pauvre, et on ne pouvait ni le livrer aux corbeaux et aux vautours, ni l'emporter dans la charrette des vivants. On allait le laisser là, à l'endroit où Dieu l'avait frappé, que le planteur fasse son prix.

Il fit son prix, le pingre, après un examen attentif de la charrette, du chariot et des charretons. Et pour payer ses six pieds de terre au planteur qui les avait surpris en train de creuser dans ses champs en friche, les Cormier durent se défaire du dernier souvenir rapporté du Fort Beauséjour : la cartouchière qui avait appartenu à nul autre qu'à l'ancêtre Pierre à Pierre à Pierrot, héros de 1755.

— Je nous en souviendrons de vos champs de ramenelle ! que vociféra Célina la boiteuse en agitant son poing sec sous le nez du planteur botté jusqu'aux genoux.

Le clan des Cormier en tout cas s'en souviendrait.

— Un jour, que jura entre ses dents un jeune bambin, je reviendrai qu'ri' les cartouches du grand-pére. Mais peut-être ben que j'en quitterai une sus la terre des planteux de coton.

Pélagie regarda avec tendresse et compassion le jeune Cormier. Pauvre enfant ! Si les héros de Beauséjour n'avaient pas réussi à défendre un peuple dix fois plus nombreux que l'assaillant, comment une seule cartouche, au cœur d'une Amérique anglaise qui avait le vent dans les voiles, rendrait-elle son âme à l'Acadie.

Une Acadie de plus en plus absurde après la reddition de Louisbourg et la défaite des Plaines d'Abraham. Morte, la pauvre, enterrée avec une messe basse et rayée de la carte du monde. Vous pouvez danser, là-bas dans le Nord, autour du brasier d'un pays qui a flambé dans le ciel, un matin de septembre ; danser et chanter et réciter la complainte des morts entre les six chandelles et le crucifix.

... Mais pendant les joyeuses funérailles de cette Acadie du Nord, auxquelles trinquaient si joyeusement

Lawrence, Winslow, Monckton, et le roi George dans toute sa joyeuse majesté, des lambeaux d'Acadie du Sud remontaient, tête entre les jambes, piaffant, suant, et soufflant des deux narines, une Amérique qui n'entendit même pas grincer les essieux de la charrette.

IV

Le lendemain de l'enterrement du petit Frédéric, comme le convoi allait se remettre en marche vers le nord, délesté d'un enfant mais grossi de la tribu entière des Bastarache, la sorcière écossaise, en guide d'adieu, avait remis à Pélagie un grand panier de provisions dérobées aux brigands qui bivouaquaient dans les bois. Et au premier campement, quand la charrette voulut ouvrir le panier, on en sortit la cartouchière de Pierre à Pierre à Pierrot entre les choux et les pommes de terre.

— Hé, hé ! la diseuse de bonne aventure ! Vous viendrez me dire après ça que les anges sont au ciel.

— Les anges, tu dis ? M'est avis que ça prend une drôlesse de sorcière pour s'adouner à c'te genre de sorcellerie. Je serais point surpris, moi, de le déniger un jour corvé au travers de notre route, le maître des champs de coton.

... Une sorcière, en effet, une liseuse de la main gauche qui avait prédit autant à Maxime Bastarache qu'à Jean, fils de Pélagie, les deux plus fiers gaillards de la troupe, de prochaines et dangereuses aventures galantes. Et les deux gaillards, depuis ce jour, ne cessaient de renifler l'air comme des chiens en rut... François à Philippe se tapait les cuisses devant le frétillement de son fils et vint jusqu'à proposer à Pélagie un petit détour à droite vers la mer pour offrir du divertissement à la jeunesse fringante.

Pélagie sursauta et Célina s'attrapa la tête. Mais quelle sorte de débauchés avait accueilli le convoi des charrettes à la fin ? Les Basques étaient-ils en quête d'un pays ou d'une promenade par les terres d'Amérique entre une fête et un carnaval ? Avec leur musique et leur turlute !... Mais Pélagie dut pourtant reconnaître dans un petit sourire en coin que depuis les Basques, le violon avait comme assourdi le grincement de la charrette. Et elle jeta un œil narquois du côté de Bélonie-le-Vieux, la mère Pélage. Elle avait choisi la vie, elle, ça s'adonne. Or dans la vie, fallait compter aussi avec l'amour et les générations.

... Oui, Bélonie, la vie c'était aussi la joie de vivre.

Hi !... Si vous pensez ! Si vous pensez que tous ces sentiments-là rentrent dans le même panier. Si un homme au monde pouvait en parler, de la vie, c'était bien celui qui l'avait traînée sous sa peau durant un siècle, ou quasiment. Il était né autour des années 1680, Bélonie, fils de Jacques, descendant d'Antoine, gaigne-denier à Paris sous Louis XIII. Il n'avait rien oublié, le radoteux-conteux-chroniqueur, de la petite histoire des aïeux. Il pouvait tout vous raconter, dans un seul souffle, les ancêtres comme les descendants, vous dérouler tout un lignage sans rater une maille, et vous crocheter l'histoire d'un peuple qui allait de France en Acadie, en passant par l'exil, durant une petite génération, une toute petite génération, il n'y avait pas de quoi se mettre en chaleur, Pélagie. Remonte, remonte vers le nord sans

t'énerver, et sans t'en prendre à coups de pied au destin
qui aura toujours le dessus, de toute façon.

Regarde !

Et Pélagie leva la tête du bord du torrent qui jetait ses
eaux sur les pierres et vit son fils Jeannot et le beau
Maxime Basque qui se tenaient à bras-le-corps.

— Jean ! qu'elle hucha à pleins poumons.

Et elle s'élança sur les combattants.

François à Philippe encore un coup vint parler à Pélagie. De même que Célina et Jeanne Aucoin. Tout le monde voulait témoigner. Maxime avait commencé, c'était
sûr et certain. Alban l'avait vu et Jeanne Aucoin avait
passé le mot. Mais point de fumée sans feu. Et le Basque
ne s'était pas échauffé le cerveau et les tripes pour rien.

— Si quelqu'un te faisit ça, à toi ?

— Qu'il osît !

— Ça paraît que t'es plus tant jeunette que dans le
temps.

— Oh ! y en a icitte qu'avont la langue trop proche
du palais, comme je dirions, et qu'auriont avantage à la
laisser reposer une petite affaire.

— Et y en a d'autres qu'avont point de langue pantoute, mais un serpent caché derrière la louette.

— J'ai entendu dire, moi, que certaines genses que je
counais auriont un jour reçu sus le dos un coup de ton-
nerre timbé en pierre, et que la pierre leur serait restée
entre le gosier et l'estoumac, à la place du cœur.

— Vieille chipie !

— Grand'bringue !

— Poule d'église !

— Cestuy-là qui me marchera sus le pied en entendra
parler.

— Pour te marcher sus le pied, il te faudrait un pied
au boute de la jambe, point un sabot,

Pélagie rentra en plein mitan du cercle et d'un seul coup de front fit taire tout le monde.

— Le premier qui ouvre la bouche aura affaire à moi, qu'elle dit. Toi, Célina, taise-toi puis parle : qui c'est qu'a coumencé et à propos de quoi ?

Célina se pinça les lèvres et se tut.

Fort bien. On commencerait donc par les Bourgeois. Mais la vieille fille coupa net le premier mot qui sortit de la bouche bourgeoise et fournit dans une seule respiration tous les détails du combat. Le tout fut contredit sur le coup par les Bourgeois, entériné par les Girouard, opposé par les Thibodeau, ratifié par les Bastarache qui n'en croyaient pas un mot parce qu'ils n'avaient même pas compris la question, pendant que Jean et Maxime, oubliés et laissés à eux-mêmes, reprenaient tranquillement la lutte pour en avoir le cœur net.

Parce qu'ils en avaient le cœur bien brouillé, les pauvres, n'ayant pas encore compris le sens de la prophétie de la sorcière écossoise. Alors que depuis des semaines ils cherchaient aux quatre horizons l'apparition de la fée promise, la fée se tenait coite entre les quatre ridelles de la charrette. Et pour leur malheur, les deux amoureux l'aperçurent en même temps.

Jeanne Aucoin alla jusqu'à prétendre que seul et sans rivalité, aucun des deux ne serait tombé tête première amoureux de la Catoune, que dans les circonstances, la jalousie avait précédé l'amour. Il faut dire que sur ce chapitre, Jeanne Aucoin la Girouarde était plus au fait que n'importe qui de la charrette.

Manière de parler.

Quoi qu'il en fût, Pélagie avait désormais une nouvelle écharde au pied. L'univers de la charrette et de ses charretons était vraiment trop réduit pour y loger deux orignaux pareillement empanachés. Et elle consulta le clan des Bastarache.

— Faut rejoindre la mer, que répéta François à Philippe à Juan.

La mer! Vous n'y pensez pas! On avait déjà perdu des mois dans des détours et des arrêts forcés. Combien de temps encore avant la Grand' Prée? Déjà deux morts et le voyage débutait.

— Parlez à votre garçon, François à Philippe Basque. Je me charge du mien.

Et l'on parla à ses fougueux de garçons, de chaque côté des bœufs.

Personne au cours de cette escarmouche n'avait sérieusement songé à Catoune. La pauvre fille, depuis sa naissance, s'était défendue comme elle avait pu, sans trop compter sur autrui. Sauf sur Pélagie. Et encore un coup, c'est sur Pélagie qu'elle posa ses deux prunelles agrandies et fixes.

Et Pélagie comprit.

La Catoune était une blessée de guerre, à l'âme entachée de souvenirs collés à la peau de l'enfance ballottée au fond des cales, une blessée de guerre qui avait droit à l'indemnité. Pélagie s'en porterait garante.

Elle eut fort à faire, car les jeunes amoureux n'avaient pas l'air de vouloir comprendre ce langage. Catoune était si belle, si blanche, si immaculée. Sa chevelure ébouriffée qui s'arrachait à sa coiffe lançait dans le vent du sud des éclairs qui leur faisaient vibrer le cœur et les reins, aux deux galants. Et ils s'emmêlaient de nouveau les cornes comme de jeunes taureaux.

L'un des Bourgeois tira Pélagie à l'écart. Il chuchota. Elle pencha l'oreille. Il marmonna un peu plus haut. Sitôt elle se rebiffa et bondit.

— Jamais de la vie!

— Pourtant...

— J'ai dit jamais. Et je veux plus en entendre parler.

Le Bourgeois se cabra, fit heuh! puis se tut.

Et Pélagie sauva Catoune.

Quelle affaire! Ça prenait un Bourgeois. Un Bourgeois qui n'avait point consenti à se défaire d'un coffre, souvenir du pays, mais qui s'en venait tranquillement proposer à Pélagie de semer en route la jeune Catoune, dernier rejeton de sa race. Parlez-moi de ça!

Et Pélagie en cracha de dégoût.

... Eh oui, elle était une cinquième roue du coche, la Catoune, et puis après? Qui dans cette charrette oserait s'en prétendre la première? ou la seconde? Elle avait quitté l'Ile d'Espoir avec sa seule famille, la mère Pelage, plus une couple de rejets de pays qu'on allait rapatrier. Depuis lors, la Géorgie et la Caroline du Sud lui garrochaient chaque jour d'autres bribes de lignées à rentrer dans leurs terres : des boiteux, des vieillards, des geignards, des gueulards, des traqués et des abandonnés. Quelqu'un s'aviserait-il de mettre de l'ordre là-dedans, et tenterait-il de faire des partages? hein? Un peuple, c'est point un régiment d'infanterie. Ça ne sait point garder le pas.

— Et je voudrais bien connaître le forban qui viendrait me dire à moi lequel d'entre nous doit passer le premier d'une charrette à l'autre.

Bélonie sortit encore un coup son candide sourire d'outre-tombe. Et Pélagie comprit qu'il valait mieux pour tout le monde éviter les culs-de-sac. Et pour les divertir :

— Contez-nous l'un de vos contes joyeux, qu'elle proposa à Bélonie.

Pour conte joyeux, Bélonie s'engagea dans le conte de la Baleine blanche.

Célina marmonna qu'elle connaissait des histoires plus joyeuses que celle-là, mais que c'était point elle, la sage-femme, qui se mêlerait de choses qui ne la regardent pas, que le radoteux pouvait raconter à son aise la naissance d'Adam et Eve, si le cœur lui en disait, ou le naufrage de l'arche de Noé, ou la grossesse de la géante qui mit au monde en même temps que son petit géant un équipage de six paires de bœufs de halage avec sa charretée de fourrage, en l'an de grâce...

— Silence ! il commence.

Célina se tut mais n'en acheva pas moins sa phrase dans une vibration soutenue de la tête qui lâchait le fond de sa pensée sur Bélonie et sur le reste de l'humanité.

Après quoi, Bélonie put se dérouiller la gorge, approcher son banc du brasier qu'attisait Jean à Pélagie, demander la permission de commencer et entrer en transes.

> V'là un tour qui m'fut baillé
> Par mon aïeu en droite lignée
> Vivant du temps de l'empremier.
> Seyez occis si ne m'en creyez.

Et tout le monde fixa Bélonie qui fixa l'horizon.

... Il fut une fois un pauvre vilain qui pour tout bien avait une poule blanche qui lui baillait un œu' par jour. Un souère qu'il avait grand' faim, il se mit à jongler et à se dire qu'il vaudrait peut-être autant manger tout de suite la poule.

— Pauvre moi, qu'il se dit, si je mange la poule, quoi c'est que je mangerai demain ?

Et encore un coup, il se contenta de manger son œu'.

Mais en voulant envaler l'œu', dans sa grand' faim, il planta-t-i' point sa dent de chien dans un jaune plus dur que d'accoutume. Ça le surprit et il le crachit. Et au lieu d'un jaune d'œu', figurez-vous, il trouvit un anneau d'or. V'là notre vilain tout ébaubi et réjoui et qui voit déjà sa fortune faite.

— Drès demain, qu'il se dit, je m'en serai chez le roi et on vouèra bien ce que j'en tirerai.

Ce soir-là, l'anneau au creux de la paume, il s'en va tout regaillardi nourrir sa poule.

— Regarde, qu'il lui dit, regarde ce qu'y avait d'enfoui au fond de ton œu'.

Mais disant ça, il échappe l'anneau d'or que la poule sitôt envale avec le mil.

— Malheureuse! qu'il huche, rends-moi mon anneau d'or.

Et il saute sur la poule pour lui tordre le cou. Mais la volaille cacasse et s'envole par le bois en emportant la fortune de son maître.

— Il me reste une seule chouse à faire, que se dit le vilain. J'irai à la queste de ma poule.

Et il prend par le bois. Il marche durant trois jours et trois nuits. Puis v'là qu'il rencontre un renard blanc assis sus sa queue et qui se frippe les babines.

— En v'là un qui va peut-être me renseigner sus ma poule, qu'il se dit.

Mais au même instant, le renard fait un rot et des plumes blanches revolent au vent.

— Misérable! qu'il crie, rends-moi ma poule qui a envalé mon anneau d'or.

Et il saute sus le renard pour lui tordre le cou. Mais le rusé ricane et file dans la forêt.

— J'irai donc à la queste du renard, qu'il se dit.

Et il s'enfonce dans la forêt épaisse. Il marche trois

jours et trois nuits. Puis v'là qu'il timbe sur un ours blanc assis sus son séant qui se frotte la bedaine.

— Je vas m'émoyer de cestuy-là s'il aurait point aperçu le renard, qu'il se dit.

Mais à l'instant même l'ours fait un pet et du duvet de fourrure blanche revole au vent.

— Canaille ! qu'il horle, rends-moi mon renard qui a mangé ma poule qui a envalé mon anneau d'or.

Et il saute sus l'ours pour lui tordre le cou. Mais l'ours sans répondre grimpe dans un âbre et, de branche en branche, se sauve hors de la forêt.

— J'irai itou à la queste de l'ours, que se dit le vilain.

Et il se faufile entre les âbres, à tâtons. Il marche trois jours et trois nuits. Et un matin, il arrive droit à la mer. Et là il aperçoit une baleine blanche qui bâille au soleil, la goule grande ouvarte.

— La baleine a peut-être vu l'ours, qu'il se dit. Je m'en vas m'émoyer.

Mais au même instant, la baleine pisse des narines son jet d'eau qui retimbe en longs poils blancs qui flottent sus l'eau.

— Vile bête ! qu'il braille, rends-moi mon ours qui a dévoré mon renard qui a mangé ma poule qui a envalé mon anneau d'or.

Et il veut sauter sur la baleine pour lui tordre le cou, mais il se ravise par rapport que là il s'aperçoit qu'une baleine, c'a point de col. Ça fait que le vilain s'asseye sus une roche et se met à jongler.

... Et jongle, et jongle...

Pélagie dresse un œil. Elle vient de dénombrer sa charrette : Catoune n'y est plus. Aussitôt elle se lève. Célina et Jeanne Aucoin voient le geste en même temps. Puis Jean et Maxime, les gaillards.

— Quoi c'est qui se passe ?

Toutes les têtes sortent du conte l'une après l'autre, laissant le conteur Bélonie ralentir ses phrases, freiner, puis semer dans l'air du temps trois ou quatre points de suspension, avant de baisser les yeux sur son auditoire qui déjà s'affaire et court aux quatre horizons.

— Elle était là au ras le feu.

— Qui c'est qui l'a vue le dernier ?

— Quoi c'est qui lui a pris ?

— Faisons une battue.

— Ca-tou-ne !

Plus de Catoune, disparue, bâsie comme la poule, le renard et l'ours blancs.

La mer !

Catoune avait dû prendre par la mer, elle avait dû entendre la suggestion de François à Philippe à Juan.

Pélagie sourlingua les bœufs et la charrette.

— Si je quittons à l'instant, j'avons peut-être une chance de la rattraper.

Les Bourgeois et les Girouard vinrent pourtant lui rappeler qu'il faisait quasiment nuit, et qu'on avait des enfants et des infirmes à bord.

Célina se sentit visée et encore un coup se rangea du côté de Pélagie.

— Si y en a qu'avont peur des fi-follets, qu'ils s'enfonciont leu bonnet sus les yeux, ils les apercevront point. Je mènerai la marche, moi.

Les hommes ricanèrent, les femmes hochèrent la tête, et tout le monde se prépara à partir de nuit.

— Que chacun reste accroché aux charrettes, que cria Pélagie. J'ons assez d'en qu'ri' une dans la noirté.

Jean et Maxime prirent quand même les devants, répondant de temps en temps aux huhau ! de Pélagie qui les appelait dans la nuit.

Et c'est ainsi qu'au bout de trois jours, la charrette de
Pélagie déboucha à Charleston.

C'était déjà une ville populeuse et grouillante, à
l'époque, et qui en avait vu d'autres. Repaire de pirates,
d'aventuriers, de marchands de vent et de faux prophè-
tes, Charleston avait vu débarquer dans son port la
moitié de la Caroline et une partie de la Virginie. Les
rues criardes de cette ville, vieille d'un siècle et demi,
n'allaient même pas apercevoir la caravane des déportés qui y cherchait une enfant perdue.

Pourtant, on l'aperçut.

C'était jour de marché à Charleston quand Pélagie y
fit traverser sa charrette : marché d'esclaves. Des Noirs,
surtout des Noirs, quelques mulâtres, et çà et là un pauvre Blanc qui se mettait lui-même en vente pour une
bolée de maïs. En quinze ans de colonies du Sud, Pélagie et les siens n'avaient jamais vu un véritable marché
d'esclaves, et leurs yeux s'agrandirent.

— Quoi c'est que c'est ? que s'enquit Madeleine.

— C'est rien, regarde point, regardez pas, personne,
que fit Pélagie en fixant la tribune où défilaient des
Noirs, jeunes, vieux, malingres, décharnés ou musclés.

— Allons-nous-en.

Mais on ne bougeait pas, comme si les bœufs eux-
mêmes étaient saisis et n'arrivaient pas à soulever le
poids de leurs sabots. Le défilé se poursuivait : des
femmes, des hommes, des enfants, liés par des chaînes,
leurs grands yeux blancs fixés au-dessus de la foule de
Charleston qui roucoulait comme un pigeonnier.

— Un tet à poules, tu veux dire.

Et Jean donna un grand coup de pied dans un écha-
faudage de boîtes vides qui dégringolèrent sur son dos.

On voit maintenant des vieillards se traîner sur la tribune sous le murmure assourdi de Charleston qui lève le nez.

— *Make your price !*

— *One guinea !*

— *This man has muscles and two strong feet !*

— *Two pence !*

Deux sous pour un homme ? Il était temps de s'esquiver. Ces marchands-là pourraient vendre n'importe quoi, n'importe qui. Ne laissez personne tomber sous leurs pattes. Partons.

On n'en eut pas le temps. La charrette avait à peine fait un geste des brancards qu'elle fut clouée sur place... Sur la tribune, à la suite des vieillards nègres, venait de monter une jeune Blanche, chevelure ébouriffée au vent.

— Catoune !

Le cri s'est arraché dans un seul souffle de toutes les gorges de ce petit reste d'Acadie que le destin ce jour-là avait conduit à la mer.

Catoune, Catoune la sauvage, l'orpheline, le rejeton abandonné, fourvoyée au large d'un continent qui la confondait avec les bêtes et la vendait au marché. Toute l'Acadie en resta la bouche ouverte et les yeux ahuris.

Tout à coup, on sent les roues qui s'ébranlent et les ridelles qui battent au vent : c'est Pélagie qui vient de se saisir des rênes et de fouetter les bœufs. La caravane des charrettes fonce à travers la foule sans égards pour les pyramides d'ananas et de choux-fleurs et d'épis de blé d'Inde, sans respect pour les comptoirs d'épices ou de soies d'Orient. Charleston n'est plus qu'une tribune, une plate-forme où défilent les esclaves d'Amérique, dont Catoune.

Huhau, les bœufs, huhau !

Pris par surprise, le vieux Charleston ne rattrapa les

charrettes que deux ou trois rues plus loin, quasiment à la porte de la prison. Et la prison n'en fit qu'une bouchée. Mais l'équipage était au grand complet, Catoune incluse.

C'était toujours ça.

Mieux que ça. Dans l'échauffourée, on avait même gagné un nègre.

Un quoi?

Mais oui, vous voyez point? voyons! La Catoune avait les deux poings liés à un pieu, et Jean n'avait pas pris le temps de la détacher et avait tout emporté dans sa hâte et son ardeur. Ce n'est qu'en prison, quand il déposa son fardeau sur la paille pourrie, qu'il se frotta les yeux : le pieu était l'un des esclaves nègres de la tribune.

L'éclat de rire des Basques fut si contagieux que bien vite toute la geôle en trembla. Les pauvres exilés avaient acquis un esclave dans l'escarmouche. Le rire finit pourtant par cailler : on était dans les beaux draps d'une prison. Décidément...

Mais Pélagie, Madeleine, Jean et Maxime, toutes les charrettes auraient pris d'assaut un échafaud pour en arracher Catoune.

... Une prison, après tout, pour des rescapés de déportation, de dispersion, d'exil...

— Un exil, c'est point un voyage de noces!

C'est le Bélonie contemporain de la Gribouille qui devait le répéter un siècle plus tard, alors que l'Acadie, tout juste sortie du bois, recommencerait précisément à faire la noce. Mais Pélagie-la-Gribouille n'aimait pas entendre parler de sa lignée en ces termes-là et refusa tout net de reconnaître à ses ancêtres le droit à la gouaille ou à la noce, même en rétrospective.

Pauvre Gribouille descendante des aïeux! si elle avait su! Si elle avait pu se faufiler entre les murs craquelés de la geôle qui gardaient serrés les uns contre les autres durant toute une nuit les retailles des familles Cormier, Girouard, Bourgeois, Thibodeau, Léger, Basque et LeBlanc, oh! les LeBlanc! les siens, si elle avait pu, Pélagie-la-Gribouille, remonter l'histoire et vivre chez les aïeux cette nuit de carnaval en prison!

Une bien étrange nuit, faut dire ce qui est. Comme si la charrette avait attendu les chaînes pour se défouler et s'accorder enfin sa première débauche.

... A peine, à peine. Mais tout de même, une nuit de fête, en pleine geôle de Charleston.

On avait commencé par demander aux Thibodeau, qui avaient la forgerie dans la famille et par conséquent dans le sang, de briser les fers qui liaient les prisonniers au plancher, et la Catoune à son nègre. Puis les Basques, encore plus sorciers que gitans, aveindirent de leurs poches cachées... Louis à Bélonie n'a pas osé les appeler braguettes... aveindirent de leurs poches, donc, deux ou trois fioles d'où Célina tira l'un de ces élixirs comme seuls en font mention les livres de la Bibliothèque bleue. Un élixir qui produisit un tel effet chez les geôliers qu'on pouvait entendre gargouiller leur gorge par toute la prison. C'est ce qu'on a rapporté.

... Gargouillement ou pas, ils s'en seraient venus deux par deux passer la tête entre les barreaux pour écouter sangloter le violon. On dit même qu'ils auraient écouté jusqu'au bout le conte de la Baleine blanche que Bélonie acheva au bénéfice de la charrette et que les geôliers, l'élixir aidant, avaient tout l'air de comprendre dans la langue.

Etrange vertu de la fiole des Basques, frelatée par Célina, car Bélonie lui-même, apparence, aurait trouvé

cette nuit-là une nouvelle fin à son histoire de baleine...
apparence.

... Apparence, en effet, qu'au lieu d'occire la baleine pour délivrer l'ours, occire l'ours pour délivrer
le renard, occire le renard pour délivrer la poule, occire la poule pour récupérer son anneau d'or qui re-
prendrait sa forme de jaune d'œuf et ainsi continuerait
à nourrir son homme le restant de ses jours, le héros –
qui n'était qu'un vilain – en cette nuit de Charleston,
entraîna son auditoire éberlué jusque dans la goule de
la baleine, entre les arcades de la gargotière, dans le
tunnel de l'œsophage, au creux de l'estomac, au tré-
fonds des entrailles qui gargouillaient de puanteur...

Pouah !

... au cœur des boyaux tordus en un labyrinthe mystérieux qui aboutissait à l'anneau d'or !

Il n'avait rien perdu de son vieux fonds gaulois, le
Bélonie, sorti de Jacques, sorti d'Antoine, sorti de Paris
au temps des chansons et contes drolatiques. Les geôliers, même armés d'arquebuses et de mousquets,
n'étaient pas de taille à lutter contre le violon des Basques, l'élixir de Célina et le conte fantastique de
Bélonie. Et rendus à l'anneau d'or, ils ouvrirent toutes
grandes les portes cochères, après avoir fait passer le
peuple de la charrette par les couloirs et labyrinthes
puants de la prison de Charleston.

Au siècle suivant, quand les descendants de la charrette, assis en demi-lune autour du feu de la Gribouille,
se remémoreront ce chapitre de leur histoire, le Bélonie,
père de Louis, père de Bélonie, père de Louis à Bélonie,
quantième du nom, ramassera dans une seule phrase
toute la joyeuse et époustouflante philosophie de sa race
en giclant dans la maçoune :

— Et c'est comme ça que je sons encore en vie, nous autres les exilés, par rapport que j'ons consenti à sortir d'exil et rentrer au pays par le cul d'une baleine !

Hi !...

V

Et ainsi s'ajouta au répertoire des contes, en Acadie, cette nouvelle version de la Baleine blanche que se sont passée les Bélonie devant l'âtre, d'aïeul en père en rejeton. Oui, en rejeton. Faites confiance à la vie et vous apprendrez bientôt par quel miracle, dans un pays comme le mien, des rejetons surgissent même d'une race éteinte, d'un lignage emporté par une seule vague au large de l'île Royale. C'est le Basque qui avait raison : vous couperez point le souffle à cestuy-là qui garde son souffle en dedans.

Et la caravane des exilés, bœufs en tête, traversa sur la pointe des sabots un Charleston endormi dans la plume et la bonne conscience.

La mer ! enfin.

Et Pélagie qui gardait depuis quasiment deux ans les rênes de sa charrette entortillées sur ses poings fermés, ouvrit toutes grandes ses paumes à la rosée du petit jour. Même les bœufs, secouant leur joug de cornes, essayèrent de galoper en scandant le chant qui sortait tout bas des rescapés de la nuit... J'ai du grain de mil, et j'ai du grain de paille, et j'ai de l'oranger, et j'ai du tri, et j'ai du tricoli... j'ai du tricoli... Qu'est-ce que c'est ?

... C'est le Bélonie qui fixe l'horizon... mauvais signe.

— Quoi c'est qu'il avise encore, le radoteux ? Je sons sortis, l'aïeu, sorti de prison, toute la bande, avec un nègre en plusse, et j'allons nous tremper les pieds dans l'eau salée, une petite affaire, pour les ravigoter, que marmonnait Célina pour rassurer le vieux.

Rassurer le vieux ! Pour qui se prenait-elle, ce matin-là, la sage-femme ! Guérisseuse, tant que vous voudrez, même sorcière ou jeteuse de sorts, si vous en avez besoin. Mais rassurer le Bélonie attelé depuis dix-sept ans à sa charrette fantôme et qui cause avec sa lignée d'aïeux comme avec des compères de voyage ? Voyons, Célina !

Tout à coup, il lève un bras et pointe vers l'horizon, geste oublié depuis l'époque où il lisait la mer et le temps, au bassin des Mines, au bénéfice des pêcheurs qui partaient au large. Il balbutie, à peine, mais quand même il balbutie... il parle à quelqu'un... allons, Bélonie-le-Vieux, dites, dites à Célina et à la charrette...

— Le vaisseau fantôme !

Il l'a dit. Et la charrette, les charretons, les bœufs, toute la troupe fige. Le vaisseau fantôme, on le connaît, celui-là. Depuis des siècles qu'on se passe ce bâtiment maudit, brûlant en mer, tantôt au nord, tantôt à l'est, expiant éternellement une faute perdue dans la nuit des temps mais que le ciel et la terre refusent de pardonner. Et brûle, et rebrûle, jusqu'à la fin du monde. Il l'avait dit déjà, le Bélonie : le plus grand châtiment n'est pas la mort, oh non ! mais la mort sans repos, l'éternelle errance entre ciel et terre, la perpétuelle re-mort recommencée.

... Bien heureux qui peut mourir une fois pour toutes !

Le malheur de ce bâtiment forban, gouverné par le

diable en personne, sera de voguer entre la vie et la mort jusqu'à expiation de son forfait, incommensurable. Et chacune de ses apparitions sera suivie le lendemain d'une tempête en mer : c'est pourquoi le bateau fantôme porte aussi le nom de feu du mauvais temps.

Les charrettes frémissent devant ce brasier vivant qui lance des éclairs dans le ciel en fonçant sur la barre du jour. Un bâtiment en feu, une voilure en feu, des mousses, des matelots, un quartier-maître flambant au soleil, sous les yeux éblouis des déportés qui croyaient avoir laissé les bateaux fantômes en Acadie. Puis l'une après l'autre, les voiles s'éteignent et se gonflent sous la brise du matin... Ma grand' foi, il rentre au port, il manœuvre comme s'il allait accoster, arrêtez-le, sacredieu !... On aperçoit maintenant clairement l'équipage fantôme sur le pont, les mains noires de cendre et le visage allumé par les dernières flammes mourantes, un équipage de mousses, de seconds, de quartiers-maîtres énormes, transparents...

Dieu !

... tous transfigurés et splendides, avec de la chair entre la peau et le squelette, comme les vivants, des revenants si bien revenus que leur bâtiment avait dû couler dans les nuages, la quille en l'air, quelque part au pays de l'oubli.

Bélonie de nouveau ouvre la bouche :

— Le quatre-mâts anglais qui a péri en mer corps et biens, lors du Grand Dérangement.

Célina se jette à genoux, entraînant les Cormier, les Thibodeau, les Bourgeois, les Girouard et même les Basques. C'est l'affolement. Seul Bélonie reste tranquille et seule Pélagie reste debout, avec les bœufs.

Soudain paraît le capitaine, immense, sur le maître-pont. Le soleil levant allume son chapeau et son jabot

Louis XV, et l'Acadie en marche vers le nord s'arrête à cette apparition de son passé et retient son souffle.

Pélagie, debout à la tête de ses bœufs impassibles, affronte de tous ses yeux et de toute son âme hardie le fantôme qui daigne, en terre d'exil, lui faire ce clin d'œil du pays. Elle ne prendra point peur et ne se défilera pas, que les morts se le disent. Elle qui n'a point hésité à s'emparer à deux mains d'un avenir absurde et chancelant, ne bronchera pas devant un passé réincarné dans un capitaine et son bâtiment coulés en haute mer une génération auparavant. Qu'il parle, ce héraut du ciel ou des enfers, et lui dise son dit.

...

Le front du capitaine se déride et ses joues éclatent dans un large rire à l'ancienne comme Pélagie n'en a point entendu depuis le temps. Alors les bras de cette femme éperdue se referment sur son cœur pour le garder au chaud et l'empêcher de bondir hors du coffre : ce rire vient du passé, mais point de l'Au-delà. Et de la poitrine de cette veuve d'Acadie qui traîne depuis tant d'années une plaie ouverte, s'arrache un cri que même les morts auront entendu :

— Il est en vie !

Les charrettes, l'une après l'autre, ont grincé de surprise en réponse à la vache marine qui, du faîte des haubans, leur apportait le bonjour des mers du Nord.

Il était vivant, le capitaine Broussard, Broussard dit Beausoleil, maître d'un quatre-mâts anglais rebaptisé la *Grand' Goule* et de son équipage de rescapés... si fait, Bélonie, des rescapés, rescapés en plein océan, arrachés à la mer en furie et à leurs geôliers impitoyables par nul autre que Beausoleil, déporté lui aussi d'Acadie.

Et Beausoleil-Broussard lui-même, vivant corps et

âme, saute sur le quai aux pieds de Pélagie et présente son bâtiment à la charrette.

L'un après l'autre, les matelots débarquent et s'en viennent secouer les épaules de leurs pays et payses ad germain :

... un Bourg...

— Salut !

... un Belliveau, un Léger...

— Cousin !

... un Gautreau...

— Vieille branche !

... un Cyr, un Gaudet, un Robichaud, un LeBlanc...

— Encore un, sacredieu ! t'as qu'à ouère, asteur !

La charrette en glousse et s'en essuie les essieux. Sans mentir, ce sont les plus joyeuses et émouvantes accordailles entre la mer et la terre ferme de mémoire acadienne.

Les plus émouvantes pour Pélagie, en tout cas, et pour Broussard dit Beausoleil, capitaines au sol et sur l'eau, qui s'étaient reconnus par-delà les années.

... Louis à Bélonie, mon cousin et contemporain, l'a répété tant et tant de fois que les gens du pays se reconnaissent sans s'être jamais vus, à de tout petits signes : la voix rauque, l'odeur de sel sous la peau, les yeux bleus et creux qui regardent par en dedans comme par en dehors, le rire enfin, qui vient de si loin qu'il a l'air de dégringoler de quelques cieux perdus.

Toujours selon Louis à Bélonie à Louis, mon contemporain.

Ainsi se seraient reconnus Beausoleil et Pélagie. Et avec eux, leur double équipage. Rencontre de la mer et du continent après dix-sept ans ! Pélagie s'en caressait la gorge et s'en essuyait les yeux. Sa peau avait-elle perdu sa blancheur des hivers de la Grand' Prée ? et ses

lèvres, leur sourire confiant face au vent de noroît ? et
son regard, sa vision qui débordait l'horizon de la baie
Française et du bassin des Mines et scrutait des terres à
conquérir ? Elle respirait de toutes ses forces, Pélagie,
ce matin-là, et grasseyait pour empêcher sa voix de
trahir le frisson qui lui chatouillait la gorge et les reins :

— Sortez les cruches et les cruchons ! aveindez les
casseroles et ajoutez du jus dans le fricot !

Elle devait se figurer que le seul tintement des cuillères contre la marmite ramènerait tout le monde sur
terre. Mais les cuillères se moquaient de Pélagie et bat-
taient la mesure et faisaient chanter les timbales... J'ai
du grain de mil, et j'ai du grain de paille... faites de la
place aux invités... et j'ai de l'oranger, et j'ai du tri, et
j'ai du tricoli... de la bouillie pour Bélonie... j'ai des
allumettes, et j'ai des ananas... mangez, Bélonie, c'est
fête à la charrette, mangez votre bouillie.

Si vous pensez ! Si vous pensez que le Bélonie avait
le cœur à la bouillie ce matin-là. Pour une fois que le
ciel lui envoyait de vrais revenants, à portée de main,
une pleine goélette de trépassés, de quoi remplir à ras
bords sa charrette qui enfin ferait un pied de nez à celle
de Pélagie, pour une fois que la Mort venait à lui en
chair et en os, il était berné. Le vaisseau fantôme lui
garrochait dans le giron une bande d'imposteurs et de
charlatans, de faux défunts, conteurs de sornettes, at-
trape-nigaud, chanteurs de pomme. Et il prit un bon
coup de vieux, le Bélonie. Quoi qu'on en dise, ses défunts à lui ne se comportaient pas comme de faux
vivants, n'empruntaient pas leur voix aux hommes ni
leurs gestes à la vie ; ses défunts à lui savaient se respecter et respecter la mort.

— Mais ils sont vivants, Bélonie, leur goélette a
point sombré au large.

... Vivants, t'as qu'à ouère! une goélette naufragée, qui sait même point sombrer comme il faut!

Et Bélonie-le-Vieux, qui s'y connaissait en trépasserie, se détourna de cette goélette fluette et froussarde qui n'avait même pas su affronter sa propre mort.

Froussard et fluet, ce quatre-mâts, le seul quatre-mâts à avoir longé les côtes de la baie Française à l'époque de la prospérité? Un bâtiment à vingt-quatre voiles qui avait fait l'envie de tous les mariniers acadiens et français à naviguer de la Terreneuve à la Nova Scotia, mais qui arborait le pavillon d'Angleterre, en ce temps-là, et s'appelait le *Pembroke*. Et comme par adon, Bélonie, c'était sur ce fier bâtiment qu'avait échoué dans le partage des déportés un jeune et hardi marin dénommé Broussard.

Si fait, Bélonie!

Il n'avait pas trente ans au matin du Grand Dérangement qui déportait son peuple dans le Sud; mais des trente ans, il en avait vécu plus de la moitié sur l'eau et connaissait la mer mieux que l'arrière-cour de son logis. Les Broussard de père en fils jouaient avec les baleines et se moquaient de la vague et du nordet. Ils avaient tous bu plus d'un coup à la grande tasse, comme qui dirait, et en avaient gardé dans le gosier une couche de sel qui leur valait cette voix grave et rauque.

— Et une soif qu'on se passe de père en fi'.

Mais ils avaient toujours fait surface, les Broussard, comme si la mer elle-même craignait d'avaler une race assez hardie pour lui dénouer les racines et les veines d'eau, au fond des fonds. La chronique du temps en avait conclu qu'aucun Beausoleil jamais ne disparaîtrait sous l'eau, mais passerait son éternité à voguer loin au large, entre les algues géantes qui amarrent l'horizon au soleil couchant. Voilà ce qu'il entendait, le conteur, par bâsir en mer.

— Après ça, faut point s'étonner qu'un capitaine er-
soude, même après vingt ans.

... Contez, Beausoleil, contez.

Et Beausoleil-Broussard reprit le récit de son aventure à partir de la cale du *Pembroke* qui le menait en
exil avec les siens... Une cale si bien arrondie dans sa
coque, des flancs si bien balancés et d'une telle tenue
en haute lame, que le jeune marin se surprit à naviguer
le *Pembroke* chaque nuit, le guidant sur les basses, entre
les récifs, au cœur même de la sorcière de vent qui
soulevait des vagues de septante pieds. C'est alors que
le preux paria à ses compères d'infortune, un soir que
les vieux sentaient dans les os et le nez une tempête
s'approcher de leur bâtiment, que ce quatre-mâts, même
estropié, saurait affronter un ouragan, il paria.

— Tu divagues. Avec un fantassin anglais à la barre ?

— Nenni, avec Beausoleil à la barre.

— Ah !...

— Mais Beausoleil est dans la cale, pour le malheur
du pays.

Un hardi garnement, Joseph Broussard dit Beausoleil, avant trente ans. Cette nuit même, il grimpait sur le
pont, se glissait jusqu'au gaillard d'avant et, personne
ne saura jamais comment, il estropia la goélette qui se
mit aussitôt à dériver vers l'est, dangereusement, face à
la tornade, en plein dans la gueule des lames, aux cris
d'un équipage improvisé, recruté au hasard de la guerre
dans l'infanterie anglaise de Nova Scotia et du Massachusetts. Un équipage si complètement débordé et
affolé qu'il commençait déjà à larguer les chaloupes à
la mer, sauve qui peut ! abandonnant le *Pembroke* et sa
cargaison de malheureux aux fantaisies du destin.

Bienveillant destin !

Car c'est alors que notre héros se présente tout

gaillard au capitaine désespéré et lui offre les services d'une science et accoutumance de la mer, vieilles de dix générations.

— Je peux sauver le navire, qu'il dit, si vous m'en passez la commande.

Il avait pris garde, Beausoleil, de ne pas s'engager à sauver l'équipage. Une parole est une parole ; et son peuple avait déjà payé assez cher une parole donnée au roi d'Angleterre qui, sur une clause controversée d'un serment d'allégeance, l'expédiait à la mer sans plus de cérémonie.

... Et sans plus de cérémonie, le nouveau commandant expédia par-dessus bord les quelques soldats récalcitrants et s'empara de la barre. Une barre qu'il se hâta de réparer avant l'éclatement de la tempête.

— ... ?

Par sa magie à lui.

Les Bastarache et les Girouard qui avaient aussi dans le sang leurs trente-deux quartiers de mariniers auraient bien aimé savoir. Quand même, réparer un timon en haute mer, dans la gueule du loup...

Beausoleil, riant de tout son visage ensoleillé, se contenta de se taper l'os de la cuisse du revers de la main en s'adressant du rebord de l'œil à Pélagie :

— Mal pris, qu'il fit, un homme peut s'aller qu'ri' un timon et même un grand mât là-dedans.

Et Pélagie sentit sa propre cuisse frissonner.

Tant d'émotions en un seul jour ! Après toutes ces années le cœur au sec, Pélagie laissa la brise du large lui minatter les joues et la peau de l'âme. Et sans même chercher à se contenir, elle gloussa, et pouffa, et chouchouta jusqu'à ces bœufs qui en agrandissaient des yeux tendres et complices.

Durant une demi-génération, la vie ne s'était donc

pas arrêtée pour tout le monde ? Pendant qu'elle, Pélagie, s'acharnait à creuser la terre pour y déniger des
racines et des graines pourries, pendant qu'elle dressait,
barreau par barreau, les ridelles d'une charrette qui la
ramènerait avec les siens au pays, là-bas en mer, une
goélette charriait les restes d'un peuple, des côtes de la
Nouvelle-Angleterre aux rives de la Nouvelle-France.
T'as qu'à ouère !

Et toutes les charrettes en rirent et braillèrent un bon
coup.

... Comme ça les Melanson de la Rivière-aux-
Canards n'étaient point restés dans le sû ? Et les Bernard et les Bordage, et les Arsenault, vous me dites
pas ! Tout ce monde-là serait remonté en Gaspésie ?
C'était-i' avec l'idée de s'y établir ? Et les Pellerin,
qu'était-il advenu des Pellerin ? Jamais je croirai qu'ils
ont partagé l'embarcation des Robichaud, ça se parlait
même pas dans le temps. Mon Dieu ! puis les Vigneault,
on avait des nouvelles des Vigneault, après toutes ces
années ? Comment vous dites ça ? Ils sont rendus aux
îles de la Madeleine ? Et d'autres à Saint-Pierre et Miquelon ? Et plusieurs Gaudet et Doucet et Belliveau ont
pris à travers bois vers Québec ? Mais les déportés vont-
ils finir par inonder le pays ?

Les charrettes en étouffaient et ne parvenaient pas à
s'informer de tout le monde en même temps. Alors on
bousculait les Marin et les Martin sur les Mazerolle qui
chaviraient dans le lignage Dupuis marié à la famille
Lapierre dit Laroche. Vous viendrez pas me dire... Tout,
Célina, on allait tout vous dire, même l'alliance des
Allain aux Therriot, même le mariage en troisième noce
du dénommé Joseph Guéguen, sieur de Cocagne, en
train de s'amasser une jolie et rondelette de petite fortune dans la fourrure.

Vous m'en direz tant !

— Et l'abbé LeLoutre ?

— Cestuy-là !

... Taisez-vous, ne touchez point à la religion.

— Sa religion l'a pourtant point empêché de nous trahir, tous.

— Point nous trahir, Anatole, nous défendre.

— Vous trouvez que j'ons été bien défendus ?

... Touchez point aux prêtres.

— Prêtre ou pas, c'est un félon. Sans lui et ses rebelles de sauvages, les Anglais nous auriont quitté la paix ; et je planterions encore nos navots au bassin des Mines.

— Sans lui, j'aurions fini par oublier que j'étions français.

— Mais avec lui, nos descendants risquont d'oublier qu'ils ont été acadiens.

Les Girouard, les Thibodeau et les Bourgeois étaient bien partis pour le déchirer en petits morceaux, l'abbé LeLoutre, déchirure que l'histoire n'a pas encore raccommodée, à l'heure qu'il est.

Car Louis à Bélonie rapporte que du temps de Pélagie-la-Gribouille, à la fin du siècle dernier, on glosait beaucoup – on dépensait beaucoup de crache, selon lui – autour des fidélités et félonies de cet agent double, triple, ou davantage. La seule conclusion des Bélonie sur la carrière équivoque de cet homme de Dieu, c'est qu'il aurait mieux valu pour tout le monde ne point éveiller l'ours qui dort. Et sans les prouesses intempestives de l'abbé LeLoutre, l'ours aurait pu dormir encore longtemps, aussi bien à Londres qu'à Chibouctou qu'on commençait petit à petit à nommer Halifax.

Selon les dires des Bélonie.

— Y avait rien qu'à Boston que ça grouillait drôlement en ces années-là.

Apparence qu'à Boston, on avait des raisons d'en vouloir aux Français qui lançaient des expéditions surprises sur les côtes de la Nouvelle-Angleterre, de temps en temps. Des Français, des Canadiens, que les Bostonais ne distinguaient pas de ces Acadiens que des bateaux anglais étaient venus soudain déverser dans leurs villes, pieds et poings liés. Et les Acadiens déportés payèrent pour les expéditions des autres.

— Si vous pouvez faire autrement, passez point par Boston avec vos charrettes, que leur enjoignit Beausoleil.

C'est alors que Catoune se détacha du groupe et courut vers la *Grand' Goule*. Ses yeux de chatte avaient vu bouger une voile, celle du mât de misaine. Quelqu'un sur le passavant se glissait entre les vergues, cherchait à s'emparer du bateau. Et Catoune enfila la passerelle et sauta sur le pont.

Le nègre fut le premier à agrandir les yeux, comme si on venait pour la deuxième fois de couper ses chaînes, et il s'engagea à son tour sur la rampe. Après le nègre, Jean et Maxime s'attrapèrent les jambes. Et bientôt tout le peuple en pleines retrouvailles au pied de la *Grand' Goule* s'ébranla et sema la pagaille chez les bœufs.

— Sacredieu! quoi c'est qui se passe encore?

Pacifique Bourgeois n'aimait pas qu'il se passe plus de choses que les choses strictement indispensables à une expédition comme celle dans laquelle on l'avait embarqué, bien malgré lui, et qu'il aurait volontiers échangée contre un bon lit de plume comme jadis...

— Ca-tou-ne!

... Si elle continuait ses fugues jusqu'à Beaubassin, la garce, ni Pacifique ni aucun des déportés en Caroline ne devaient compter revoir jamais leur terre grasse de la vallée de Port-Royal.

— Reviens, Catoune !

... De toute manière, ç'avait tout l'air que la Pélagie elle-même ignorait le trajet qu'elle avait l'intention de faire suivre à ses bœufs ; des bœufs qui ne tiendraient point le coup, ça, Pacifique Bourgeois en avait la certitude, et si nécessaire, il en parlerait aux Thibodeau et aux Cormier, pas aux Giroué, ces geignards et flancs-mous...

— Quoi c'est qu'elle a trouvé ?

Elle avait trouvé la P'tite Goule, ce géant de la race des Gargan et Gargantua qui avaient parcouru les vieux pays sur l'empremier, abattant des montagnes sur leur passage, creusant des lacs de leurs sabots, et se balan-çant les pattes, à califourchon sur les églises, en pissant sur la foule en guise de bienvenue. La P'tite Goule sor-tait de ce genre de lignage, au dire de Pierre à Pitre dit le Fou, son compère depuis le sauvetage du cachalot.

La charrette dut prendre une profonde inspiration pour suivre le récit de ce Pierre le Fou qui bousculait les histoires les unes par-dessus les autres, des géants à la P'tite Goule au cachalot qui les avait tous deux res-capés des Anglais et garrochés sur le pont du quatre-mâts du capitaine Beausoleil.

— Comment ?

Eh oui, ça s'était passé comme ça, croyez-le ou point, un cachalot qui se trouvait à voguer par là, un dimanche après-midi, au large des îles du Maine, en plein hiver, avait frôlé la goélette qui transportait dans le sud sa cale de déportés, au nombre de qui se trouvaient les deux in-séparables héros de basses-cours – c'est-à-dire les voleurs de poules et de pirounes – le nain et le géant. Or ces héros, la P'tite Goule et votre serviteur, poursuivit le Fou, qui n'avaient jamais eu de goût pour les fonds de cale, sautèrent, au nez même du capitaine anglais, sur les glaces flottantes en plein océan et aboutirent à la baleine qui les prit sur son dos.

Célina calouette des deux yeux, Pacifique Bourgeois fait heh ! et tous les autres écoutent avidement.

...Vous n'avez pas idée, personne, du plaisir de galoper en mer, face au vent, buvant l'écume sous les narines de la bête, se baignant à son jet de fontaine, naviguant sous l'eau comme au-dessus, sifflant, chantant, défiant le soleil, toujours au dire de Pierre à Pitre le Fou, pour finir un jour sur le pont d'un quatre-mâts, recueillis en haute mer par une goélette vorace qui vous avale dans sa grand' goule. Vous n'avez pas idée !

— J'ons pas idée de raconter de pareilles histoires devant les enfants.

Taisez-vous, Célina. Ni les enfants ni les autres ne seraient jamais rassasiés des récits fantastiques de Pierre le Fou. Malgré leur propre répertoire d'aventures qui devait constituer un patrimoine oral dont les générations à venir feraient leurs beaux dimanches, les déportés qui rentraient au pays, en cette fin de siècle, buvaient à grandes lampées les récits merveilleux des autres. Ceux-là mêmes qui avaient vu flotter sur les côtes de la Marilande la tête de Barbe-Noire, ou qui venaient tout juste de sortir de la prison de Charleston par le cul d'une baleine, s'ébaudissaient à la narration du fou de Pierre à Pitre qui composait ses histoires à mesure.

Car telle restera jusqu'au bout la différence entre les deux plus grands conteurs de l'Acadie du retour : alors que Bélonie, durant près de cent ans, devait transmettre fidèlement à son lignage un répertoire des contes et légendes sorti du temps des Grandes Pluies, Pierre à

Pitre, le Fou du peuple, allait verser dans ce répertoire des versions, variantes, improvisations, élucubrations de son cru qu'il est bien malaisé aujourd'hui de distinguer de l'authentique ancien.

... De toute manière, devait dire un siècle plus tard Pélagie III dite la Gribouille, la seule histoire qui compte, dans tout ça, c'est celle de la charrette qui ramenait un peuple à son pays.

Pas encore un peuple, non, la Gribouille, pas tout à fait. Lors de cette première rencontre de la mer et de la terre ferme, la troupe n'était constituée que de lambeaux de parenté et de voisinage. Les LeBlanc de Grand-Pré, les Cormier, les Girouard de Beauséjour et Beaubassin, des bribes de Port-Royal... Mais voilà qu'aujourd'hui, la goélette leur déversait dans le giron de bonnes retailles de la Rivière-aux-Canards et de Beausoleil.

— Et de la Terre-Rouge.

Oui, Terre-Rouge, appelée aussi le Coude à cause de sa rivière en coin, où avait atterri le géant P'tite Goule en sortant de ses temps primordiaux. L'enfance du géant flottait quelque part dans les brumes de la Petit-codiac qui traversait la glaise rouge des marais de Tintamarre et de Memramcook.

— D'où c'est que sortait sa famille?

Allez savoir! La P'tite Goule n'était pas loquace, d'où son sobriquet. P'tite Goule, c'est le contraire d'une grand' gueule ou bagueuleux.

— Pantoute. La P'tite Goule, c'est le mousse de la *Grand' Goule*. C'est de là qu'il prend son nom, demandez-le au capitaine qui dit jamais rien que la vérité.

Le capitaine avisa son fou de second mousse et sourit : s'il se mettait à rectifier chaque vérité dont s'emparait le Pierre à Pitre, il risquait fort de détruire dès le premier jour la crédibilité d'un conteux-radoteux-placoteux-faiseur-de-tours de génie. Et puis elle était si splendide l'image des deux cavaliers des mers chevauchant un cachalot entre les glaces du Grand Nord. Et Beausoleil se borna à raconter aux charrettes l'extraordinaire destin de ce géant de Terre-Rouge, prisonnier des Anglais, et qui s'était creusé de ses propres mains un tunnel qui s'en allait déboucher de l'autre côté de la rivière, en terre libre.

Car à l'époque, on parlait encore d'Acadie française ou Acadie libre, sise au nord de Beauséjour et par conséquent face à cette Acadie déjà tombée et appelée Nova Scotia. Le géant, par son tunnel dans la glaise, d'autres disent à gué, avait réussi à traverser dans la libre vallée de Memramcook une bonne partie des familles acadiennes prisonnières des Anglais. Les Gaudet et les Belliveau s'en souviendraient encore, au dire de mon cousin Louis à Bélonie.

C'est ainsi que la P'tite Goule qui avait passé la fleur de sa jeunesse sous terre, prisonnier dans une cave à patates ou creusant des tunnels sous la rivière, avait perdu l'habitude du monde et pris le parti de s'enrouler dans les voiles à chaque accostage de la goélette. Mais le géant mesurait environ huit pieds, et la voile de misaine ne suffisait pas à lui faire un manteau. Et la Catoune avait l'œil prime et le nez fin.

— Ça t'apprendra, beau géant, que lui dit le capitaine, à faire le honteux et à te cacher du monde. Ça sera tout le temps le plus petit ange du bon Dieu qui te dénigera et te ramènera à ton équipage.

Il était au grand complet, l'équipage de la *Grand' Goule* alias le *Pembroke*, qui put raconter grain par grain le chapelet d'aventures que vivaient depuis près de vingt ans ces nouveaux Robins des Bois.

— Robin des Mers, que devait dire plus tard l'un des Bélonie ; si fait, le Beausoleil-Broussard, ç'a été notre Robin des Mers...

Pélagie-la-Charrette de nouveau s'entoura la poitrine de ses deux bras pour empêcher son cœur de bondir sur le pont de la *Grand' Goule*.

VI

Robin des Mers !

Depuis l'arrivée à Port-Royal des premiers colons, les parentés ne s'étaient pas embrouillées, entremêlées, eh oui, mais pas embrouillées, les Cormier s'alliant aux Landry, s'alliant aux Bourg, s'alliant aux Arsenault dans des liens si bien noués que la moindre apprentie défricheteuse pouvait les défricheter et dénouer sur ses doigts, à l'envers comme à l'endroit, en grimpant ou dévalant les branches généalogiques.

Or voilà qu'avec l'événement, l'Acadie, pour la première fois, faisait face à un danger qui pouvait l'atteindre dans ses racines. On bousculait et chavirait les lignages, embrouillant les noms, dispersant les branches des familles aux quatre vents. Les guerres précédentes n'avaient fait qu'émonder l'arbre ; la Déportation risquait de le déraciner.

Toutes ces réflexions, le capitaine les remâchait nuit après nuit en remontant sa cargaison d'exilés en Gaspésie. Et c'est pour retransplanter l'arbre qu'il s'était fait Robin des Mers, attaquant les navires anglais, délivrant les prisonniers et les rendant à leur patrie.

Une patrie que la Dispersion était en train d'agrandir

de toutes les îles et toutes les anses capables de cacher un peuple disloqué. Car la *Grand' Goule* s'était mise à débarquer des Arsenault et des Haché dit Gallant à l'île Saint-Jean; et des Vigneault aux îles de la Madeleine; et des Chiasson à l'île Royale dit Cap-Breton; et des Blanchard, et des Haché, et des Lanteigne à l'île Miscou; et tout le long de la péninsule gaspésienne des branches entières de Bernard, et de Richard, et d'Arsenault, et haut dans les terres, entre la Miramichi et la rivière Saint-Jean, des Godin, des Poirier, des Gaudet, des Belliveau.

Plus des LeBlanc partout.

Partout?...

C'est la Célina, fille sans nom et sans ancêtres, qui vint renchérir sur le Beausoleil. Car la boiteuse s'était faite défricheteuse comme elle était devenue sage-femme: par défaut. La vieille fille débroussaillait les branches des troncs des autres avec la même ardeur qu'elle fouillait les ventres de ses voisines et payses. Et c'et ainsi que très vite elle devint spécialiste des deuxièmes lits, Célina. Défricheter en droite ligne, c'est bon pour les illettrés; la science commence dans les deuxièmes lits. Sans ces distinctions, personne ne saurait prétendre à du véritable défrichetage, Célina pouvait vous le dire. Par exemple, le rejeton d'un deuxième lit a un demi-lignage qui bifurque par la hanche ou la cuisse, et c'est habituellement de ce côté-là que ça se gâte. Prenez l'Ernestine...

Et la Célina s'enhardissait à mesure qu'elle grimpait dans l'arbre des LeBlanc, débroussaillant à coups de hache et de faucille jusqu'au tronc. Pélagie plongea dans ses souvenirs, excitée par la voix écorchée de Célina qui défrichetait sa belle-famille sans s'égratigner un seul doigt.

... L'Ernestine, la demi-belle-sœur du deuxième lit, avait très jeune manifesté de curieuses dispositions pour l'aventure et l'anarchie, apparence, ne fréquentant ni son âge ni son rang, mais levant le nez, comme si elle avait eu des visées. Pélagie ne comprenait pas trop bien ce que Célina pouvait entendre par là, les visées de la demi-belle-sœur ne pouvant pas viser plus haut que le plus haut rang qui, à l'époque, était à peu près au même niveau que le plus bas. Dans un pays où la demi-belle-sœur cadette épouse en seconde noce le père du mari de sa sœur du premier lit, vous n'allez pas me dire qu'on y met des formes ou qu'on y respecte les rangs.

Eh bien si !

Les rangs, même les fourmis en ont, et les abeilles. Ça fait que les LeBlanc ou les Therrio... ! Le rang, c'est une attitude avant tout, une manière de porter la tête et de cambrer les reins. N'allez pas croire que le seul fait de descendre du même notaire René LeBlanc qui s'en fut à Halifax un jour plaider auprès du gouverneur la cause de son peuple ; ou de ce Pierre Therrio, riche propriétaire de la moitié de la vallée de Chignectou et qui laissa une progéniture répandue sur tout le pays... n'allez pas vous imaginer que toute cette descendance Therrio ou LeBlanc a droit au même héritage et aux mêmes prétentions !

Et Célina savoura l'effet de sa cruauté dans le cœur des Bourgeois, parvenus selon elle de la hanche gauche, sortis par les femmes d'un bâtard de Port-Royal.

— Un bâtard qui en était pas moins le propre fils du Sieur Charles de la Tour, premier seigneur débarqué au pays.

— La Tour qui a laissé sa descendance dans un wig-wam, se hâta d'ajouter Célina qui se vengeait ainsi de son propre sang sauvage.

Et elle renchérit sur la bâtardise des Bourgeois à coups de branches fluettes et tordues.

— Des de la Tour sortis d'une dent de lait de la grand-mère maternelle, sans aucune parenté avec les fondateurs de vieille souche.

Beausoleil sourit à ces distorsions historiques de Célina. Vieille ou neuve souche ne voulait pas dire grand-chose dans un pays où tout le monde était sorti ensemble de Touraine et de Poitou; où tout le monde avait pris le même bateau pour s'en venir échouer sur la même terre de Port-Royal et du bassin des Mines; et où tout le monde, hormis les déserteurs dans les bois, avait été expédié dans le Sud ou dans les îles. Les plus vieilles souches n'étaient vieilles que de cinq ou six générations, en Acadie, mais c'était pourtant la plus vieille souche européenne en Amérique du Nord.

— C'est dans l'avenir, dumeshui, qu'il faudra compter les souches. Et m'est avis que pour en faire le compte, faudra faire des voyagements loin au nord et loin au sû.

La phrase de Beausoleil atteignit tout le monde en même temps. Sans mesurer l'exacte distance entre le nord et le sud, les charrettes n'en eurent pas moins le sentiment qu'on venait de reculer le voile de l'horizon.

— Y a-t-i' du mystère là-dessous? s'informa Jeanne Aucoin qui cherchait toujours à rapatrier des branches Girouardes emportées par la dépouille de vent. Jusqu'où c'est qu'y en a des nôtres, Beausoleil?

C'est alors que le Robin des Mers raconta la Louisiane.

La Louisiane, t'as qu'à ouère!

Tous les déportés en avaient entendu parler. Une terre française, sise à l'ouest de la Caroline et de la

Virginie, quasiment à la porte. Un pays de liberté, de soleil et de melons d'eau.

— Et d'écrevisses plein les bayous.

— Ah! ce qu'il en connaissait des choses, ce Beausoleil! Il pouvait vous nommer par leurs petits noms les navires accostés à la Nouvelle-Orléans; et vous dénombrer des familles; et vous fournir leur provenance, les détails de leurs pérégrinations et les péripéties de leurs aventures.

— Ainsi il mit l'eau à la bouche à tous les Cormier et tous les Girouard et surtout aux Thibodeau avec son histoire d'échanges de prisonniers entre l'Angleterre et la France, pacte qui rendait au Poitou et à Belle-Isle-en-Mer une grosse poignée de colons acadiens.

Le fils de Charles à Charles en calouetta.

— Comme ça ils sont rentrés au pays!

Les Girouard avaient la nostalgie dans le sang, comme d'autres la peur ou l'angoisse. La seule idée d'un retour à la terre d'avant la terre chatouillait l'âme d'Alban Girouard, comme si cent ans n'avaient pas suffi pour le guérir du passé. Et il enviait les quelques survivants du *Duke William*, naufragé dans la Manche, et qui réussirent à toucher le vieux continent dans une méchante chaloupe.

— Ils sont rentrés chez eux, qu'il répétait.

Les Bourgeois regardaient de travers Alban à Charles à Charles. Pourquoi se donner tant de mal pour se fonder une terre neuve si au bout de cent ans on devait l'abandonner aux bêtes sauvages et aux Anglais? Ils avaient pioché, et sarclé, et assaini des marais tout le long de la baie Française, les Bourgeois, durant leur longue lignée de Pacifique à Jacques à Jude à Jacques à Jacob, chirurgien de la Seigneurie d'Aulnay. Vous pensez qu'on avait fait tout ça pour les autres; ou pour retourner en vieille France raconter ses malheurs aux descendants des aïeux ? Pacifique Bourgeois et Jeanne Bourgeoise, sa femme, s'assirent encore un coup sur le coffre de famille et jurèrent qu'on ne l'ouvrirait qu'en Acadie.

— A croire que tout l'or du Pérou se cache au fond de c'te coffre, que protesta Jeanne Aucoin.

Jeanne Trahan dite Bourgeoise planta encore plus avant la pointe de ses fesses dans le couvercle du coffre pour toute réponse à Jeanne Aucoin la Girouère ; et tout le monde se frotta les mains devant la perspective d'une jolie bataille des Jeanne. Et sans l'étourderie du jeune Olivier Thibodeau qui ramena les charrettes en Louisiane, on était sur le point de voir pour vrai ces deux plus forts becs d'Acadie confronter leur génie.

... Mais Grand-Pré est encore loin, faut pas désespérer de retrouver des occasions.

Le jeune frais des Thibodeau, donc, avait remis Beausoleil sur la route de Louisiane. Ils en avaient tant rêvé, les Thibodeau, de la Louisiane, terre de France à l'heure où toute l'Amérique tombait pièce par pièce dans le giron d'Angleterre.

— A la bouchure de la Louisiane, vous auriez point vu, par adon, un clayon ouvert pour y laisser passer un petit homme sans grous bagages ?

Il était tenace, le jeune Olivier, et avait le rêve solide. Beausoleil-Broussard aimait d'instinct les têtes dures et il fournit des détails. La Géorgie, les Caroline, la Marilande, les déportés les avaient reçues en pleine face le jour où on les débarquait de force au hasard des havres. Mais la Louisiane, ils l'avaient choisie. Ceux des prisons de Londres, ceux de Belle-Isle, ceux des Antilles, et même de Saint-Pierre et Miquelon, s'affrétaient des goélettes et partaient pour la Louisiane. En quinze ans,

la Louisiane avait accueilli plus d'Acadiens que de soldats ou colons français ; et le gouverneur, débordé, les
refoulait en haut des bayous.

— Y en a même qu'avont descendu durant dix ans le
Mississippi, sus des radeaux ou dans des canots
d'écorce. Mais au bout de dix ans, ils avont pu se recommencer un lignage.

Dix ans, songea Pélagie, c'est un gros morceau
d'héritage de vie.

Olivier s'entêta :

— Il me semble que je devons point être loin de la
frontière. Si je prenions à travers champs et bois...

— Par les montains...

— Mieux vaut y entrer par la grand' porte, par la
mer. La Louisiane est à portée de voile par la mer de
Virginie, puis par le golfe du Mexique.

Plus il parlait, le capitaine, et plus la tribu des
charrettes frétillait et glissait dans les rêves et les chi-
mères.

... Une Acadie du Sud, plus proche et plus chaude
que l'Acadie du Nord, peut-être plus riche, sûrement
plus accueillante par les temps qui vont... Une Louisiane débordante de Martin, de Dugas, de Babineau, de
Bastarache, tiens !... de Bernard et de Landry à ne plus
savoir où les crécher.

— Des Landry, vous me dites pas !

Des Landry de la paroisse Saint-Landry, figurez-
vous, et qui marquaient déjà leurs bestiaux de leur signe
pour les faire respecter ; des Martin qui donnaient leur
nom à Saint-Martinville ; des Mouton qui parlaient
d'homme à homme au gouverneur...

— Mon doux séminte !

... Avec des prêtres pour leur chanter l'office, et des
lois pour les défendre, et des terres pour les nourrir...

... Mais point de tombes à fleurir, songea Pélagie, ni de racines à déterrer.

— Les hivers sont durs au bassin des Mines, Pélagie, que s'en vint lui souffler Anatole à Jude Thibodeau, maître de forges. Et si je me souviens bien...

— Faudrait vous souvenir itou de la saison des métives avec ses pommiers tant chargés que les nouques des branches en craquiont ; et la saison des sucres avec sa sève d'érable qui dégouttait dans les timbales ; et la saison des petites fraises des bois... Ils avont-i' des fraises des bois et du sirop d'érable dans votre Louisiane ? qu'elle demanda en plein dans les yeux du capitaine, la Pélagie.

Et le capitaine en rit de toute sa gorge rauque de sel et de vent du large... Quelle femme, cette Pélagie ! capable à elle seule de ramener un peuple au pays. De le ramener à contre-courant. Car le courant descendait vers le sud, en ces années-là, et Beausoleil avait vu la moitié de son peuple s'y glisser et se laisser emporter vers les Antilles et la Louisiane. Mais voilà qu'il croisait sur sa route cette nuque raide et ce front haut qui osait se dresser devant tous les siens et leur hucher, attelée à sa propre charrette :

— Ça serait-i' les marécages brûlants et fiévreux qui engorgeont les bayous de la Louisiane que vous cherchez ? Et c'est leur pain ranci que vous irez mendier sur le marchepied des plantations créoles de la Nouvelle-Orléans ? Vous avez donc oublié le pays que j'ons quitté là-bas ? hein ?

Nenni, personne ne l'avait oublié, Pélagie pouvait dormir tranquille. Un peuple qui n'a pas oublié la France après un siècle de silence et d'isolement n'oubliera pas au bout de quinze ans d'exil ses rêves d'Acadie. Il se souvenait de sa frayère comme les saumons ; et comme les saumons, il entreprit de remonter le courant.

Ce jour-là, on ne parla plus de la Louisiane. D'ailleurs les rêves de Louisiane comme les explorations de la Martinique et de la Guadeloupe furent interrompus par un nouvel affrontement des jeunes fringants des charrettes en mal d'amour.

— Ça va pas finir, ça ?

Non, parce que là, pas seules les charrettes se croisaient les brancards et les cornes, mais la goélette, figurez-vous, la goélette aux quatre mâts entrait en lice.

Beausoleil accourut. Mais c'est la Célina qui se débattit le plus fort. Elle agitait les bras, lançait des coups de tête dans tous les sens, vociférait et jurait qu'elle finirait par amener la paix et la tranquillité au sein de la tribu, dût-elle y laisser un pied. C'est le choix du legs qui mit tout le monde en liesse et détourna le cours du combat, le pied de Célina à lui seul ayant autant de prix que la tête de Barbe-Noire ou le trésor du capitaine Kidd.

— J'en ferons un ragoût de pattes de cochon, que s'esclaffa un Basque en se tapant les cuisses.

— Ben je l'arrouserons de vinaigre auparavant pour point empoésouner personne.

— Et si un chrétien a le malheur d'en corver, je l'enterrerons sous la bouse de vache pour point qu'il sentît.

Ç'allait mal finir, ça fait que Pélagie et Beausoleil jugèrent qu'il était temps de mettre le holà. On sépara les belligérants, isolant la Célina, puis on commença l'enquête. C'est alors qu'on découvrit la P'tite Goule, les bras pendants comme deux rames abandonnées au courant, le visage étonné et ravi, défendu à son âme défendant par nulle autre que Catoune. Le pauvre géant ne savait plus comment protéger sa protectrice sans se défendre lui-même de l'assaillant : un assaillant qui attaquait en même temps son aile gauche et son aile droite, cherchant une percée dans ce mur qui gardait le Pierre à Pitre caché derrière lui.

— Ah bon !

Voilà qui avait tout commencé : Pierre à Pitre Gautreau, le Fou. Comme si la Catoune n'avait pas assez de soupirants comme ça, c'est le Fou, par pure étourderie, qui s'en était venu lui pincer... quelque chose, il refusa d'avouer. Mais Pierre à Pitre pinçait tout le monde, c'était une manie, comme la danse de Saint-Guy, Jean et Maxime s'étaient vraiment échauffés pour rien. D'ailleurs il se défila aussi vite qu'il s'était enhardi, le couard, en se retranchant derrière son géant.

Mais c'est là que l'affaire avait grossi. Car le géant qui ne se défendait jamais contre plus petit que soi, ce qui le laissait absolument sans défense, encaissait sans broncher et sans comprendre les coups de pieds et de cornes des soupirants de Catoune. Mais la Catoune, ça s'adoune, n'allait point tolérer pareille ignominie et elle se dressa de toute sa taille devant son géant dont elle réussit à couvrir à peu près la quinte partie. Et approche qui ose !

Les Basques et les Thibodeau se crachaient dans les mains, Célina s'arrachait les cheveux, et Pélagie commençait à comprendre que le fils aîné de feu son homme chaque jour mettait des bâtons dans les roues de sa charrette. Et elle retourna un visage angoissé du côté de Beausoleil.

Les Bélonie, de père en fils, ont rapporté fidèlement les faits et dits de la charrette du retour, durant cette fin du XVIIIe siècle ; mais ils furent moins loquaces sur les allées et venues de la goélette. On aurait pu soupçonner de la réserve et de la discrétion du côté de Beausoleil ; ou du côté de Bélonie, du dépit, peut-être de l'ombrage. Mon cousin Louis n'en croit rien. A son dire, la personnalité de Beausoleil a dû au contraire aiguillonner fortement la curiosité de son aïeul, peut-être même son angoisse métaphysique qu'il a appelée sa crampe de mortalité. Car il l'a observé de près, ce Robin des Mers, Bélonie-le-Vieux, comme s'il cherchait la faille dans son comportement de vivant, comme s'il n'avait pas renoncé à raccrocher la *Grand' Goule* à sa charrette de la Mort.

Pourtant c'est lui, le Bélonie, lui seul qui nous a passé de père en fils la saga de son peuple et qui nous l'a montré bien vivant, le Beausoleil.

Pélagie avait été la première, on s'en souvient, à le reconnaître ; et bien vite elle serait la première à le porter, jour après jour, dans sa peau. Oh oui ! il était vivant, bien vivant, Broussard dit Beausoleil, capitaine de la *Grand' Goule,* héros des mers, sauveur de son peuple ; vivant et même fringant à ses heures.

... Ainsi, quand les beaux yeux de Pélagie fouillèrent les siens en quête de renfort et de solution, Beausoleil cueillit jusqu'à la source le regard de cette splendide créature de son pays. Pourtant le marin qui promenait sa goélette entre les îles du Sud et par les mers du Nord depuis sa fine jeunesse avait dû entendre souvent le chant des sirènes dans la nuit ; il avait dû charrier dans son quatre-mâts plus d'une cargaison de beautés éplorées et reconnaissantes, ce seigneur du large. Mais au pied de la charrette, Bélonie a vu de ses yeux de voyant un fluide invisible passer des quatre mâts aux quatre ridelles, et il nous le fit dire par procuration.

Un siècle plus tard, assis devant la maçonne de Pélagie-la-Gribouille, un Bélonie devait dire, sans y prendre garde, que la lignée des Pélagie avait dû produire de bien ragoûtants échantillons, dans le temps, mais que le temps finit toujours par ternir et cobir le moule, hélas !... La Gribouille n'aurait point laissé achever le Bélonie, apparence, restant sur ce chapitre encore chatouilleuse après quatre générations. Et c'est elle-même qui se rait chargée, au dire de mon cousin le vieux Louis dit le Jeune, de décrire les splendeurs de ses aïeules.

— Pélagie-la-Charrette avait une chevelure d'or, je le tiens de ma propre mère qui était nulle autre que sa petite-fille directe.

La Gribouille avait une prédilection pour les directs et les droites lignes, les réservant d'ordinaire aux siens et renvoyant les autres sortir comme ils pouvaient de leurs père et mère. C'est comme ça qu'on pouvait l'entendre parler de cousins ad germain du même lit, ou de rejetons de côté, créant ainsi sa propre mythologie des familles et parentés. Les Bélonie, faut dire, ne prêtaient point attention à ces radotages et continuaient à défricheter en racontant ou raconter en défrichetant sans se soucier des à-côtés.

— Une chevelure d'or et des doigts de fée.

Les doigts de fée étaient une expression emportée du vieux pays, le vieux pays qui n'avait point passé les fées avec l'expression, pour tout vous dire. Ce qui n'empêchait pas le nouveau pays de se garder très au fait sur l'histoire et les propriétés des fées, comme des elfes ou des nains, les classant au même rang que les lutins, loups-garous, sorcières et feux follets qui, ceux-là, ne vous en faites pas, étaient bien réels en Acadie.

... Mais on ne peut pas tout avoir.

— Une chevelure d'or, des doigts de fée, et bien d'autres avantages en plusse, que renchérit la Gribouille, se gardant d'entrer dans de présumés détails qui amenaient déjà l'eau à la bouche de ce ramassis de fumeux et de cracheux au coin de la maçoune.

Les avantages d'une grande taille d'abord, m'informa Louis-le-Jeune, et d'une solide charpente. Mais par-dessus tout...

— Des yeux !

Les gens de la mer ont une propension au bleu, c'est vieux comme le monde, et une tendance à creuser du regard, comme s'ils n'avaient jamais fini de fouiller l'horizon ou le firmament. Ça se voit à l'arc des usses – qu'on appelle ailleurs des sourcils – et au pétillement des pigments tout autour des prunelles. Ça se voit aussi à leurs pommettes hautes et veinées. Mais les gens de nos mers à nous ont en plus tout le rire dans les yeux. Voilà ce qui distingue ceux des mers du Nord de ceux des mers du Sud.

Selon mon cousin du Nord.

Il n'en dit pas davantage. Mais je n'en avais pas moins eu le temps de recueillir au creux de mon mouchoir la seule description physique de l'héroïne de la charrette qu'enregistra la chronique. Une femme avec le rire dans les yeux, par surcroît.

Quand Pélagie, désespérée du comportement de son fils, en appela à Beausoleil, elle fut abondamment gratifiée.

— Je vous embarque tous, qu'il proposa, le capitaine.

— Tous ?

...

Les dix ou douze roues grincèrent en même temps. Et les charrettes ? Qu'adviendrait-il de la charrette et de

ses charretons ? Et puis on était bien trop de monde, ça
n'avait aucun bon sens. D'autant plus que la moitié de
ce monde-là avait gardé de la mer des souvenirs qui
continuaient à hanter ses nuits.

— Et vous avez point dit hier que vous aviez des
familles à vous en aller qu'ri' en Guadeloupe ?

Si fait, la *Grand' Goule* se dirigeait vers la Guadeloupe, Charleston n'était qu'une escale d'approvisionnement. Mais après tout, les Mouton, les Breaux et
les Comeau n'étaient pas plus acadiens ni plus déportés
que le clan de Pélagie sur la route du retour.

— Merci, Joseph Beausoleil-Broussard, mais je dé-
roberons point le tour à personne, surtout point c'tuy-là
de nos frères et cousins. Allez d'abord qu'ri' ces malheureux dans leurs îles du Sud et les rentrez au pays.

Et Pélagie s'en essuya les joues.

Beausoleil eut le courage de tout dire :

— Ceux-là rentront point au pays, Pélagie. On me
mande de les conduire à la Nouvelle-Orléans.

Ceux-là aussi !

Eh bien soit, qu'ils s'établissent à la Nouvelle-
Orléans, si tel était leur choix. Elle ne s'opposerait
point à leur libre volonté.

— Et si quelqu'un icitte rêve encore à la Louisiane,
qu'il embarque et résiste point à son destin.

Olivier Thibodeau fut le premier à sourire et à cligno-
ter, comme s'il regardait le soleil en face. Mais bien
vite son sourire changea en grimace, au jeune Olivier. Il
a dû revoir, à ce moment-là, la tête de Barbe-Noire
sortant de l'eau et celle quelques mois plus tard du capitaine du *Black Face* qui crachait du feu. Les Thibodeau,
les Bourgeois, les Cormier, les Girouard, toute la troupe
restait là, se balançant d'un pied à l'autre, scrutant tantôt la mer, tantôt leurs désirs au creux des reins.

De nouveau Beausoleil fit des propositions :

— Espèrez-nous sus les côtes. Baillez-nous le temps d'aller-revenir de la Guadeloupe à la Louisiane, et je vous rejoindrons en Marilande.

Pélagie ouvrit toutes grandes les narines. Beausoleil s'en aperçut et renchérit :

— Mes deux douzaines de voiles sont plus souples dans le vent du large que les douze cornes de vos bœufs au sol. Je vous rattraperai avant que la lune ayit calouetté douze fois.

Pélagie reçut ces chaudes paroles au nœud des entrailles et calouetta elle-même bien plus de douze fois.

Le lendemain, à la barre du jour, Pélagie et Beausoleil s'en furent marcher sur le sable qui bordait la mer de Caroline. Ils virent ensemble s'évanouir l'étoile du berger et s'allumer les gouttelettes d'argent qui chuintaient à leurs pieds. Longtemps ils ne dirent rien et Bélonie, à quelques pas derrière, arrivait à peine à entendre leur souffle. Finalement, c'est elle, Pélagie, qui ouvrit la bouche :

— J'aurais une grâce à vous demander, Beausoleil, avant de bâsir chacun de notre bord.

Beausoleil s'arrêta et Bélonie le vit qui penchait la tête.

— Il me reste trois garçons et une fille, plus une enfant trouvée que le ciel a garrochée dans le creux de mon devanteau au jour de l'épouvante.

Beausoleil sourit et Pélagie put continuer :

— Le choix que je fais, c'est la vie qui me le commande. Aux propres enfants aveindus de mon ventre, je peux point bailler plusse, plusse que la vie. Mais à la Catoune, faut l'y rendre.

— Y rendre la vie ?

— Je l'ai recueillie, l'orpheline du bon Dieu, esclo-
pée au ventre et à l'âme. Asteur il faut la protéger, par
rapport qu'elle va sus ses vingt ans et sus sa vie de
femme.

— Si vous me la confiez, j'en prendrai soin et je fais
serment que personne y touchera.

— Non, c'est à moi à la défendre. Dumeshui, elle est
mon enfant. Je vous demande de prendre dans votre
navire les deux plus grands dangers pour la Catoune :
les fringants de Maxime Basque et de Jean, mon fi'.

— Mais Jean, c'est point aussi votre enfant ?

— C'est vous qui le défendrez, à ma place.

Il prit une profonde aspiration d'air salin, Beausoleil,
et enveloppa Pélagie d'une voix si rauque qu'elle en eut
mal jusqu'aux reins.

— Et si je prenais aussi la mère avec le fils ? et ce qui
reste de la famille à Jean LeBlanc d'Acadie ?

... Il la prendrait juste là, tout de suite, et l'emporterait, et la logerait comme sa reine sous le gaillard de
la poupe, et ensemble ils braveraient le large, et le siècle, et l'Histoire. Oui, elle et lui pour regrimper
l'Histoire à rebours.

— Pélagie, Pélagie de la Grand' Prée, vous savez
bien que la vie passe point deux fois dans le même
saillon, pas plusse qu'une quille de goélette dans le
même remous. Si je laissons les mouettes emporter
l'heure que je tenons dans nos mains, je risquons de la
voir bâsir à jamais. Pourquoi c'est que j'accepterions
point le présent que la vie nous baille à tous les deux le
même jour ? J'avons-t-i' point mérité une petite affaire
de répit et de contentement, après une vie d'errance au
large du large ?

Il lui prit les épaules dans ses mains qui avaient un jour
rompu le timon d'un quatre-mâts. Et à bout de souffle :

— J'allons-t-i' point un jour voir apparaître une colombe dans le ciel, Pélagie ? Une colombe avec sa
branche d'olivier dans le bec ?

Une voix rauque, des mains de timonier, des yeux
creux et bleu de mer qui versaient dans son âme vingt ans
de rêve et de désir... Pélagie en suffoquait. Et Bélonie,
pris de pudeur, cherchait à s'esquiver sans se trahir. Elle
se débattait, Pélagie, voulait se défendre, sauver une
famille et un pays qui s'étaient agrippés à son bras et la
traînaient à contre-courant vers la source où les poissons
retournent frayer et mourir. Mais elle perdait pied dans
ses bras et se laissait couler vers les eaux profondes sous
le gaillard d'un quatre-mâts qui filait au soleil... Le soleil,
le Sud, le creux d'une épaule à l'odeur salée, et un jour
les pieds ancrés quelque part ; dans une terre neuve, vivante enfin, et libre. Une terre neuve et libre...

Bélonie la vit tout à coup se redresser. C'était la terre
qu'avaient choisie ses aïeux un siècle auparavant, cette
Acadie si vierge qu'on y plantait des semences et des
plants sauvages. Jamais et nulle part elle ne retrouverait
terre plus vigoureuse et plus libre. Terre plus rêvée par
cinq générations de ses pères.

Elle coucha sa joue dans la paume de son capitaine et
la caressa.

— Allez, Joseph Broussard dit Beausoleil, allez encore un bout de temps vous battre avec la mer ; allez
empêcher les lames de dévorer encore un coup un seul
des vôtres et des miens ; il reste des restants de familles
éparpillées en terre étrange et qu'il faut rentrer au pays.
Et puis chagrinez-vous pas : ç'arrive des fois que le
même bâtiment repassit dans le même saillon, et que les
goélands reveniont au même endroit.

Elle leva la tête et l'avisa :

— A quoi ça servirait, Beausoleil, d'aouère une

branche d'olivier dans le bec si j'avons point de terre où c'est la planter ?

Beausoleil prit dans ses mains le visage de cette femme comme s'il fût sa boussole.

— Je vous rattraperai en Marilande, Pélagie-la-Charrette, dans le port de Baltimore. Là je vous rendrai votre garçon qu'aura appris entre temps à guider des bœufs franc nord. Et alors si les goélands sont revenus...

— A Baltimore, Beausoleil.

— Pélagie, à Baltimore.

Bélonie revint en trottinant vers le groupe qui frétillait, tournaillait autour des bagages et commençait à s'inquiéter... Des heures qu'ils avaient bâsi, ces deux-là. Il se passait-i' des choses graves qu'on craignait d'annoncer ? Pélagie était point le genre aux cachotteries, et Beausoleil... C'est Bélonie qui ramena la paix ; et avec la paix, l'instinct de défense et de nouveaux combats.

Ç'a commencé par le jeu des échanges : je te passe mon tabac, tu me donnes ton couteau, je te troque tes bottes contre mon bonnet, et ma chemise contre ta hotte... deux minots de blé pour une cruche de cidre... et ton coffre... jamais de la vie !

— Bon ! vous allez point recommencer !

Non, rien recommencer du tout, on touche point aux objets sacrés, pas plus qu'aux prêtres ni à la religion.

— Peuh !

Un jour un écervelé va y mettre le feu par accident, à votre coffre, et j'en entendrons plus parler.

— Oui, et c'te jour-là, un étourdi pourrait y bailler un coup de pied au cul à votre écervelé et l'envoyer revoler au-dessus de la lune, par accident.

Mais les accidents n'eurent pas lieu et tout finit par s'arranger, les partages s'effectuant sous la justice de

Beausoleil et de Pélagie. Partage des biens d'abord ; puis partage des hommes auquel consentirent sans rechigner Jean et Maxime, les gaillards.

Avant midi, la goélette et les charrettes, gréées comme neuves, commençaient déjà à tanguer. Beausoleil allait monter à bord, quand il se retourna d'un coup sec vers Pélagie :

— Deux hommes contre deux hommes, qu'il dit. Comment ?...

— Mes mousses contre vos charretiers.

Ses mousses, ses mousses c'était le fou et le géant, ses meilleurs hommes.

— Vous voulez dire...

Eh oui, que voulez-vous, il n'allait quand même pas quitter cette femme sans défense au milieu de trois ou quatre clans à griche-poil et facilement chatouilleux. Il lui laissait des gardes du corps : ses mousses les plus fidèles. Un petit morceau de lui-même en quelque sorte.

Et Pierre à Pitre et la P'tite Goule redescendirent la passerelle, sac au dos.

— J'en prendrons grand soin, capitaine, faisez-vous point de souci.

Mais Célina dit ça pour dire n'importe quoi et ne point laisser languir les adieux, ne se doutant pas de l'importance du pacte qu'elle venait de contracter. Et elle poussa dans le dos les deux mousses vers les charrettes.

Pendant que Jeanne Aucoin répétait d'un groupe à l'autre :

— C'est ben, c'est ben, vous avez vu une goélette lever l'ancre avant asteur, faisez-vous une raison.

Une raison, qu'elle dit. Si vous pensez ! si vous pensez que la raison sert à de quoi en ces moments-là !

C'est point parce qu'on a dit adieu plusieurs fois dans sa vie qu'on en a pris l'accoutumance. Non, Jeanne Aucoin. Une personne s'accoutume point aux déportations, aux déchirures, aux plaies ouvertes. Et par les temps qui vont, une personne ne sait jamais si son adieu n'est point pour tout de bon.

Pannn!... C'est la vache marine.

— Prenez plutôt par la forêt, dans les sentiers des sauvages!

— Méfiez-vous des récifs au ras des côtes!

— Ménagez les bêtes!

— Tarzez point à revenir!

— Evitez les campements étrangers; attention aux brigands!

— Vos suroîts et vos chaussons de laine, prenez point froid! et vous jetez point dans la goule de la sorcière de vent!

— Gardez tout le temps le nord-nordet!

— Prends garde à toi, Jeannot!

Jeannot faisait de grands signes à sa mère et aux siens, et avisait de tous ses yeux la Catoune toute menue à côté du géant... Il ne partait pas pour longtemps, pas pour longtemps, Catoune, il reviendrait, riche d'aventures, de trésors...

— Je rapporterai le coffre du capitaine Kidd!...

... Et sa voix fut emportée par les goélands.

— Laisse faire le coffre, que hucha Alban à Charles à Charles, j'en ons assez d'un comme ça!

— Hi, hi!...

Un alcatras voltigea au-dessus de Pélagie qui lui cria dans la brise des mots éperdus que l'oiseau de mer emporta vers la *Grand' Goule*.

Pierre à Pitre dansait entre les pattes de tout le monde, pigouillant à tort et à travers, et inventant mille grimaces pour distraire les charrettes de ce bâtiment qui gonflait les voiles de son grand-mât et larguait ses amarres au-dessus des haubans.

— Prenez garde à vous autres !

— A Baltimore en Marilande !

— En Marilande ! Prenez garde à vous !

... Et la brise du noroît poussa la goélette au large vers les mers du Sud.

Une branche d'olivier dans le bec !

Dieu !...

Et Pélagie enfonça sa tête dans le creux de la poitrine du géant qui avait toute la mer dans les yeux.

VII

Ce n'était pas la peine d'apporter tout ça, les mousses exagéraient. Mais depuis la veille, les mousses avaient conscience pour la première fois que deux bras leur pendaient le long du corps. On sait que faire de ses membres sur un pont de navire, et sous la dunette, et au fond de la cale. Le malheur pour un mousse de charrette c'est de ne plus trouver d'amarres à larguer ni de voiles à hisser au faîte des mâts. Alors les matelots appareillent les charrettes. Un rabot, des clous, des calebasses, un chalumeau, une truelle, un hache-paille, un collier de chien, une faux... Ah non! pas ça. On avait assez du vieux qui traînait sa charrette de la Mort, pas une faucille en plus.

— Ça nous portera malheur, débarrassez-nous de ça.

Et Jeanne Aucoin cracha trois fois sur le fer à cheval accroché au joug des bœufs d'en avant pour les exorciser.

— Tiens! quoi c'est que le vampire qui m'a si mal attelé ces animaux-là?

Ces animaux-là, c'était le couple des Brigadiers qui tiraient plus souvent qu'à leur tour et que Jeanne Aucoin Girouère avait adoptés par sympathie naturelle, étant elle-même une bête de somme qui halait toute une famille depuis les mauvais jours. Les Fantassins, plutôt fluets, qui s'accordaient mal entre eux, se partageaient de plus en plus les charretons. Et c'est la Jeanne des Bourgeois qui leur brossait le poil. Quant aux Hussards, les favoris de Pélagie, ils suivaient le convoi, à pas de bœufs, prêts à répondre à l'appel du maître aux moments difficiles. Les Hussards, c'était la réserve des montagnes, des marais ou des vents de sable.

— C'est point une raison pour les nourrir à la farine de bled, que regimbait la Bourgeoise qui n'appréciait pas le favoritisme.

Ses Fantassins à elle se chargeaient bien du coffre familial depuis le Port-Royal du Sud, sans geindre, sans rechigner, sans se pincer le museau comme y en a. Et filant droit sous les cornes des Hussards et des Brigadiers, elle s'en allait ajouter deux ou trois glands de laine bleue au feston qui décorait la tête de ses favoris.

C'est ainsi que les deux Jeanne et Pélagie, sans se concerter, s'étaient partagé l'affection et les soins dus aux bœufs de halage qui reconnaissaient leurs maîtresses à leur gloussement. La Bourgeoise, par exemple, appelait ses Fantassins d'un tic-tic qui lui sortait quasiment des dents de sagesse tant elle se déformait la mâchoire pour se faire comprendre. Et les bœufs, qui avaient dû sentir le possédant chez le Bourgeois, répondaient vivement à l'appel du maître.

Jeanne Aucoin avait un peu plus de mal avec ses Brigadiers, bêtes solides, basses sur pattes, sans exigences, mais têtues et lentes de comprenure, les pauvres, n'étant pas sorties, celles-là, de la cuisse du bœuf de la crèche de Bethléem, comme d'autres qui, parce qu'ils tiraient le coffre des Bourgeois, s'imaginaient transporter l'auge de l'enfant Jésus. Heh ! Et pour appeler ses Brigadiers, Jeanne Aucoin Girouère usait d'un langage adapté à leur degré d'entendement et que les bouviers acadiens devaient se passer dans les générations à suivre : toïe-toïe ! toïe-toïe !

Vous pouvez déjà vous faire une petite idée de l'harmonieux canon qui devait s'arracher de la bouche des deux Jeanne appelant simultanément leurs bœufs : tic-tic !... toïe-toïe !... tic-tic !... toïe-toïe !...

Mais au cœur de cette polyphonie s'amenait la Célina, premier lieutenant de son capitaine, la Célina qui, faute de bœufs, avait adopté les Hussards de Pélagie pour ne pas être en reste et pour exercer, elle aussi, la part de poumons que le ciel lui avait octroyée. Plus que sa part, pensaient certains qui pensaient sans en avoir l'air ; comme si la nature cherchait à compenser. Mais Célina détournait son bec de ces mauvaises langues et, de sa voix de défricheteuse et diseuse de bonne aventure, elle enterrait les tic-tic ! et les toïe-toïe ! dans un mou-ou-ou ! qui faisait chavirer la tête aux trois paires de bœufs.

Les mousses continuaient entre-temps à charger les charrettes sans entendre les récriminations de Célina ou des deux Jeanne, décidés dès le premier jour à n'obéir qu'à Pélagie... Une faucille, un cric, une herse, des cisailles à boulons, ça va faire !... un râteau, un racloir, de la ripe... Ils n'obéiraient qu'à Pélagie qui les garderait comme une dot à rapporter un jour à Beausoleil dans un coffre de cèdre.

... Elle les avisait sans répondre, Pélagie, loin des charrettes et de leur chargement, loin là-bas au nord... loin dans le passé, au temps de ses noces à l'âge de quinze ans avec feu cet homme qui lui avait fait ses enfants puis laissée veuve au plein cœur de la tourmente. Veuve d'un homme, d'une famille, d'un peuple. Veuve de toute l'Acadie qu'elle avait entrepris de ranimer et de rebâtir. C'était folie de songer à rentrer seule au pays. Un pays pour une femme seule ? Mais elle avait encore tous ses cheveux et toutes ses dents, Pélagie, et les seins fermes, et la peau à peine ridée au creux des coudes.

Le Coude !... le village de Beausoleil, sis juste au ras le Coude, sur les rives de la Petitcodiac. Tous ces noms dansaient dans sa tête, se cognaient aux parois de son front, et lui renvoyaient aux oreilles et dans la gorge le plus beau de tous : Beausoleil... Beausoleil... Broussard dit Beausoleil ! Des noms à enfermer dans son coffre de cèdre.

... Elle l'avait laissé à la Grand' Prée, son coffre, entre l'alcôve et le double berceau des jumeaux. Toute une vie restée là-bas, engrangée pour un long hiver. Mais le printemps reviendrait avec les outardes, brisant les glaces, ouvrant les champs, pétant les bourgeons aux chênes et aux bouleaux blancs. Il abattrait un arbre en trois coups de hache, Broussard dit Beausoleil, et couvrirait tout l'horizon de ses épaules... ses épaules... ses épaules... Elle n'avait point posé sa tête sur une épaule en dix-sept ans ! C'est une longue part de vie, dix-sept ans. Quelle part encore lui faudra-t-il donner ?

Hi !...

Bélonie était là à ses côtés, qui avisait les charrettes et ne disait rien. Alors Pélagie finit par détacher ses yeux du Sud et par regarder le Nord en face. Et jetant un œil machinal aux Hussards, elle parvint à s'arracher un faible dia ! qui mit les bœufs en marche. Les bœufs de réserve, qui d'ordinaire suivent le convoi, prenaient la tête cette fois, précédant les bœufs d'en avant. Bélonie sourit en fronçant le crâne : la terre tournait à l'envers du cadran solaire, en ce jour de septembre de fin de siècle, et risquait fort de basculer au premier faux pas. Tenez-vous bien, tout le monde !

Catoune se jeta devant la charrette. Ne partez point ! attendez ! Dans le brouhaha et le désordre du départ, personne n'avait songé au nègre, le rescapé du marché aux esclaves. Il se tenait coi, attoqué contre l'horizon, regardant partir le convoi sans dire un mot. Pélagie eut honte et s'essuya le front.

— Quoi c'est que vous espèrez ? qu'elle hucha pour couvrir son émotion. Vous voyez point que je quittons à l'instant ?

Il agrandit ses yeux blancs, puis les abaissa sur ses pieds cloués au sol de Charleston.

Pélagie descendit de la charrette et s'approcha de l'esclave.

— Vous êtes libre, le nègre. Mais si par adon vous êtes sans pays, j'allons nous en qu'ri' un dans le Nord, embarquez. Et si vous avez oublié votre nom, dumeshui vous pourrez relever c'tuy d'un homme qui a péri dans le Grand Dérangement sans laisser de traces : Théotiste Bourg.

L'esclave noir leva les yeux sur Pélagie, puis se jeta à ses genoux.

Quelle part du discours de Pélagie le nègre avait saisie restait à déterminer, ce dont se chargea la Célina qui détermina sur le coup qu'il avait tout saisi... Regardez-le, vous voyez bien. D'une seule enjambée il avait grimpé à bord de la charrette, d'une seule enjambée, que je vous dis. Et avec des jambes qu'il pourrait bien fourbir une petite affaire, soit dit sans offense. C'est point parce qu'on est noir qu'on doit rester crotté. Et

puis il reconnaissait son nom, Théotiste, la preuve... Et
pour preuve, Célina plantait son bec sous le nez aplati
de l'esclave et articulait : Thé-o-tisse !

— Vous voyez ? qu'est-ce que je vous disais !

Elle aurait dit n'importe quoi, la Célina, même les
litanies des saints ou les prières des Rogations pour
distraire l'âme de Pélagie qui risquait à chaque cahot de
la route de se fendre en deux. Mais la rabouteuse se tenait prête avec son attirail d'éclisses et d'onguents pour
panser la blessure de son chef. Pélagie pouvait soupirer
et geindre tout son saoul, Célina serait toujours là, re-
doublant de petits soins, de caquet et de jacasserie. Au
point que les charrettes supplièrent Bélonie de reprendre l'un de ses contes favoris pour étouffer la basse-
cour.

Le vieux leva un œil sur Pélagie, laissa passer un hi !
et se tut. Il n'avait pas le cœur à sa charrette fantôme ce
jour-là, le Bélonie, on avait déjà assez l'âme en deuil
comme ça. Et il passa le banc à Pierre à Pitre, sans plus
de cérémonie.

Cette fois, c'est Pélagie qui le dévisagea. Elle avait
déjà compris, n'essayez pas de feindre ou de faire
semblant, Bélonie, Pélagie avait tout deviné. Elle était
misérable à fendre l'âme, mais elle ne perdait pas le fil
de la vie qui se déroulait sous ses yeux. Elle continuerait sa marche vers le nord, à la tête des charrettes,
devrait-elle se mettre le cœur dans les éclisses. Oui,
Bélonie.

Et pour qu'il comprenne bien ce que lui disaient ces
yeux qui se vrillaient dans les siens, elle cambra
l'échine et dressa le front. Non, ça ne serait pas dit chez
les LeBlanc à venir qu'un seul instant Pélagie avait
mordu la terre. Elle marcherait, sans se retourner, mettez-vous-le dans la tête, le radoteux.

Mais au moment où elle voulut prendre un grand souffle face au nord, un sanglot lui noua la gorge et un filet de larme glissa le long de son nez. Bélonie se détourna la tête aussitôt et chercha un coin de terre où poser le pied sans écraser les fourmis. Qu'il conte, le Fou, qu'il conte et raconte, et invente, et transpose au besoin. Qu'il recrée le monde, et le refasse du commencement à la fin, et le retourne de l'envers à l'endroit, et... Pauvre Bélonie !

... Va, Pierre à Pitre, qu'il lui signifia en lui passant le banc, divertis-les si tu en as le cœur. Lui, le vieux, ne s'improviserait point comme ça, au gré des vents et de la houle des bœufs. Ses contes, il les tenait de son père qui les avait reçus du sien. On ne se passe point ça comme du tabac à chique.

Il faut dire que Pierre à Pitre Gautreau dit le Fou avait moins de scrupules que Bélonie en matière de transes, disons qu'il était de meilleure composition avec son public. Il pouvait aussi bien conter de jour que de nuit, à la brunante, à l'aube, debout, à jeun, mangeant, marchant, sautant, pétant...

— Taise-toi pis conte.

Il conta.

— C'était du temps que les bêtes parliont, juste avant les Grandes Pluies.

... Il veut dire le Déluge.

... Chut !

— Mon compère le géant P'tite Goule qui vivait déjà, comme de raison – par rapport que les années de vie d'un géant sont aussi longues que ses boyaux qui font septante fois sept lieues – le géant ce jour-là se trouvait à prendre un somme couché dans les gratte-cul, la goule ouvarte. C'est là que j'y ai aperçu d'un seul coup ses dix-huit rangées de dents. Point d'un seul coup, nenni,

par rapport qui' me fallit en premier les compter et dénombrer : les dents d'en haut, les dents d'en bas, les
dents d'en avant, les grousses dents, les chicots, les cro-
chets, les palettes, les dents de lait, la dent de l'œil, qui
louchait, soit dit en passant, la dent gâtée, la dent barrée, la dent creuse, les dents de sagesse, toutes vides
celles-là, les dents-de-scie, la dent contre moi...

L'énumération pouvait durer encore longtemps,
l'anatomie d'un géant étant sans limites. Et Pacifique
Bourgeois qui sentait un abcès lui dévorer la joue comprit qu'il ne tiendrait pas le coup. Depuis des jours que
le pauvre homme avait mal, la longue description d'une
dentition gigantale n'avait pas de quoi le calmer. Et arrivé à la dent contre lui, il s'attrapa la mâchoire et
gémit.

Et c'est ici que commença la guerre des pinces.

Au geint de Pacifique qui n'était pas le genre à geindre sans raison, se présenta la sage-femme rabouteuse-
guérisseuse attitrée, Célina de son petit nom. En même
temps qu'Anatole à Jude Thibodeau, le maître-forgeron.

Ah bon !

— Quoi c'est qu'il fait icitte, c'tuy-là ?

— Il est maréchal-ferrant, c't'affaire !

Et Marie-Marguerite Thibodeau crut bon d'insister :

— Et dans mon pays, un maréchal-ferrant est c'tuy-là
qui a des pinces.

C'est sans doute la référence à son pays qui mit le feu
au cul de la guérisseuse, comme si seuls les Thibodeau
pouvaient s'en réclamer. Et Célina planta ses poings sur
ses hanches et pinça les babines.

— Vraiment ? qu'elle dit.

— Comment tu dis ça, Célina, aurais-tu par adon des
pinces de forgeron dans ton sac à ouvrage ?

Ça tournait au vinaigre pour Célina. Ça fait que

Pierre à Pitre le Fou, qui se délectait autant des tours
que des contes à fabliaux, se glissa auprès de ses jupes
et lui chuchota trois mots à l'oreille.

Célina n'y prit pas garde, mais elle sourit, d'un sourire qu'au pays on appelle une grinche, une variante du
aaah! et du hé, hé! plus éloquente que le sourire ordinaire. Et elle grincha.

Avait-elle ou n'avait-elle point des pinces? voilà ce
qu'on voulait savoir. On finit par savoir qu'elle n'en
avait point, mais qu'elle saurait s'en passer.

— Quoi c'est que l'idée? La sorcière songerait-i' à y
arracher la dent avec ses griffes? C'est la magie noire
du *Grand Albert*. *un livre de magie*

La Bourgeoise se préparait à débiter tout son chapelet
de mots rares, quand un nouveau geint de son homme
contraignit son élan : on pouvait encore avoir besoin
d'une guérisseuse, mieux valait avaler son chapelet. Les
Thibodeau, quant à ceux-là, n'avaient pas à camoufler
leur dépit : eux ne souffraient point des dents. Ça fait
que la Marie-Marguerite somma la boiteuse d'aveindre
ses pinces de son coffret et de montrer ce qu'elle savait
faire.

La boiteuse encaissa et continua à grincher. Puis
avalant une grande bouffée d'air à la ronde pour bien
délimiter son territoire, elle se dressa, descendit de la
charrette et jeta par-dessus son épaule :

— Je serai là-bas au pied du prunier, si vous avez besoin de moi.

Et elle s'en fut sous le prunier tel qu'énoncé.

Marie-Marguerite et Jeanne Bourgeoise crurent
qu'elles avaient le champ libre et hélèrent le maréchal-
ferrant.

— Cestuy-là, il en a des pinces.

... Des pinces; oh! oui, pour des pinces, c'était des

pinces, personne n'avait rien à redire. C'était même des pinces comme on en avait rarement vu sous le sabot d'une jument, et assurément jamais entre les gencives d'un chrétien qui souffre d'un abcès aux dents. Et le pauvre Anatole à Jude tournait et retournait ses longues tenailles dans ses mains.

— Si c'te gent Bourgeoise avait point le bec si pincé itou, que chuinta la Marie-Marguerite entre les dents, ça serait moins malaisé d'y enfourner une paire de pinces.

La Bourgeoise entendit et se rebiffa :

— Une paire de pinces pour une goule de géant, qu'elle fit, mais nous autres je vivions point au temps des Grandes Pluies et je descendons point de Gargantua.

Le maître de forges, durant ce temps-là, se creusait les méninges et mesurait ses pinces à la bouche de Pacifique Bourgeois. Puis dans un coup de tête, il décida d'allumer un feu et de forger.

— Tu y songes point, Anatole à Jude.

Si fait, il y songeait.

Il alluma, attisa, souffla, cueillit la braise, recommença. En plein champ, c'était malaisé d'isoler la flamme et de chauffer le fer à blanc.

— Ragornez-moi des écopeaux et des hariottes, les jeunes.

Charlécoco, Madeleine, Catoune, les Cormier, les Thibodeau, les Basques, tous, menés par le Fou, alimentaient la flamme durant que le géant soufflait.

Encore, encore !

Et l'on charroyait des éclats de bois sec, et soufflait sur la braise, et pouffait. Grouille point, Pacifique à Jacques, ça s'en vient ; la flamme vire au bleu.

— Lui itou, il vire au bleu, dépêchez-vous.

Anatole à Jude se dépêchait. Mais il était aux prises

avec un sérieux problème, le maréchal-ferrant. Des tenailles servent à tenir ; mais pour forger, avec quoi
allait-il tenir les tenailles ?

— Seigneur Jésus !

Et tous les outils et tous les ustensiles y passèrent.

— Point une fourche à foin, Charlécoco, pour tiendre
des pinces, empioches !

... Quelle misère !

— Il en viendra onques à bout.

Si, il en vint à bout. C'est-à-dire qu'il vint à bout de
donner à la vieille paire de cisailles à boulons des
mousses à peu près la forme de tenailles qui réussis-
saient à peu près à entrer dans la bouche du Bourgeois.
Mais ce qu'il n'avait pas prévu, le forgeron, c'était la
dent barrée.

— Vous me dites pas !

— Si fait.

Il avait la dent barrée en plus, c'était bien comme lui,
ça, la dent complètement de travers dans l'os. Jeanne
Trahan essaya d'expliquer que c'était là un signe de
force et de virilité, mais pour l'instant on avait d'autres
soucis que ceux des instincts virils de Pacifique à Jacques, et on la fit taire. Dans tout le pays on n'aurait pas
déniché une seule paire de pinces pour arracher cette
dent-là. Et les Thibodeau avisèrent les Bourgeois qui
avisèrent les Basques qui avisèrent les autres qui re-
tournèrent le regard au forgeron qui n'eut pas le choix :
il reprit les pinces en main et les enfonça dans la bouche du malade. Mais au premier hurlement de
Pacifique, son compère Anatole sentit fléchir ses jambes, et il courut à l'orée du bois écorcher le renard.

— Il va dégueuler, faisez-y du chemin !

— Mon doux séminte !

Le clan des Thibodeau et des Bourgeois se prit la tête

à deux mains. C'était trop demander à un même homme en un seul jour de se faire forgeron et arracheux-de-dents, faut point abuser des gens. Il avait réussi de fort belles pinces, c'était toujours ça. Et pour sauver l'honneur, Marie-Marguerite passa les pinces à son fils Olivier, qui les passa à Alban à Charles à Charles, qui les passa à François à Pierre Cormier, qui les passa à François à Philippe Basque, qui tourna la tête à droite et à gauche jusqu'à viser le prunier au bord du bois où se tenait fraîche comme une mariée nulle autre que la Célina.

Elle sortit de son prunier plus droite qu'un piquet de clôture, Célina, certains firent même serment qu'elle s'avançait sans clopiner, altière, digne, fière comme une fille qui toute sa vie aurait eu du bien et de la famille... c'est pour dire ! Et là, jetant un œil méprisant aux tenailles toutes neuves et encore chaudes, elle fouilla sous sa coiffe et en dénicha une longue épingle à cheveux qu'elle planta dans la braise de la forge. Puis, sous prétexte d'inspecter la gencive du malade, elle lui versa dans le gosier une demi-flasque d'eau-de-vie de sa composition qui ramena tout de suite le Pacifique à de joyeux sentiments. Si joyeux, le Pacifique, qu'il en oublia jusqu'à la querelle autour du coffre.

— Le coffre ? quel coffre ?...

Bon signe, la dent est prête. Et Célina hèle Pierre à Pitre qui s'amène avec un bouchon de liège.

Marie-Marguerite et Jeanne Bourgeoise en ont le cou tordu. Mais personne n'ose ouvrir la bouche.

Alors Célina s'empare des pinces du forgeron...

... Je vous l'avais dit, elle va se servir des pinces.

... Taisez-vous.

... s'empare des pinces et va quérir dans la braise son épingle chauffée à blanc. Là, à la vue ébaubie de tous

les Bourgeois et Thibodeau, elle la plante dans la dent
barrée de Pacifique Bourgeois. Il faut croire que l'élixir
de Célina était plus ardent que son fer rouge, car la victime laissa le tortionnaire lui brûler la dent jusqu'aux
racines sans autre réaction qu'une tension des mâchoires qui coupa en deux le bouchon de liège destiné à lui
tenir la bouche ouverte.

L'opération terminée, il ne restait plus à la guérisseuse qu'à bourrer la plaie de compresses de figues et à
percer l'abcès avec un cataplasme de graines de lin sur
la gorge.

— Et dumeshui, qu'elle dit à la ronde, que chacun se
souvenit de se chausser du pied gauche chaque matin.

...?

— Hé oui, que me confia Louis-le-Jeune, mon cousin, se chausser du pied gauche pour se garder du mal
de dent.

C'était croyance et coutume. Et cela explique que
Célina, pourtant si chatouilleuse au pied, en particulier
le gauche, se soit permis d'en faire mention. Cela dé-
note surtout que ce jour-là le triomphe de Célina sur la
nature et sur la forge lui avait aplani le poil et déraidi la
peau du cœur. Elle réussit à enfiler tous les clans de
toutes les charrettes sans perdre le ballant une seule fois
et sans cesser de hocher la tête comme pour dire :
« Manquez pas de me prévenir à temps la prochaine
fois que vous aurez besoin de moi. »

Et toute l'Acadie en charrette applaudit sa Célina. Le
pauvre Pacifique en était à peu près crevé, mais
l'honneur de la sage-femme-guérisseuse-rabouteuse-et-
désormais-brûleuse-de-dents était sauf. Et elle rendit
leurs pinces aux Thibodeau sans un mot.

On la retrouva quelques heures plus tard en train de
se réanimer les joues au jus de bettes.

Où c'est qu'est Pélagie ?

Elle n'avait pas assisté à l'opération, ni partagé les réjouissances des relevailles de Pacifique...

— Des relevailles, asteur ! Apprenez à parler.

... Depuis le départ de Charleston qu'elle s'absentait durant de longues heures, Pélagie, comme une qui aurait eu un mal à cacher. Certains parlaient de son fils parti en mer, d'autres...

— Vous pourriez point mijoter un autre petit bouillon, Jeanne Aucoin ?

Mais même le bouillon de Jeanne Aucoin lui restait sur l'estomac, à la Pélagie. Elle avait beau s'agripper au moindre brin d'herbe, à la moindre touffe, elle se voyait couler au fond de sa léthargie. Dans les flammes du forgeron, elle avait senti son propre cœur flamber. Qu'il flambe, qu'il flambe et qu'elle en finisse ! Que tous les abcès de dent de tous les Pacifique du monde la rongent au sang pour la divertir de ce mal plus intolérable que la fièvre !

— Hi !...

Elle se retourna brusquement : Bélonie. On peut planer au-dessus de tout et de tout le monde, mais point au-dessus de Bélonie, le quasi-centenaire. Chacun de ses hi ! présageait trop de choses. Ils s'avisèrent longuement, tous les deux, puis c'est elle qui baissa les yeux. Mais il restait là, comme pour insister. Pélagie essaya de se raisonner : il avait des hi ! en réserve, le radoteux, et des grinches à revendre ; il se déridait les joues comme d'autres s'étirent les jambes, pas de quoi s'inquiéter.

— Hi !...

— Bon, ça va faire. C'est quoi c'te fois ?

Alors Bélonie partit à marcher et entraîna Pélagie à
l'orée du bois où parlementaient les Thibodeau.

Et là, elle comprit.

En moins de deux heures, les Thibodeau avouèrent
tout à Pélagie : l'attirance du Sud, le rêve d'un pays
neuf et inconnu, la Louisiane enfin !

La Louisiane !

C'était donc ça ! ça qui les rongeait depuis quelque
temps et les tenait à l'écart. La Louisiane ! Et les autres
alors ; et les charrettes en route vers le nord depuis deux
ans quasi ? Et le pays, le pays ? Ils y songeaient à la
terre des aïeux quittée un matin de septembre et laissée
en friche depuis ce temps-là ?

... Les Thibodeau n'abandonnaient pas le pays, Pélagie, mais ils le transplantaient au sud.

... Au sud ? Mais qu'est-ce qu'il a donc, ce sud, pour
vous faire revirer le sang comme ça ? Vous n'en avez
point eu assez du sud en dix-sept ans d'exil et de misère
noire ? C'est la mort loin des tombes de vos pères et
aïeux que vous cherchez ?

... Nenni, point la mort, mais une autre vie auprès des
cousins Mouton, Martin, Landry qui fondent des parois-
ses le long des bayous et déjà font paître leur bétail
marqué de leur signe au fer rouge. Une vie de planteurs,
peut-être bien, sur de vastes terres grasses et vierges...

— Au mitan d'étrangers qui coucheront avec vos enfants et vous baragouineront une langue que vous
entendrez point.

— Que j'entendrons point ? Mais as-tu oublié, Pélagie de la Grand' Prée, que c'te langue baragouinée en
Louisiane, c'est c'telle-là même que j'avons rapportée
de France au siècle dernier ? et qu'au siècle qui vient,
c'est peut-être rien qu'en Louisiane que je l'entendrons
encore à travers toute la terre d'Amérique ?

Pélagie encaissa le coup sans répondre. Sitôt Anatole à Jude s'approcha d'elle et s'adoucit.

— Y en a déjà une beauté des nôtres établis par là, qu'il dit. Que je soyons au nord ou au sud, ça sera tout le temps l'Acadie et je serons tout le temps chez nous.

— Vous serez chez vous, répondit Pélagie. Et puis, c'est votre choix.

Marie-Marguerite posa la main sur le bras de sa commère et cousine :

— Si tu voulais, Pélagie, je pourrions sur un seul dia ! faire revirer les bœufs du bord du sû. Et je rentrerions toute la famille ensemble en Louisiane, par la porte d'en avant.

Pélagie entendit alors les mots de son capitaine : « Rentrez par la grande porte, par la mer. »

— Vous entrerez par la porte d'en arrière, par les bois et les montains, Marie-Marguerite. Mais ça fait rien, toutes les claies sont bonnes pour rentrer au pays.

Quand les charrettes reçurent la nouvelle avec les premiers rayons de l'aube, les becs se remirent en danse. A cause des sentiments mêlés. Les Giroué, par exemple, et les Cormier s'étaient fort liés aux Thibodeau durant le voyage. Tandis que les Bourgeois avaient dû cacher plus d'une fois leur dépit devant ces artisans honnêtes, débrouillards et pas si misérables que ça. Quant aux Basques, ils étaient en général bien avec tout le monde, mais intimes avec personne ; le départ des forgerons leur fournissait surtout l'occasion d'improviser des adieux sur le violon.

Il restait la Célina, la Célina qui avait une victoire toute fraîche, à se faire pardonner. Car déjà la Jeanne Trahan passait le mot que les Thibodeau avaient mal digéré leur défaite de la veille et que...

Marie-Marguerite attrapa le mot au vol et le fit revoler à la face de la Bourgeoise qui faillit s'y engotter...
C'était rendu qu'il y avait du monde pas loin qui colportait des calomnies, et ça à l'heure même où l'on se préparait à partager un peuple en deux ; c'était rendu qu'une famille avait point le droit de décider de son avenir sans que la famille d'à côté y fourre son nez de belette et ses griffes de chat-cervier ! Eh bien, il était grand temps de bâsir pour la Louisiane et de s'y refaire une vie, grand temps de leur laisser toute la place pour bien s'élonger les jambes dans leur charreton, à ces chicheux de chicaneux de chamailleux...

Et la Marie-Marguerite éclata en sanglots. En les appelant ainsi par leurs petits noms, elle se rendit compte soudain que tous ceux-là avaient partagé durant plus d'un an le pain de sa mette et la paille de son grabat ; que ces grincheux chamailleux s'étaient chamaillés avec elle, et avaient grinché assis autour du feu qui était aussi le sien. Désormais, leur vie se scindait, leur pays enfoncerait ses racines dans des terres à mille lieues l'une de l'autre, et ça durant des générations peut-être... Et en moins d'une heure, les larmes de Marie-Marguerite avaient réconcilié toute l'Acadie.

— Vous nous envoyerez des ananas par la *Grand' Goule*.

— Laissez point les crocodiles vous dévorer les jarrets dans les bayous.

— J'ai quitté une engrangée de baillarge aux Mines ; si vous la retrouvez, faites-vous-en de la soupe.

— Mangez point les écrevisses durant les carnicules. Et si vous trouvez des Cormier par là...

— Je marierons leurs filles !

— Hé, hé, hé !

— Baisez pour nous la terre de Port-Royal sur les rives de la baie Française.

— Et baillez votre botte au cul à toute la descendance au Lawrence et au Monckton durant les siècles à venir.

La fête et les préparatifs durèrent quatre jours. Non pas qu'il y eût tant à préparer, mais...

— Encore une ritournelle, le Basque, encore un rigodon.

Ils finirent pourtant par se détacher et partir, les Thibodeau, dans un charretin tiré par un seul bœuf que leur avait cédé Pélagie, l'un des Fantassins. Jeanne Bourgeoise en avait hurlé une nuit durant, criant au passe-droit et au parti pris, ce qui avait eu le bon effet de distraire les deux convois de la blessure qui se creusait dans tous les cœurs. Au point que personne, hormis Bélonie, n'entendit les adieux de l'Acadie du Nord à l'Acadie du Sud :

— Revenez nous voir dans une couple de siècles, je serons toujours là !

Et Pélagie regardait ce misérable et absurde petit morceau de famille qui s'en allait fonder un peuple, là-bas en Louisiane.

Puis tout à coup, au milieu de l'émotion générale, Célina, qui venait de découvrir un objet étranger au fond de la poche de son devanteau, agita le poing vers le sud et s'écria :

— Jamais je croirai ! C'est le beau forgeron d'Anatole à Jude qui m'a quitté sa paire de pinces.

Et la charrette et les charretons se secouèrent de rire, pendant que la guérisseuse avalait une dernière reniflée.

VIII

Pélagie-la-Gribouille, à la fin du siècle dernier, répétait au descendant des Bélonie que cette histoire ne tenait pas debout, que son aïeule Pélagie n'avait pas pu errer ainsi en dehors de ses devoirs et de la droite ligne qui menait du sud au nord, des Caroline en Acadie.

— Vous me ferez point des accroires à moi sus votre Baltimore.

— Mais Baltimore, c'était au nord, dans la ligne droite.

— Point le franc nord, mais le nord-nordet.

— Parce qu'à votre dire, fallit point crochir d'un pouce ? Fallit traverser tout un continant les yeux fermés, sans égards pour les montains et les fleuves, en dehors des routes et des sentiers ? L'Amérique, c'était point un champ d'aouène, Pélagie-la-Gribouille.

Elle bondit. On osait, à l'heure qu'il est, l'appeler en pleine face par son surnom !

Un surnom, tout le monde en a.

Tout le monde en a, fort bien, mais pas tout le monde un surnom de chicane ou de bisbille. Gribouille ! Quel était le premier malfaisant qui lui avait collé ce sobriquet ? Calixte à Pissevite, peut-être bien ? Ou Johnny Picoté ?

Plus près, la Gribouille, fallait chercher plus près.

Point le beau Bec-de-Lièvre, tout de même, son propre beau-frère.

Encore plus près.

Pélagie-la-Gribouille se tut : plus près que le propre frère de son homme, il ne restait que son homme. Et avant de sonder ce terrain-là, elle avait besoin de sonder l'état de son cœur pour savoir comment se comporter, advenant des conclusions concluantes.

— Vous me ferez point des accroires à moi, qu'elle répétait.

Pas des accroires, non, la vérité vraie. Pélagie-la-Charrette, en conduisant ses bœufs vers le nord en cette année 1772-73, criait plus souvent hue ! que dia ! Et ses bœufs tiraient vers la droite.

— Vers Baltimore en Marilande.

— Déjà ils étiont rendus en Marilande ?

Pas tout de suite. Auparavant il leur fallait franchir la Caroline du Nord et plus tard la Virginie, la Virginie qui en aura long à raconter au peuple en marche.

Un peuple, c'est un bien grand mot pour ces lambeaux de familles qui piaffaient et fouettaient des bœufs qui s'embourbaient de plus en plus dans les marais du Sud. Un grand mot, et pourtant...

Car en cette année-là, même le départ du clan entier des Thibodeau n'avait pas réussi à soulager les charrettes. Aussitôt de nouvelles familles, surgies des foins et des roseaux, surgies des cailloux du chemin, ma grand-foi ! enfourchaient les ridelles et sautaient au cou de leurs parents et compères qui remontaient le continent. Des quatre horizons de la Caroline du Nord sortaient

des Hébert, des Boudreau, des Ribochaud dit Robin, des
Landry, mon doux séminte! Ceux-là même qui
s'étaient alliés par liens légitimes à la propre famille de
Pélagie à la Grand' Prée.

— Vous me dites pas!

— C'est-i' Dieu possible!

— Et Jean?

— Et Pierre?

— Et le beau grand jars de Charles-Auguste?

... Il avait péri, le Charles-Auguste, sous un coup de
mousquet anglais au moment de prendre le bois, *pater
noster qui es in coelis*... il repose là-bas, un sauvage as-
sure qu'il l'a lui-même mis en terre à l'entrée de la
Rivière-aux-Canards, et qu'en l'absence des parents, il
a marmonné des oraisons de son cru et dans sa langue,
le Micmac, des prières chrétiennes tout de même, pauvre Charles-Auguste... Mais son garçon, voilà le plus
jeune de ses garçons, regardez-moi ça, un beau morceau
de butin, quasiment majeur, et qui a les yeux virés du
bord du pays.

Le beau morceau de Charles-Auguste fils, nerveux et
sautillant, avait en réalité les yeux virés du bord de Madeleine, n'en déplaise à sa mère, car ses souvenirs du
pays remontaient à ses trois ans, souvenirs d'un mal de
mer durant des mois, suivi d'un atterrissage en Caroline
du Nord, la peau collée aux os et les os vidés de la
moelle.

— J'avons pourtant été plus chanceux que les Thériot
et les Chauvin de la Virginie.

— ...?

C'est Célina qui voulut tout savoir, en long et en
large, sur le sort des déportés en Virginie, la Célina
sans-famille qui n'en finissait plus de s'enquérir des
disparus.

— Quand c'est que j'y passerons, j'en ragornerons les restants, de vos Chauvin et Thériot. Une charrette de plus ou de moins, nos bœufs sont point regardants.

Agnès Dugas dite Landry, femme et mère du lignage des Charles-Auguste, sentit qu'il était temps d'éclairer la boiteuse et la parenté sur le destin des Acadiens de la Virginie.

— Il n'en reste plus, qu'elle fit.

— Quoi c'est que tu dis ?

— Je dis ce qui est. Ceusses-là de la Virginie, ils les avont refoulés à la mer ; pis garrochés dans les prisons de Londres ; pis échangés avec des prisonniers anglais et rendus à la France ; pis enfin logés aux frais du roi à Belle-Isle-en-Mer en Bretagne, et d'autres dans les terres en Poitou, par devers Poitiers et Archigny. V'là ce que je tiens d'un dénommé Jean-Aubin Mignault, qui le tenait d'un certain Marin Petitpas, qui a beaucoup voyagé comme son nom le démontre bien.

Mais son histoire la plus terrifiante, Agnès Dugas Landry dite la Pie, veuve du Beau Jars, la réserva aux charrettes à l'heure où les charrettes huilent les essieux de leurs roues, c'est-à-dire à la brunante. Et c'est au son des roues grinçantes qu'elle commença, sans préambule et sans demander permission de conter :

— Le Cap-de-Sable, lui, au printemps suivant...

— Suivant quoi ?

... Comme si !

— ... au printemps suivant l'automne 1755, au Cap-de-Sable, comme j'ai dit, le beau Lawrence – que le diable ait son âme ! – envoya l'un de ses majors s'émoyer des Acadiens qui y restaient.

— Au Cap-de-Sable ?

— Comme de raison. Le major Prebble donc y vint avec un détachement de soldarts qui s'aperçurent-i' pas, les malfaisants, que tous les hommes étiont partis en mer et que les femmes et enfants trembliont, tout seuls au logis. Un beau dégât qu'ils avont fait là, les soudards : mis le feu aux maisons, massacré le bétail et embarqué toute la race. Lorsque chaque pêcheur a voulu rentrer à sa chacuniére, plus rien : plus de logis, plus d'animaux, plus de femmes, plus d'héritiers ni de grenailles aux berceaux. Il y en a qui avont viré fous sus le coup ; d'autres qui s'avont garrochés à la mer pour rattraper les goélettes déjà loin au large. Personne a rien rattrapé. Et les survivants des déportés du Cap-de-Sable pâtissent encore en Caroline à l'heure où je vous parle. Apparence qu'ils espèront encore leurs péres, figurez-vous !

Ils attendirent longtemps, les rescapés du Cap-de-Sable, toute une vie ; mais selon mon cousin Louis à Bélonie, ils pourraient attendre une éternité que ça ne suffirait pas. Et quand je voulus savoir...

— Ça suffirait point à rassembler les familles, qu'il précisa, ni à faire oublier. J'ai entendu dire que le massacre du Cap-de-Sable, c'est la derniére honte que les Anglais pourriont avaler, par rapport que six générations de conteux et de défricheteux avont fait serment de se passer cette histoire vraie d'aïeul en père en rejeton. Ça fait que les descendants du major Prebble avont besoin de se tiendre loin du Cap-de-Sable pour encore longtemps.

— Figurez-vous ! que répéta Jeanne Aucoin.

Et toutes les charrettes s'arrêtèrent de huiler leurs roues.

— De toute manière, que dirent Charlécoco, y a plus d'huile.

— Plus d'huile ! V'là ben le restant !

On peut se priver de tout dans une charrette, mais pas

de charrette tout de même. Une charrette sur des roues, des roues sur des essieux huilés.

— Je pouvons toujou' ben pas cracher sus le moyeu.

— Ni nous pomper l'huile des genoux.

Célina se tourna vers le Fou. Qu'il se gratte le génie encore un coup, lui, l'inventeur de l'épingle à brûler les dents, qu'il invente, découvre, imagine n'importe quoi. De l'huile, ça se trouve quelque part dans la nature, dans les plantes, dans la terre...

— Je pourrions tuer un cochon et faire fondre le lard.

— C'te genre de graisse, j'en ons plus besoin sus nos ous rachitiques que sus les essieux de vos roues.

— Voyons, le Pierre à Pitre, aveins ta jarnigoine.

Il n'eut pas le temps d'aveindre ni génie, ni jarnigoine, le Fou. Le nègre l'avait devancé.

Le nègre ! Si fait, le nègre, l'esclave de Charleston, le Théotiste en question qui refusa jusqu'au bout de porter ce nom-là par égard pour Théotiste Bourg, père de Pélagie, notable de Grand-Pré, il ne pouvait pas, lui, un esclave, un Noir de peau et d'origine, un arraché aux chaînes, un sorti de cale de marchandise...

— Et nous autres, j'y ons point passé par les cales de marchandise ?

Ce n'était pas pareil, pas pareil du tout, lui, il était noir sur une terre blanche, et puis il lui devait la vie et la liberté à Pélagie. Il acceptait la vie, merci, merci beaucoup, mais la liberté, il la jetait aux pieds de ses maîtres, des maîtres qui en deux ans déjà, ne l'avaient ni fouetté ni privé de nourriture, qui l'avaient même caché aux trafiquants d'esclaves tout le long des Caroline et de la Virginie. Il se serait volontiers tiré de l'huile des os, si ses os en avaient fabriqué.

Il la prit aux couleuvres.

— Iiiirk !

Mais oui, Jeanne Trahan, que voulez-vous ! Une couleuvre, c'est une créature du bon Dieu, comme les autres, faut bien que ça serve à quelque chose. Ça servirait à huiler les essieux des charrettes.

Et le nègre empoigna l'une après l'autre une douzaine de couleuvres qui gigotaient entre ses doigts et les enroula soigneusement autour des essieux. Grouillez pas, petites bêtes. Le géant fit le reste, soulevant à bout de bras une roue de quinze raies.

— Avec ça, énonça Pélagie, j'ons un souci de moins. Des couleuvres, l'Amérique en manque point, ça s'adoune.

Et se tournant vers les Bourgeois, elle ajouta :

— Pis passez le bassin à c'tuy-là qui en a besoin.

Elle ne croyait pas dire aussi vrai, Pélagie. On eut cette même nuit besoin de plus de bassins que les charrettes ne pouvaient en compter. C'est François à Pierre Cormier qui vint en hâte quérir Célina : la Marie allait accoucher avant terme.

— Dieu de Dieu !

— C'est-i' à cause de la vision des couleuvres ?

— Pourvu que le petit en restit point marqué.

— Taisez-vous. Des discours pareils, asteur !

— Ragornez des linges et de l'eau. Allumez-moi un grand feu, Charlécoco.

Et changez-moi ça, et virez-moi ça, et ôtez-moi ça du chemin.

Quel branle-bas ! Pourtant elle en avait vu d'autres, la sage-femme, elle qui avait mis au monde la moitié du bassin des Mines. Pourquoi tant d'excitation tout à coup ?

Cette fois c'est Pélagie qui sourit à Bélonie-le-Vieux et à sa charrette fantôme. La sage-femme rendait un enfant aux Cormier, un nouveau Frédéric en remplacement de l'autre. La vie avait en réserve des pièces de rechange et pouvait se refaire, par en dedans.

Bélonie se froissa le nez : et comment, au dire de Pélagie, cette dialectique sur la vie et la mort expliquait-elle l'énervement de Célina ?

Pélagie resta muette. C'était vrai, Célina était prise d'une sorte d'agitation, comme une jouissance par procuration. Elle avait mis au monde bien des enfants, soit, mais aucun auparavant tiré de son propre cœur, aucun poussé avec ses propres muscles. Comment ?... Mais qu'arrivait-il à la boiteuse aujourd'hui ? Se figurait-elle s'arracher un enfant de son ventre de stérile ? Elle était à la fois ruisselante et pâmée, Célina ; et quand elle réussit enfin à lui sortir la tête des cuisses de sa mère, au nouveau Frédéric, elle écarquilla ses propres jambes pour mieux tirer. Une crampe l'envahissait, une crampe retenue durant trente ans, trente ans de sa vie de femme délaissée.

Et là ?...

Là, quelque chose s'était produit. Un regard, une tendresse, une complicité, et ça lui avait suffi. Peut-être une folie ? Non, Alban, pas une passion, tu exagères. Hormis que... Sûrement une affection, en tout cas. Une affection de partout. C'était déjà ça. Et dans le cœur d'une boiteuse laissée pour compte depuis sa mise au monde, une première galanterie à cinquante ans fait tourner la tête. La tête, les tripes, les pieds. Elle en dansait, la boiteuse, parole de Bélonie, et sur son pied bot, allez !

Il avait donc tant de charme, ce fou de Pierre à Pitre Gautreau ? En tout cas, il avait des...

— Pas devant les enfants, François à Philippe Basque !

Il avait surtout du sang plein les veines et les artères, le Fou, et sous les méninges un puits de ressources et de créativité; et une peau chatouilleuse à la moindre brise; et un besoin perpétuel de pincer et pigouiller la peau des autres. Et alors que nul homme, aussi fringant qu'il fût, n'eut osé pigouiller ou chatouiller Célina, lui, le Pierre à Pitre, s'était enhardi, sans se faire massacrer, à lui faire courir la main sur la nuque et le long du râteau de l'échine, et certains ont voulu prétendre...

Rien du tout. Ça suffisait comme ça. On n'allait point faire des histoires sur la vertu de Célina après cinquante ans de placotage et de commérage sur ses difformités. Assez! Et que chacun retourne à ses oignons.

Les oignons de Célina, en cette étape de Virginie, c'était de mettre un nouveau petit Frédéric au monde. Un petit Frédéric qui poussa toute la nuit pour voir le jour, et qui enfin, à l'aube, quand il fut tout entier sorti des limbes, se déclara être une fille.

— Pas possible!

Mais qui avait annoncé depuis des mois un garçon? Comment avait-on pu se substituer ainsi à Dieu et lui enseigner son métier? On désirait tant donner son change à la Mort et venger le petit Frédéric resté en Caroline du Sud, que pas une seconde on n'avait imaginé que le ciel faillirait à son devoir et manquerait au rendez-vous.

— Quoi c'est que vous voulez dire : manquer au rendez-vous? que se rebiffa la sage-femme qui se sentait elle-même coupable d'une besogne inachevée. Depuis quand c'est que le ciel a promis rien que des garçons? Et pourquoi faire des garçons en temps de paix? Et même si c'était la guerre, hein?...

Et tous les hommes crurent que sur le coup Célina allait déclarer la guerre pour en avoir le cœur net.

— Qui c'est icitte qui mène les bœufs ? qu'elle ajouta en tapant de son pied bot.

Toutes les têtes, hommes ou femmes, se tournèrent vers Pélagie. Si l'Acadie n'avait pas péri corps et biens dans le Grand Dérangement, c'était grâce aux femmes. Et elle cracha par terre, Célina, pour montrer aux hommes ce que sa race savait faire.

Ça n'empêchait pas le petit Frédéric d'être une fille, qu'il fallait commencer par dénommer.

— Quelle emmanchure !

On proposa Frédérica – pas Frédérique, mais non, en 1773, personne n'aurait songé à confondre les sexes à ce point-là – ou Marie du nom de sa mère, ou Madeleine, Marguerite, Marie-Anne, Jeanne, encore Jeanne, Anne-Marie, Marguerite, Madeleine, Marie. On ne sortait pas de ces prénoms-là dans l'Acadie primitive. Un nom, on se passait ça comme un héritage ; nom de famille chez les garçons ; prénom chez les filles. Et pour créer un lignage nouveau, on avait besoin d'un grand événement. C'est le père qui le pressentit. Car la petite qui venait de naître héritait avant tout de son frère, de la vie de son frère resté en Caroline. Or voilà qu'il se réincarnait en Virginie, le Frédéric.

— Pourquoi c'est faire que je la dénommerions point Virginie ? que risqua François à Pierre à Pierre à Pierrot.

Virginie ! Elle héritait d'une terre, Virginie Cormier, une terre de passage, un lieu d'arrêt en cours de route. Plus tard, elle serait un vivant souvenir du relais de Virginie.

— Mais y a point une seule Virginie dans tout son lignage et toute sa parenté, asseurement.

— Faut bien que ça commencit quelque part, une lignée. Dumeshui, je baillerons le nom de Virginie aux derniers-nés des Cormier dans chaque génération à venir. Et ça deviendra un nom de famille, comme Madeleine, Jeanne, ou Marie-Marguerite.

Et l'on baptisa la première Virginie dans les formes et cérémonies : avec l'eau, le sel, les langes, le Credo, les patenôtres, le violon. Le violon sur trois cordes. Car les pauvres cordes avaient sonné tous les airs de France et d'Acadie depuis que le violon avait quitté les îles. Et n'allez pas vous imaginer qu'on trouve comme ça une corde de violon en terre étrangère, dans les bois ou en haut du champ, au début des troubles en Virginie. Et depuis le départ des Thibodeau pour la Louisiane, on manquait d'outils et d'artisans.

On manqua de beaucoup de choses, apparence, en cette année-là. Mais on trouva un crucifix.

C'était le crucifix des Allain. Et ni les LeBlanc, ni les Girouard, ni les Bastarache n'avaient aperçu l'ombre d'une croix depuis les rives de la baie Française. D'un vrai Christ en croix, s'entend, cloué aux trois coins, en étain ou en argent, point vu depuis le Port-Royal ou la Grand' Prée. Alors figurez-vous la commotion quand surgirent les Allain du nord de la Caroline et qui s'en vinrent tout haletants rattraper les charrettes en Virginie ; attendez-les pour l'amour de Dieu ! et qui garrochèrent dans le giron de la caravane un authentique crucifix, réchappé du naufrage.

— Pas réchappé de l'église en flambes, toujou' ben ?

— De l'église en flambes flambant vraies.

Jean-Baptiste Allain l'avait décroché lui-même du chemin de croix de Saint-Charles de Grand-Pré, c'était à croire ou à nier. Des quatorze stations, treize avaient péri dans les flammes. Mais il en restait une, sauvée par nul autre que Jean-Baptiste en personne qui en fit la preuve en exposant à la ronde les marques de l'incendie au creux de ses paumes, ses propres paumes qui avaient décroché la croix du mur en feu.

De belles grandes cicatrices qu'il gardait là au creux des mains, le Jean-Baptiste, comme les stigmates du Christ en croix. Et il les fit circuler sous les yeux des charrettes pour que les charrettes s'en souviennent jusqu'à la fin des temps. Les autres avaient réussi à rescaper des vieillards et des enfants, du Grand Dérangement, ou rescaper leur vie; mais lui, Jean-Baptiste Allain, il avait sauvé son Seigneur Jésus-Christ. Son geste héroïque et pieux lui serait compté en paradis.

Pélagie fit taire les Bastarache et les Giroué qui se préparaient à récriminer. Les Allain après tout avaient bien le même droit que tout le monde à une part de paradis, et en attendant, ils avaient droit de rentrer avec les autres au pays.

— Dumeshui, la croix prendra les devants de la caravane pour éclairer la route et chasser les démons.

Et avisant Bélonie :

— Mais auparavant, j'allons refaire le baptême de Virginie sous le signe de la vraie croix, c'telle-là de la Grand' Prée, en gage de fidélité à la religion des aïeux. Et c'est Bélonie qui va officier.

Bélonie ?...

Si fait, Bélonie le patriarche qui pour l'heure oubliera sa charrette de la Mort et présidera aux rites de la vie. C'est Pélagie qui l'y poussa à coups de :

— Vie pour vie, Bélonie.

— Hi !...

... Pensait-elle ramener au pays moins de morts que de vivants ? Pensait-elle réellement que sa charrette de bois franc atteindrait la barrière de ses terres avant l'autre, la sienne, qui n'avait pas cessé de grincer des roues depuis la Géorgie ?

Pourtant la vie reprenait dans les charrettes, Bélonie. Malgré les défections, malgré les morts, la vie avait le dessus. Regardez-moi la Catoune, enfant arrachée à la perdition, qui a les seins ronds aujourd'hui et berce le nouveau-né comme s'il était le sien; regardez le beau jeune jars de fils du Charles-Auguste qui tourne autour de Madeleine qui fait semblant de point faire semblant; regardez le fou de Pierre à Pitre qui réussit à faire glousser la Célina... arrête, grand effaré! si c'est pas une honte... hi, hi! Regardez le nègre arraché aux chaînes qui prend vie chaque jour, qui parle déjà la langue en roulant quasiment les r... et qui, ma foi, est en train de blanchir, vrai comme je suis là; et regardez-moi le géant P'tite Goule, le mousse fidèle, qui rougit durant des heures à genoux aux pieds de Catoune...

— Il louche itou du bord de l'est, le géant.

C'est vrai. Le géant n'avait point non plus oublié. Le Fou, si, c'était un étourdi, un génie mais un écervelé, tandis que le géant, malgré son inclination pour Catoune et pour Pélagie, continuait à respirer l'air salin chaque fois qu'un vent d'est soufflait dans les terres. Alors il tournait vers Pélagie de grands yeux presque vides et l'avisait sans rien dire.

Ils se taisaient, tous les deux, depuis plus d'un an. Baltimore! Baltimore! Elle était donc si loin, cette Marilande? Dans un an, on vieillit de douze mois. Et une femme qui va sur ses trente-neuf ans, bientôt quarante, n'a point de temps à perdre. Le temps n'attend pas, n'épargne personne... Il est le plus dur des bourreaux, après la Mort... Lui, là-bas sur ses mers, se basanerait au soleil. Sa voix descendrait encore d'une note ou deux au fond de la gorge. Une année d'homme au large enfle ses narines et affermit ses muscles. Mais une année de femme fouettée par les vents... Apercevrait-il les sillons qui lui grimpent le long du cou, et lui creusent les tempes, et lui flétrissent les avant-bras? Et sa poitrine resterait ferme encore combien de temps? Mon Dieu! Hâtons-nous! Vers le nord. Montons, montons vers le nord, le nord-nord-est.

Et Pélagie-la-Charrette, qui n'avait visé durant plus de quinze ans que la seule trajectoire du sud au nord, se mit de plus en plus à bifurquer vers le nordet. Hue! hue! qu'elle répétait à ses bœufs. Et ses bœufs, chaque jour un peu plus durs d'oreille, n'obéissaient plus au premier commandement. Mais la P'tite Goule, d'un revers de main de géant plus cinglant qu'un fouet de cuir, ramenait les Hussards et les Brigadiers à la raison, aux cris perchés de Jeanne Aucoin et de Célina qui n'avaient pas tari leur affection pour les bêtes.

Quant à Jeanne la Bourgeoise, pourvu qu'on ne touchât point à l'unique Fantassin qui lui restait...

On fit plus que de le toucher. On parla de le manger.

— Non!!!

Et le cri de la Jeanne retentit par toute la Virginie.

— Dans ce cas-là, s'interposa François à Pierre qui comptait une bouche de plus chez les siens, faut aller aux champs.

Aux champs? Y songeait-il? Une quinzaine de familles déjà, autant de charrettes et de chariots, des bœufs, des mules, des vieillards, des infirmes et des nouveau-nés, et le François Cormier qui parlait de faire les foins?

... Non, pas les foins, le bled, le blé d'Inde, le maïs, nommez-le comme vous voulez. Que tous les bras assez fermes et assez longs s'en viennent œuvrer aux champs durant les mois des métives, en échange d'une part de la récolte.

— Même dans le sû les hivers sont longs, surtout dans le sû qui s'approche à pied du nord.

Pélagie jeta les yeux à l'est, puis les abaissa sur son peuple en charrettes. La Virginie qui avait refusé un gîte aux siens, quinze ans plus tôt, serait bien forcée aujourd'hui de les nourrir.

— Dételez, Charlécoco. J'allons aux champs nous ravitailler. Par rapport qu'il faut bien garder le meilleur pour le pire.

Et toute l'Acadie du retour, habituée à se faire entendre à mi-mot, comprit qu'il pourrait venir des jours plus mauvais où l'on aurait besoin de sa meilleure réserve. Et c'est ainsi que la Bourgeoise sauva pour l'instant son favori.

Quelques mois plus tard, en quittant la Virginie, les Acadiens tournèrent la tête une dernière fois vers cette terre qui avait refoulé à la mer les déportés de 1755. Et Alban à Charles à Charles, soulevant la petite Virginie au bout des bras, dit à tout le pays qu'il laissait derrière :

— Vous aurez point pu empêcher c'te graine de sortir de vos racines, quand même !

Et les charrettes prirent le chemin de l'est, franc est, là où se lève le soleil.

IX

Quand même, Pélagie! Pélagie, quand même, faudrait prendre le temps d'étudier la rose des vents.

Heh!

Les vents! les vents du nord, nordet, suète, suroît, aucune force de la nature ne pouvait empêcher la marche vers la mer de Pélagie. Elle fouettait ses bœufs au sang; elle pigouillait les charretiers Charlécoco, ces flancs-mous qui ne parvenaient pas à accorder les jougs; elle criait, hurlait, débitait un chapelet de hue! dia! huhau! en avant!... On ne la reconnaissait plus.

Et Bélonie secouait la tête, tut, tut!... en s'efforçant de reprendre un souffle qui s'échappait de ses naseaux en sifflant... ssss... ssss... Quand même, Pélagie!

— Ça va-t-i' durer encore longtemps, c'te trotte?

Pélagie s'arrêta net et avisa dans les yeux Jeanne Aucouin. Comment? Cette femme qui avait reviré une chaloupe renversée dans les eaux glacées de la baie Française, et ranimé les noyés, et rassemblé les restes, et sauvé la moitié de sa belle-famille Giroué qui se tenait là aujourd'hui, droite et haute comme une hêtrière, elle, la Jeanne Aucoin des grands moments, craignait de respirer une gorgée d'air salin tout à coup?

— Mais quoi c'est qui vous effraie ou vous cha-
grine ? La mer, j'en sons tous sortis, très-tous. Et de
temps en temps, j'avons besoin de l'éventer et de nous
en remplir les bronches des poumons.

— M'est avis qu'y en a qui finiront par éventer leur
mort si je ralentissons point une petite affaire, que rec-
tifia Alban à Charles à Charles.

Mais dès le premier jour Pélagie avait compris que
les Girouard étaient des fainéants, et elle ne prit pas
garde à leurs récriminations. Les vieux et les enfants
dans les charrettes, les bien portants à pied : et qu'on
n'en parle plus.

Pourtant les Bourgeois s'en vinrent à leur tour parler.
Mais les Bourgeois, les Bourgeois parlaient pour ne
rien dire depuis la Caroline, c'était connu. Des plai-
gnards et des regardants sur tout. Comme les Allain,
d'ailleurs, et les Babineau qui depuis la Marilande
cherchaient à se tailler une place dans les charrettes
sans trop de frais.

Là, Pélagie, tu exagères.

Et tout à coup voilà que les Cormier, les Cormier
qu'on ne pouvait pas traiter de geignards, eux qui
avaient déjà enterré un enfant et une aïeule, perdu tous
leurs biens et supporté plus que leur part du poids de
l'exil sans élever la voix, voilà que les Cormier aussi se
plaignaient à Pélagie. La petite Virginie souffrait de
coliques et de choléra – le petit choléra, tout comme le
va-vite – on ne pouvait pas se payer une mort de plus,
Pélagie, pas celle-là, cette Virginie était la première de
sa lignée et devait passer son prénom aux Cormier à
venir.

Cette fois Pélagie arrêta les bœufs. Un enfant c'est un
enfant. Et c'est pour les enfants qu'elle avait lutté toutes ces années, et puis repris le joug et visé le nord.

— Célina !

Et Célina redoubla de soins pour Virginie couchée au creux du bras de Catoune qui ne la lâchait plus. Jour et nuit, Catoune veillait sur Virginie comme sur l'enfant qu'elle n'aurait jamais, la mutilée des cales de goélettes. Catoune et Virginie, deux innocentes qu'on arracherait aux grimaces du destin, aux juments noires de la charrette fantôme, oui, Bélonie, devrait-on y laisser la moitié de son cœur.

Et Pélagie commanda le repos pour refaire le plein des forces et des vivres.

Il était temps. On manquait de tout, et tout s'en allait à l'épouvante : les paillasses rendaient leur paille à grands trous ; les bœufs semaient entre les cailloux leurs fers usés et cobis ; les gencives rongées par le scorbut saignaient et Célina, secondée par son Fou fidèle, n'arrivait pas à stopper les hémorragies. Il était grand temps de reposer les charrettes, les bêtes et les hommes.

Pauvre Pélagie ! Comment reposer ce cœur qui galopait vers la mer à lui en sortir du corps ? Plus de repos pour Pélagie sur cette terre de Virginie ou de la Marilande jusqu'au port de Baltimore. Et elle envoyait ses jumeaux de fils à gauche et à droite prendre des nouvelles de la capitale. C'était encore loin ? Combien de lieues ? A quelle saison accostaient les bâtiments ? Et les quatre-mâts ? On y avait aperçu un quatre-mâts ?... Les jumeaux revenaient chargés d'informations aussi rares et diverses que le prix courant du thé, le changement de lune, l'arrivée des oies sauvages, les premiers signes d'une rébellion des colons aux abords de Boston, la mauvaise pêche à la morue, l'arrivée d'une cargaison d'étoffes d'Orient, et la fondation d'une académie de musique dans une ville quelque part au nord et dont ils avaient oublié le nom. Alors Pélagie s'emportait et expédiait aux renseignements sa meilleure réserve : le Fou et le géant. Le géant pour battre le chemin et défendre l'expédition ; le Fou pour arracher de l'information à ces butés de coloniaux qui voyaient des mouchards partout. Et un jour :

— Baltimore est un petit brin plus au sû ; j'avons grimpé trop haut.

Un boulet ! Un boulet de canon en plein cercle des campeurs autour du feu. Et le feu en fit pssst ! et bluetta.

— Jamais je croirai ! Jamais je croirai que j'allons asteur virer de bord.

Imaginez-vous que ces protestations sortaient de nulle autre bouche que de celle des Bourgeois et Girouard réunis, ceux-là même qui avaient fait descendre la charrette au Port-Royal du Sud, trois ans plus tôt. C'est pour dire, hein !

... Non, Pélagie, pas les Girouard, tu divagues, ceux-là étaient établis à Beaufort, tu le sais bien...

Pélagie ne répondit ni à la remarque de Bélonie, ni aux récriminations des autres. Si on avait pu rebrousser chemin une fois, on pouvait le faire encore. Personne, personne, vous entendez ? ne l'obligerait cette fois à continuer vers le nord quand son propre fils, et le propre fils des Basques, et tout un quatre-mâts les attendaient là-bas, tout près, à Baltimore.

Si fait, un quatre-mâts, surtout un quatre-mâts et son capitaine les attendaient au port, personne n'était dupe. Quinze familles contre un capitaine qu'elle mettait dans la balance, la Pélagie ; trois ans contre un jour, tout le monde avait compris. Un bel homme, le Beausoleil, et un brave, sans contredit, mais...

— Qui a sauvé les vôtres, au pèri' de sa vie.

... Oui, un courageux, personne ne le niait, mais...

— Et qui continue à l'heure qu'il est à charroyer sur l'Atlantique les restants de vos familles.

... Tout ça, les Bourgeois, les Allain, les Giroué le lui accordaient, mais...

— Et qui c'est sinon lui qui a brisé de ses deux mains le timon d'un navire anglais chargé de prisonniers et qui s'en est emparé pour vous ramener au pays ?

... C'est le Beausoleil, on le sait, Pélagie, mais...

— Mais quoi, têtes dures ? Il vous reste plus d'entrailles, personne ? Plus de souvenirs au creux des tripes ?

— Il nous reste surtout des enfants, s'en vint dire François à Pierre à Pierre ; et ceux-là, il leur reste l'avenir à réchapper. Ça fait qu'il faudrait point, Pélagie LeBlanc, le mettre en pèri'.

En péril, l'avenir de leurs enfants, elle, Pélagie dite la Charrette ! Mais qui les avait tous arrachés à leur Géorgie et leur Caroline de malheur, à la fin ? Et qui avait fourni les bœufs de halage et la maîtresse charrette qui creusait les ornières aux roues des charretons et des chariots ? Hein ? Et aujourd'hui encore, à l'heure où les colonies commençaient à se soulever les unes après les autres et à guerroyer contre l'Empire, à l'heure où la terre d'Amérique se mettait à trembler sous les sabots des chevaux de bataille, à cette heure-là, qui tenait au creux des mains la boussole qui pointait son aiguille vers le nord ? Elle n'avait pas mérité un seul jour de vie, de vie pour elle, Pélagie, après une existence entière au salut des autres ?

Elle s'épongea et fit le tour des fronts qui ne défronçaient pas. Chaque ride était une plaie et chaque étincelle qui filtrait entre les cils jetait un cri dans le ciel. Tous ils avaient porté leur lot de malheur, très-tous, sans pour ça renoncer à leur part d'espérance.

Aujourd'hui leur espérance visait le nord, et c'était nulle autre que Pélagie qui l'avait allumée au fond de leurs cœurs.

... Les Bourgeois espéraient y retrouver leurs terres étendues sur un tiers de la vallée de Port-Royal où des milliers de pommiers laissés en friche pouvaient du jour au lendemain passer à l'état sauvage ; les Cormier rêvaient des murs du Fort Beauséjour qui avaient abrité les derniers jours d'une Acadie surprise en plein sommeil ; les Girouard songeaient aux morts qu'on avait eu ni le temps ni le droit d'enterrer ; les Basques revoyaient les vastes rivages qui s'ouvraient sur un océan tout picoté d'îles encore inexplorées ; les Allain, les Boudreau, les Babineau, les Landry, tous avaient les yeux rivés sur cette terre promise qui pouvait receler encore la moitié des familles disparues dans la débâcle.

Pélagie se pressa les tempes de ses deux mains. Et elle ? Vous pensez qu'elle l'avait oublié, ce paradis perdu enfoui au fond de ses entrailles et de ses reins durant la moitié de sa vie ? Vers quoi avait-elle largué sa charrette et ses bœufs, sinon vers son Acadie du Nord ? Une Acadie où elle avait laissé plus que tous ces geignards réunis ; détrompez-vous, bande de bavasseux et de brailloux ; mais justement, elle voulait la retrouver comme jadis, son Acadie, avec du grain au grenier, du cidre à la cave, des bêtes à l'étable, un feu dans la maçoune, et un amour au ventre. Ses enfants allaient grandir... voyez cette Madeleine, là-bas, née dans le Dérangement, qui se laisse déjà approcher par le fils du beau jars de Charles-Auguste... ses enfants s'établiraient et rebâtiraient le pays tout autour d'elle, mais elle, Pélagie, dont les veines n'étaient pas taries, qui avait encore de la moelle aux os et du jus dans la voix, que ferait-elle de cette Acadie qui l'aurait détournée du bonheur ?

— Dia ! qu'elle hucha aux bœufs. J'irons au nord, mais point avant d'avoir pris des nouvelles des nôtres à Baltimore.

Et avant que les Allain, les Landry, les Giroué, les Cormier, et même les Bourgeois n'aient eu le temps de regimber, ils avaient déjà fait demi-tour et pris la route du sud derrière la charrette de Pélagie.

— Baltimore, c'est-i' Dieu possible !

Si fait, c'était ça, une belle ville, presque accueillante, ma foi ! avec des Anglais et des Irlandais catholiques... Les Allain n'en revenaient pas, des catholiques, t'as qu'à ouère ! et une église, une église blanche au cœur de la ville qui ouvrit toutes grandes ses portes aux exilés, le dimanche suivant, la première église romaine consacrée depuis les rives de la baie Française. Et les hommes se déchaussèrent avant d'enfiler la nef.

— C'est point tout.

Nenni, point tout, car à quelques lieues, dans un faubourg de Baltimore, était sis tout un village d'Acadiens qui portait déjà le nom de French Town, t'as qu'à ouère ! avec un prêtre, l'abbé Robin, qui leur chantait du latin dans leur langue. Les Jeanne, les Marie-Anne et les Marguerite en reniflaient, tandis que leurs hommes se tapaient dans le dos à grands éclats de « Salut, vieux tronc de Robichaud de la Rivière-aux-Canard ! Salut, François à Pierre à Pierre à Pierrot ! » Des retrouvailles comme on en rêvait depuis la Géorgie. Plus de branches isolées dans des abris précaires aux abords de l'océan, mais des villages entiers transplantés en terre de Marilande : Newton, Malborough, Belisle et, tenez-vous bien, Annapolis !

— Annapolis, ça vous dit rien ?

Si fait, ça leur en disait long à ces pays et payses de Port-Royal.

Pélagie s'assombrit :

— Pourvu qu'ils changiont point le nom de la Grand' Prée avant que j'y remettions les pieds, qu'elle dit.

— Pour ça, répondit le Pacifique, j'avons besoin de point trop nous attarzer en chemin.

Pélagie lui planta un œil dur dans le front.

— Je sons pourtant bien aise icitte parmi nos genses. Même les étrangers en Marilande nous traitont comme des frères. Je pourrions en profiter pour nous refaire les ous une petite affaire.

C'était aussi l'avis de Célina, de Charles-Auguste et Madeleine, des jeunesses en général, et du géant en particulier, de tous les amoureux insouciants et qui avaient trouvé le bonheur dans les charrettes. Le pays pouvait attendre, l'heure était si belle, et le printemps si doux. Baltimore regorgeait de fleurs et d'oiseaux qui les embaumaient de mots d'amour. Que c'en était indé-cent.

... La Célina, par exemple, prenez rien que c'telle-là...

Si elle avait su, la Célina, que ses propres pensées à l'égard de Jeanne Aucoin, Jeanne Aucoin à son tour les lui renvoyait. Car la Girouère qui ne se cachait pas pour pincer le gras du bras de son Alban du deuxième lit, et même le gras de la cuisse, restait tout ébarrouie au moindre gloussement de sa commère Célina sous les chatouilles de son galant de Pierre le Fou.

— C'est pour dire ! que se répétait la Pélagie, qui dès son premier jour de Baltimore avait senti tout le prin-temps l'assiéger de la nuque aux chevilles.

C'est pour dire que personne ne comprenait très bien

le chavirement des charrettes en ce printemps 1774, trop envahi chacun par sa propre métamorphose ou trop occupé à retenir son cœur en dedans. La Marilande était leur premier relais franchement hospitalier en quatre ans, et les déportés en prirent une longue respiration de réserve. Pour les mauvais jours à venir, que chacun se répétait.

Sauf Pélagie. Pélagie croyait voir achever ses mauvais jours. La seule apparition du quatre-mâts au port emporterait ses cauchemars, à jamais. Et chaque matin, elle se rendait au havre et s'informait de tous les bâtiments de l'Atlantique :

— Un quatre-mâts du nom de *Grand' Goule*, avec une chevelure d'or à la figure de proue.

— Je l'ai aperçu il y a six mois aux îles Bermudes, en train de réparer sa voile de misaine. Apparence que l'ouragan de novembre l'aurait point épargné, le quatre-mâts.

— En janvier elle jetait l'ancre à l'embouchure de la Savannah, la belle garce, si mes yeux me trompèrent point ; apparence qu'elle aurait eu croisé un vaisseau forban sur les côtes de la Floride. Mais j'ai entendu dire que c'est le forban qui aurait sauté le premier sur la lame de fond et pris par le large.

... Des navires français qui parlaient sa langue.

— Faut qu'elle ayit un bougre de capitaine à la barre et une drôlesse de gueule, votre *Grand' Goule*, pour effrayer un forban.

... Un bougre de capitaine, en effet. Et Pélagie s'en serrait la poitrine de ses deux bras. Puis le lendemain, elle revenait prendre des nouvelles au port.

— *February was a tough month, m'am. The worst in twenty years of float on the North Sea.*

— Il dit que le mois de février fut le plus massacrant

qu'il a connu en vingt ans de navigation sur les eaux de
la Grand-Mer du Nord. Ça fait que faut point vous sur-
prendre, ma petite dame, si votre galant fait cale sèche
une secousse dans les îles du Sud. En attendant, j'ai ici
une pleine cale de matelots et un quartier-maître qui seraient bien aise de consoler les affligées.

Pélagie, le lendemain, se fit accompagner de son
géant, et ses informateurs français, hollandais, anglais
la traitèrent avec respect.

— *Holà! que hembra guapisima!*

— *Bom dia, senhora!*

— *Deu vous guard!*

... Des Espagnols, des Portugais, des Catalans... Baltimore était le carrefour du monde. Il ne manquait
qu'un pavillon. Et Pélagie commençait à voir frétiller
les pieds de ses gens et piaffer ses bœufs. Le printemps
s'engouffrait dans l'été, un été aussi torride que l'hiver
avait été sale et humide. Et les Bourgeois, puis désormais les Allain, résistaient mal à la chaleur du Sud.

— Vous qui avez enduré durant quinze ans les fièvres et les carnicules des marais pourris, vous viendriez
aujourd'hui rechigner et renâcler sus c'te terre bénie de
la Vierge Marie?

— La Vierge Marie? où c'est qu'elle va prendre ça?

Célina s'interposa :

— Et la Marilande, quoi c'est que ça signifie, à votre
dire?

Car la Célina n'aimait pas qu'on s'en prenne à Pélagie et venait jeter dans le débat le poids de sa science de
défricheteuse. Avec l'accoutumance de débroussailler
la parenté, on passe sans peine à la géographie et par-
vient à défricheter sans reprendre son souffle les
courants d'eau, les monts et les vaux, et les lieux-dits.
Et elle défricheta pour les Bourgeois, Giroué, Allain et

autres récriminants, les broussailles de la Marilande qui tenait son nom de la lande – tout comme si l'on vous disait en français le pays – de la Vierge Marie.

Tout ça par cœur et sur ses doigts.

Les Bourgeois et autres récriminants en gardèrent la bouche ouverte, et Célina s'en fut, souriante et satisfaite d'avoir gagné un jour ou deux de Baltimore à Pélagie.

On finit pourtant par l'épuiser, le Baltimore. Epuiser surtout la puissance créatrice et inventive de Pierre à Pitre qui réussit jusqu'en août à distraire les charrettes de leur boussole. Mais un jour, le Nord l'emporta, et Pierre à Pitre tomba sur ses fesses entre Pélagie et Célina et donna sa langue au chat. Il avait tout essayé, le Fou, tout : égaré le nègre dans le tas de huttes d'esclaves aux abords de la ville, et forcé les charrettes à le chercher durant trois jours ; quasiment empoisonné le Fantassin et les deux Brigadiers en camouflant de la ramenelle sous leurs bottes de foin ; poussé le géant à démanteler un pont qui les séparait du chemin du nord ; fait fuir Catoune, puis Madeleine, puis le fils du beau jars de Charles-Auguste, puis s'était enfui lui-même. A la fin, les charrettes s'attrapaient la tête et se huchaient des injures, s'accusant les unes les autres de le faire exprès.

Bien sûr que c'était exprès, ce fut même exprès qu'il aboutit derrière les barreaux, le Pierre à Pitre, à bout d'invention. Mais là, il faillit le payer au-dessus de ses calculs, le Fou, et sans l'intervention de l'abbé Robin en personne, le pauvre aurait pu passer le restant de ses jours à tresser de la paille dans les prisons de Baltimore par fidélité à ses maîtres Beausoleil et Pélagie et pour les beaux yeux de Célina.

— Les beaux yeux de Célina ! Outch !

Et les charrettes s'esclaffèrent.

— Pourquoi pas ses belles jambes, tant qu'à faire ?

Le Fou riait avec les autres, s'étant toujours révélé de la meilleure composition du monde. D'ailleurs il ne regardait sans doute ni les jambes ni les yeux, Pierre à Pitre, mais quelque chose quelque part entre les deux qui pouvait aussi bien se loger sous la peau que sous les jupes. Un être étrange, le mousse, incomplet, inachevé, qui cherchait encore sa mère, après vingt ans, et qui avait dû en trouver un vague parfum égaré chez Célina.

Et la prison ?

La prison, c'était pour vol. Songez à l'audace : un déporté, un hors-la-loi qui a quitté son port d'attache et cherché à rentrer au pays par la mauvaise porte, un marin arraché à un navire coupable de mutinerie et de détournement, certains auraient dit de piraterie, un repris de justice, pour tout vous dire, et qui s'en va en plein jour voler des soies indiennes sur des comptoirs ouverts. Fallait le faire exprès !

— Hi, hi !...

Bélonie lui-même cette fois en aurait ri. Point souri ni grinché, franchement ri. Et il finit par entraîner tout le monde dans la rigolade. Tout s'était déroulé avec tant d'adresse et tant de cocasserie, que même les Bourgeois purent en apprécier l'astuce et les Allain fermer les yeux sur le péché.

Tout avait commencé un matin de soleil trop dru qui faisait ressortir jusqu'aux creux des plis les taches d'usure d'étoffe râpée. Râpée sur les pierres des ruisseaux durant quatre ans ; puis rapiécetée, reprisée, raccommodée aux lierres des bois et jaunie à la lumière crue du Sud. Ce matin-là, Pélagie avait regardé d'un drôle d'œil sa cotte et son cotillon agonisants sous le soleil. Et Pierre à Pitre l'avait vue.

Elle leva la tête et s'efforça de rire en avisant le Fou :

— Plus rien que bon à faire des défaisures, qu'elle dit. Et l'hiver qui vient, je les écarderons pour en faire des couvertes.

Son rire avait beau sonner courageux, il sonnait. Et le Fou en eut mal aux boyaux.

— Je sons plus ben montrables aux étranges, qu'elle ajouta face à la mer. Mais c'est malaisé de broyer et peigner le lin dans une charrette.

Le même jour, Pierre à Pitre décidait son grand coup, place du marché de Baltimore. Il fallait se hâter, habiller les femmes avant l'entrée au port de la *Grand' Goule*. Pélagie valait bien quelques laizes de coton. Mieux que ça, de la soie. Pourquoi pas ? De la soie indienne pour Pélagie, Madeleine, Catoune et Célina. Et des coiffes de lin, et des mouchoirs de dentelle, et des tabliers à plastron, et des châles de fine laine, et des souliers de peau, et des corsages et des cottes rayés, et des... et des... Et Pierre le Fou se lança dans la plus audacieuse et la plus ingénieuse acrobatie de sa vie. Acrobatie des jambes, des doigts et de l'esprit. De l'esprit surtout.

— Vous voulez dire ?...

Justement ça, de la magie. Pas de la magie noire, ni de l'ensorcelage, nenni. Pierre à Pitre Gautreau était un pays sorti du pays, un fils d'artisan du bassin des Mines, un baptisé à l'eau bénite et confirmé au saint chrême. Aucun des siens n'avait jamais penché du mauvais côté du sort ou goûté à la chaudiérée de jus de vipère et de crapaud. La magie de Pierre à Pitre ne lui venait pas du diable, mais de sa science mêlée d'adresse et d'astuce, rien de plus. Parole de Bélonie à Bélonie à Bélonie....

Il se rendit donc place du marché et s'ouvrit un comptoir. Manière de dire. En réalité, il se jucha sur un tonneau renversé et commença sa criée. Il criait qu'il connaissait le secret de changer le fil de chanvre en fil de lin, et le fil de lin en fil de soie ; de changer l'œuf en lapin, et le lapin en cochon ; de changer l'étain en argent, et l'argent en or.

Heh ! on verrait bien.

Alors pour vérifier publiquement le bon fonctionnement de ses doigts, il procéda à cinq ou six tours de prestidigitation qui arrachèrent à ses spectateurs un aaah ! qui se répercuta rapidement sur les comptoirs. Sous ses doigts, des poules poussaient des oreilles de lapin et sautaient à quatre pattes dans la foule ; des canards se mettaient à causer dans la langue avec les pies ; des veaux chantaient et des cochons faisaient la culbute ; un âne péta sur l'air de *Comin' through the rye.* Et pour comble, dans une chiquenaude il fit revoler un two-pence qui retomba en doublon dans la paume ouverte d'une dame de compagnie de la femme du gouverneur.

Aaaaah !

Aussitôt la femme du gouverneur s'empara de la pièce d'or et envoya sa dame de compagnie porter son écharpe de soie au magicien qui la lui rendit en mousseline.

Le signal était donné.

Toutes les femmes du marché de Baltimore s'arrachèrent leurs collets, leurs bonnets, leurs tabliers, leurs cottes, leurs cotillons, leurs corsages, leurs sabots, leurs bottines lacées, leurs jarretières, et assaillirent le tonneau renversé. Ce fut le premier et seul grand striptease public conservé dans les annales de la ville de Baltimore. On se déchaussait, se décoiffait, se déshabillait jusqu'aux en-dessous auxquels même les maris de Baltimore n'avaient pas eu droit dans l'intimité des alcôves. Le Fou jetait des sorts et les Marilandaises se laissaient ensorceler. Elles s'arrachaient les jupes et les cheveux les unes aux autres, criant et hurlant, et piétinant leurs vieilles bardes comme si jamais plus elles ne se vêtiraient dans la bure et le coton. Elles venaient de découvrir la cour des miracles où un devin changeait les citrouilles en carrosses d'or et les Cendrillons en princesses.

Mais sur les douze coups de midi...

Les Cendrillons n'avaient pas prévu les douze coups de l'horloge de Baltimore qui ramènent la garde au marché et les épouses à la raison. Le Fou non plus n'y avait pas songé. Et il fut pris en flagrant délit de tours de magie sur la place publique sans permis. Dans ce Baltimore du XVIIIᵉ siècle, les catholiques romains étaient jansénistes et les protestants puritains. Et plus que les actes de magie ou même les larcins, c'est la quasi-nudité des respectables mères et épouses qui choqua leurs sœurs restées au logis. Chacune s'amenait en courant contempler le scandale, puis ramener le mari à la maison.

Les dames de Baltimore, à commencer par la femme du gouverneur, prirent du temps à se remettre du choc, apparence : choc d'abord d'avoir montré les détails de leurs en-dessous à leurs commères et rivales, bien plus qu'aux bourgeois ou soldats de la ville qui n'eurent pas le temps dans le chahut d'apprécier grand-chose ; choc surtout d'apercevoir dès le lendemain que chacune avait hérité du devanteau ou du corsage de sa voisine qui en était sortie elle-même coiffée de la capeline de l'autre. Quel charivari ! Et pour comble, si on réussit à retrouver des retailles et lambeaux d'étoffe ou de laine du pays, on s'aperçut que les soies, les dentelles et les cachemires avaient disparu. Elle ne récupéra pas son

écharpe, la femme du gouverneur. Non plus que le
doublon tombé par magie dans la paume de sa dame de
compagnie.

Et c'est pour toutes ces raisons que Pierre à Pitre le
Fou goûta aux prisons de Baltimore. Et sans l'intervention de l'abbé Robin auprès d'une Eglise qui avait
quelques raisons de réprimander des bourgeoises qui se
déshabillent en public, et sous les yeux des enfants encore innocents de ces choses...

— Heuh!...

... des bourgeoises qui devront répéter en confession
le *Pater*... pardonnez-nous nos offenses comme nous
pardonnons à ceux qui nous ont offensés... sans l'abbé
Robin, chapelain de la tribu acadienne de French Town,
Pierre le Fou n'aurait pas donné d'héritiers à son pays
natal.

— C'est point sûr de toute manière qu'il a laissé des
héritiers, c'tuy-là.

C'est point sûr que si, c'est point sûr que non. Ce
qu'on sait de sûr et certain, c'est qu'il sortit de prison
quelques semaines plus tard, déplumé mais encore frais.

Vous dire le rôle qu'a joué Célina dans l'affran-
chissement du prisonnier...

— Elle avait le tour des délivrances, la sage-femme.

— Délivrances des femmes grousses, point des Jo-
crisse écervelés.

A savoir!

Certains prétendent que tous les arguments servis au
gouverneur, l'abbé Robin ne les aurait pas trouvés chez
les Pères de l'Eglise; voire qu'une bonne dose de son
argumentation aurait dégagé une forte odeur d'élixir
point inconnue des charrettes. Mais cela resta entre les
charrettes et ne se répandit pas dans le grand Baltimore.

Il ne revit pas ses soies et ses cachemires, le grand Baltimore, car les épouses et donzelles des charrettes prirent bien garde de les aveindre du coffre.

— Point du coffre !

— Je dis : du coffre.

— Hé bien !

Le coffre, le coffre des Bourgeois, plus précieux qu'un tabernacle et plus secret que le trésor de l'Etat, œuvre de musée si jamais il en fût en Acadie, fit grincer son couvercle sur ses gonds, un soir à la pénombre, pour y engloutir en catimini le butin de Pierre à Pitre. Puis le couvercle se referma si prestement sous le nez de Célina que la pauvre faillit y laisser sa verrue.

— Sûrement de l'or pis des perles là-dedans, qu'elle dit par-dessus l'épaule en se détournant de tout le clan Bourgeois qui décidément ne ferait jamais confiance à personne.

Et elle ajouta pour s'en vider le cœur une fois pour toutes :

— J'ai jamais compris, moi, que des riches preniont abric dans la charrette des pauvres.

Ça sentait le vinaigre encore un coup. On était inactif depuis trop de mois et Baltimore commençait à peser. Hospitalière ou pas, la Marilande n'était qu'un relais, il fallait referrer les bœufs. Et les Bourgeois, cette fois encouragés par les Allain, les Babineau, et bientôt les Landry, se mirent à lorgner la Pennsylvanie.

Pélagie eut un frisson. Combien de temps les tiendrait-elle amarrés à ce port de sa vie, ces inquiets, ces impatients, ces grognons qui s'obstinaient à ne pas comprendre ? Et combien de temps la houle et les vents contraires s'acharneraient-ils contre elle qui avait déjà tant sacrifié à la mer ?

— Vous l'auriez point aperçue au large, la *Grand'*
Goule, un quatre-mâts avec une chevelure d'or à la
proue ? Vous l'auriez point aperçue au large ?

— Au printemps, elle faisait voile de toutes ses forces vers le nord-est, au large de la Caroline ; mais je
crains que les courants et peut-être bien les navires de
chasse l'ayont refoulée au sû.

— Un quatre-mâts, un quatre-mâts sans pavillon,
avec un équipage parlant français, et un capitaine... un
capitaine...

...

Puis un jour :

— Une goélette raconte qu'elle a vu un quatre-mâts
se faufiler pas loin des côtes et qui avait tout l'air de
chercher à accoster.

Pélagie s'appuya contre son géant qui battait des ailes. Et on fit passer le mot. Aussitôt la caravane des
charrettes s'ébranla et roula en titubant jusqu'au quai.

— Lev'là !

— Quatre mâts !

— Voulez-vous arrêter de pousser, vous allez tous
nous garrocher à l'eau.

— Tenez votre respire, tout le monde, il met le cap.

— ...

Les prunelles se rétrécirent, fouillèrent la vague, puis
se dilatèrent et c'était fini. Point la *Grand' Goule*, non,
un vaisseau hollandais, à quatre mâts, avec un dragon à
la proue. Que le diable emporte la Hollande et
l'Angleterre et l'Espagne et toutes les flottes étrangères
au seul vaisseau portant pavillon d'Acadie : une chevelure d'or à la figure de proue. La Grande Mer du Nord
pouvait avaler tous les bâtiments dans une seule goulée,
pourvu qu'elle ramène à Baltimore la *Grand' Goule*,
son équipage et son capitaine.

Mais la Grande Mer du Nord faisait silence et continuait de bercer les flottes de tous les empires maritimes de l'époque sans se soucier du dernier navire d'une colonie désormais rayée de la carte. La mer avait-elle pris pour elle ce vaisseau hors-la-loi, sans port d'attache, sorti vivant du Grand Dérangement? A chacun de ses abordages, la *Grand' Goule* hissait un pavillon fantôme, un pavillon d'imposture. Le quatre-mâts n'appartenait plus qu'à l'océan et à son fragile équipage. Et même les charrettes n'osaient pas trop s'en informer.

— Je crains, Pélagie, que faudra bétôt se faire une raison.

Une raison. Il ne lui en restait pas beaucoup de cette raison qui l'avait pourtant guidée et sauvée durant toute une vie. A peine une lueur. Mais Alban à Charles et François à Pierre à Pierre à Pierrot s'accrochèrent à cette lueur-là. Les clans piaffaient de plus en plus et les bœufs grattaient le sol de leurs pattes d'en avant. Tout le monde sentait sur l'échine et sous la plante des pieds la démangeaison du nord. Les charrettes étaient au bord de la rébellion et de la mutinerie. Fallait point les pousser, Pélagie.

Point les pousser. On marchait depuis deux ans, trois, quatre pour les premiers de la charrette! C'était pourtant ceux-là qui rechignaient le moins, sauf Charlécoco qui avaient pris l'habitude de rechigner dès le ventre de leur mère, les bessons.

— Les pauvres petits, ils devions se sentir à l'étroit à deux dans un seul ventre.

Jeanne Aucoin vit l'occasion et se jeta dessus :

— Des petits qui avont bien profité en vingt ans et qui devont languir après le pays quitté quasiment au sortir du ber. Où c'est que tu comptes les loger, tes fi', à la Grand' Prée ?

Pélagie calouetta.

— Pourvu qu'il nous en reste assez grand de la Grand' Prée pour nous en faire une couverte de lit, qu'elle fit.

Et rassemblant le reste de souffle qui mijotait au fond de ses bronches, elle exhala un grand :

— Huhau, les bœufs ! le nord est par en haut !

X

Bélonie-le-Vieux a dû faire un accroc à ses habitudes et à sa mentalité; car une fois, une seule fois il s'est distrait du cours de la charrette pour partir en mer. Faut s'entendre. Ce récit des misères et grandeurs de la *Grand'Goule,* en cette terrible année 1774, Bélonie a dû le recueillir lui-même de la bouche de son rejeton et héritier qui en savait plus long que son aïeul sur le chapitre de la mer. Ou peut-être que cette page de la chronique a tout simplement sauté un Bélonie et s'en est venue sortir directement de la bouche du deuxième du nom, ce Bélonie fils de Thaddée qui fut plus un témoin du grand large que de la terre ferme, comme nous aurons bientôt l'occasion de le vérifier.

Les conteurs et chroniqueurs de la lignée eurent deux siècles pour débattre cette question. Et laissez mon cousin Louis-le-Jeune vous dire qu'aucune génération de Bélonie ne laissa passer une si belle occasion de dire son fait à la génération suivante. Bélonie III, par exemple, celui de la maçoune de Pélagie-la-Gribouille du dernier siècle, s'entêtait à convaincre son obstiné de fils, Louis-le-Drôle, que son aïeul Bélonie-le-Vieux, un siècle plus tôt, n'avait jamais écouté jusqu'au bout les récits maritimes du capitaine Beausoleil.

Mais le fils regimbait :

— Voyons, voyons asteur ! Vous le prenez pour qui, l'ancêtre ?

— Je le prends pour ce qu'il était : un détraqué. Mais un détraqué qui fut peut-être le seul, en des temps aussi bout-ci, bout-là, à avoir trouvé une trac qui menait quelque part.

— Une trac qui menait à sa charrette fantôme, halée par six chevals noirs.

— Où c'est que j'aboutirons tous un jour ou l'autre, tous tant que je sommes. Mais lui, au moins, il se tenait paré.

— Vous trouvez pas, le père, que c'est long une vie pour se préparer à la mort ?

— Ça dépend qui et depuis combien de temps il est en vie.

Mais ici la Gribouille s'interposa :

— Si y a des faignants que la vie épuise, qu'ils la laissiont vivre aux autres, par rapport que je connais des genses, moi, qui rechigneront point dessus, ça s'adoune.

Tout ça, elle le dit sans prendre son souffle, la Gribouille, descendante en droite ligne de la charrette par les premiers lits. Car elle avait hérité au moins cette vertu de son aïeule première du nom : la fidélité à la vie. Et personne, vous entendez ? personne n'étoufferait son ardeur. Qu'on se l'ancre bien dans la caboche.

On dut s'ancrer dans la caboche des histoires à se faire dresser les cheveux, en cette veillée-là... Si Pélagie et ses charrettes avaient su, durant leur longue attente à Baltimore, ce qui se passait en haute mer et le long des côtes, des côtes que dix fois la *Grand' Goule* avait tenté d'aborder... ! Mais les charrettes n'apprirent qu'une année ou deux plus tard les aventures du quatre-mâts que les conteurs de l'avenir se passeraient comme des contes tant épouvantables, merveilleux et drôles.

En 1774, les colonies anglaises d'Amérique étaient en mal de liberté et d'indépendance, certaines même en franche ébullition. Imaginez-vous alors la position au sol ou en mer d'un équipage de hors-la-loi en guerre ouverte contre un Empire qui le traque depuis vingt ans et qui s'arme tout à coup pour combattre un continent. La voilà coincée entre un continent et un empire, la pauvre *Grand' Goule*! Laissez-moi vous dire qu'elle tanguait fortement sur la Grande Mer du Nord, la goélette de Beausoleil-Broussard, si fortement qu'elle piqua plus d'une fois dans une houle qui risquait à tout coup de l'avaler. Ça prenait un bougre de capitaine à la *Grand' Goule,* les marins de Baltimore avaient raison, pour l'arracher à une mer comme celle-là. Une mer armée jusqu'aux dents. Et comme si la guerre n'avait pas suffi, même les éléments vinrent chavirer les eaux. Il faut dire que le Broussard dit Beausoleil ne leur arrondissait pas les bosses, à ses aventures en mer, et ne ménageait point sa nef.

... C'était tout comme s'il s'était amusé à provoquer son destin.

— Allez donc! comme si le destin avait besoin de ça.

... En tout cas, le Beausoleil, il ne reculait devant aucun risque, aucun péril, aucune surprise du sort. Et le sort plus d'une fois lui pinça le nez. Prenez rien que l'affaire du navire de glace.

— Le quoi?

... Un navire de glace, sans mentir, filant au large des bancs de la Terreneuve, avec un plein équipage de glace : un capitaine, un quartier-maître, des matelots, des mousses, tous transparents, tous de glace.

— Le bâtiment-forban !

C'est ce qu'on avait d'abord cru : le bateau fantôme. Mais le bateau fantôme brûle en mer, vous ne lui ferez point changer ces habitudes-là. Or celui-ci flottait comme le bâtiment le plus heureux du monde, bien enchâssé dans un bloc de glace, tout son équipage figé de verglas en train de ferler les voiles ou d'enrouler les amarres sur les mâts. On distinguait encore le sourire ou l'air béat des passagers ; ce bâtiment ne pouvait s'arracher aux enfers. Il avait dû se laisser happer par un iceberg, puis glisser imperceptiblement dans le long sommeil des mers polaires. Petit à petit, au gré des courants et des vents, il avait dû descendre plus au sud, commencer à fondre doucement, et un jour, qui sait ? il pourrait se réveiller et reprendre vie, un siècle ou deux en retard.

— T'as qu'à ouère, des histoires pareilles ! Vous devriez avoir honte.

Pourtant, la Gribouille elle-même en biclait et frémissait devant de pareilles histoires dont la maçoune ne pouvait pas plus se passer que de soupe au devant-de-porte. Et chaque conteur renchérissait sur ses propres visions et apparitions en mer... vaisseau fantôme, bâtiment-forban, bateau-sorcier, bateau-en-feu, feu-du-mauvais-temps, aucun pêcheur ne le cédait d'un pouce à son compère marinier. L'un avait aperçu l'Indienne drapée dans son manteau de flammes, sur la rive, avisant le navire qui piquait droit sur elle à toutes voiles et qui brûlerait le lendemain en mer, ensorcelé ; un autre avait vu, de ses yeux vu, le petit bonhomme gris sans tête qui veille sur le trésor du capitaine Kidd enfoui dans les sables des côtes ; un pêcheur décrivait le navire-forban d'une longueur de trois lieues, emporté par des voiles qui chatouillaient les nuages, et gouverné par

un timonier dont la barbe abritait des nids d'oiseaux ;
Bélonie, pour sa part, ne rapportait que du vrai authentique, l'histoire de la cloche de l'église de Grand-Pré,
par exemple, qu'il avait lui-même entendue sonner en
haute mer, en plein ouragan, croyez-le ou pas.

— Quoi c'est que tu dis ?

On ne prenait pas la peine de faire répéter leurs
menteries à tous les menteux du pays qui ne savaient
plus quoi inventer ; mais au Bélonie, fils de Bélonie à
Thaddée à Bélonie, même la Gribouille ne pouvait
s'empêcher de lancer de travers :

— Quoi c'est que tu dis ?

Il disait, après bien d'autres, que dans la baie des
Chaleurs, au sud de la Gaspésie, on peut encore entendre à la veille d'une tempête sonner les cloches de
Grand-Pré qu'un bateau du nom de *la Tourmente* était
chargé jadis de transporter à Gaspé ; le bateau aurait eu
tort, apparence, de chercher à s'emparer des cloches au
lieu de les mettre à l'abri, car le lendemain, il périt en
mer, le bougre. On raconte que les cloches de Grand-
Pré continuent depuis ce jour à tinter dans la tempête
pour avertir les pirates à venir dc se tenir loin des trésors acadiens.

— Les trésors acadiens, outch !

— Eh bien ? Et la fortune des LeBlanc, quoi c'est que
t'en fais ?

— C'telle-là itou soune dans la tempête.

— Ah ! le crapaud ! Asteur c'est rendu qu'ils refusont
même leur fortune aux LeBlanc. Pourtant tous les aïeux
l'avont rapportée, c'telle-là, chacun faisant serment que
Jean LeBlanc a laissé un trésor caché quelque part, et
l'a laissé à tous ses descendants.

— Mais ils avont point ajouté, les aïeux, que le dénommé Jean LeBlanc en a point laissé, de descendants ?

— Dans c'te cas-là, je sons tous ses héritiers.

— Ah! là, la Pélagie, tu charges.

— Ça paraît qu'y a du monde icitte qui regrette de point avoir son petit quartier de LeBlanc.

Mais ce que chacun regrettait le plus, ce soir-là, c'était le témoignage du défunt Bélonie II, mort une trentaine d'années plus tôt, le dernier témoin qui aurait pu les éclairer sur tout ce mystère d'un trésor caché qu'on n'avait pas à l'époque fini de déterrer. Pourtant un jour, la fortune des LeBlanc refera surface, et mon cousin Louis espère être encore en vie ce jour-là pour m'en raconter la fin.

En attendant, on se mit d'accord sur un point autour de la maçoune : laisser Bélonie conter la suite des aventures de la *Grand' Goule* aux prises avec les patrouilles anglaises.

Car aussi longtemps qu'on n'avait pas dérangé l'ours qui dort... Or voilà qu'on l'avait arraché brutalement à son hivernement, en ce printemps 1774, à coups de canon et de mousquet. Il ne faut surtout pas se tenir entre l'arme et la cible dans ces moments-là. C'est facile à dire. Mais par où faire filer un quatre-mâts quand les deux rives du goulet se visent de la bouche de leurs canons?

... C'est malaisé.

Et la *Grand' Goule* finit par s'éloigner des côtes et tenter de se ravitailler au large à même les bateaux alliés. On commença par troquer du rhum des îles contre des vivres; mais le rhum aussi s'épuisa et il fallut petit à petit dégréer la *Grand' Goule* : les échelles, les haubans, les chaloupes, le palan, les poulies, la boussole, la jauge, les écoutes...

— Avant de la déshabiller tout net, je pourrions peut-être songer à lui astiquer les canons, qu'aurait eu suggéré Jean, le fils de Pélagie.

Ce qui aurait amené la *Grand' Goule* à la piraterie des navires ennemis, au dire de la chronique de l'époque, les navires ennemis se dénombrant seuls chez les Anglais de la mère-patrie.

Fort bien.

Sauf que la mère-patrie, c'était la fière Albion, *Mistress of the Sea,* qui semait ses bateaux sur l'Atlantique comme d'autres leur blé au champ. La pauvre *Grand' Goule* avait beau hisser ses deux douzaines de voiles à ses quatre mâts, astiquer sa coque, fourbir ses ponts, et même empiloter des boulets de canon tout le long de la vergue, la pauvre *Grand' Goule!,* elle était seule de son pavillon, comme les flibustes ou bateaux-forbans. Et tout le monde tirait dessus.

Un jour donc qu'elle cherchait à se faufiler entre les goélettes hollandaises et les galions espagnols, au large de la Floride, elle tomba dans les voiles d'un quatre-mâts anglais construit à son image et ressemblance : deux navires sortis des mêmes chantiers, le même jour. Les deux figures de proue se saluèrent comme des sœurs, étonnées et ravies de se retrouver après un quart de siècle loin de leur port d'attache, mais prudentes et circonspectes. Chacune avisait l'autre sans l'aborder, craignant de révéler ses couleurs à un ennemi possible. A un ennemi certain puisque ni la *Grand' Goule* ni sa sœur jumelle ne portaient pavillon.

— Comment ça, un bâtiment anglais sans pavillon ?

Attendez...

Un pavillon anglais, si fait, comme la *Grand' Goule,* mais capturé et détourné par des rebelles virginiens, celui-là. Figurez-vous deux navires d'insurgés qui s'abordent sans se connaître, en plein océan, qui se flairent, se jaugent, se provoquent quasiment, attirés par un mystérieux sentiment fraternel, et qui finissent par hisser en même temps un pavillon de paix et de neutralité. Ce sont des frères de souche, sortis ensemble des chantiers navals de Liverpool, destinés aux mêmes déboires et à la même lutte, à la même gloire devait dire plus tard la chronique de chaque pays, l'un et l'autre ayant réussi un coup dont peu de navires purent se vanter en cette fin du XVIIIe siècle : décocher un caillou en plein front à cette toute-puissante Albion, maîtresse des mers, comme David à Goliath. Les quatre-mâts jumeaux avaient tous deux, à un quart de siècle de distance, fait un pied de nez à la marine anglaise.

... Et merde au roi d'Angleterre !

Mais le roi d'Angleterre prit mal l'injure et riposta. Et ainsi s'engagea la véritable bataille entre le géant Goliath et ces deux misérables David qui jouaient de leurs frondes contre une flotte. Les boulets rompaient les mâts, déchiraient les voiles, faisaient revoler les gaillards et sauter les écoutilles... pauvres bêtes de mer ! Pourtant aucun des deux capitaines des quatre-mâts ne baissait pavillon, comme si l'on se battait pour un pays.

— C'était point pour un pays ?

Si, un pays, un pays à venir pour le Virginien ; et pour Beausoleil-Broussard, un pays passé. Pour toute flottille, il ne restait plus à l'Acadie que cette seule goélette arrachée à l'ennemi, goélette vengeresse, libératrice, défiante et qui voguait pour l'honneur. Elle se battait contre les vents et la houle, contre les enfers, contre l'Angleterre qui lui avait pris son port d'attache. A ses côtés, le navire virginien défendait une terre nouvelle, un pays à fonder. Un combat bien inégal de deux goélettes solitaires face à la plus grande flotte des océans. Mais les Robins des Mers sont des vaillants et hardis qui ont du sel dans les veines. Et ils redressaient les mâts et gonflaient les voiles. La flotte anglaise a dû en cligner des yeux. Surtout qu'elle voyait double, la flotte anglaise. Car ce quatre-mâts d'insurgés américains qu'elle pourchassait depuis les côtes de Virginie, voilà qu'il se dédoublait au creux des vagues et apparaissait en même temps à bâbord et à tribord, que c'en était étourdissant. C'est alors que le capitaine acadien, qui avait dû comprendre bien des choses au cours de ses longs voyages et flairer la direction de l'Histoire, donna d'instinct priorité à l'avenir et s'offrit de couvrir la fuite du quatre-mâts virginien.

Ainsi la *Grand' Goule* qui opposait une dernière résistance à ses assaillants avec mille niques et coups de pied, put voir filer son frère jumeau qui s'en allait se perdre dans le brouillard des mémoires orales. Puis la *Grand' Goule* n'eut plus de ses nouvelles. Hormis un soupçon... Car d'aucuns ont sérieusement soupçonné le capitaine du quatre-mâts virginien d'avoir fomenté ce qu'on a plus tard appelé le *Charleston Whisky Carnaval,* et dont la *Grand' Goule* eut de bonnes raisons de se féliciter.

... Pas l'équivalent du *Boston Tea Party,* mais non, voyons, à peine une escarmouche et qui ne passa même pas aux annales de la Caroline. Plutôt un genre de Mardi gras ou de Chandeleur. Un Soir des Tours, si vous voulez. On sait que l'Acadie n'a jamais été en mesure de se défendre à armes égales, n'ayant jamais été l'égale de personne. Elle a fini par dégourdir sa jarnigoine, à l'instar de Pierre à Pitre, et par apprendre à se tirer de l'impasse par les culs-de-sac.

Ce fut un drôle de cul-de-sac, cet arsenal de Charleston, où l'imprudent commandant de la marine anglaise avait enfermé ses prisonniers. D'abord il était resté tout éberlué de voir surgir du quatre-mâts qui se rendait enfin à ses canons non pas des insurgés américains mais une bande de revenants d'une guerre ancienne, des Français, pire, des Acadiens de la Nova Scotia emportés avec leur navire coulé en 1755, des fantômes en loques sur un bâtiment en lambeaux, le *Pembroke,* déclaré perdu corps et biens un quart de siècle auparavant. De quoi donner la berlue à un capitaine déjà fort porté sur la bouteille et enclin au spiritisme. Et il fit mander Beausoleil-Broussard.

... Et là, bien au chaud dans sa cabine capitonnée, il apprit tout au long et dans le menu les incroyables et époustouflantes pérégrinations de cette *Grand' Goule,* alias le *Pembroke,* sortie des mers polaires comme les premiers chrétiens des catacombes. Le capitaine Broussard ne lui fit grâce de rien, au Lord commandant, amateur de Swift et de Daniel Defoe; et il l'entraîna dans des aventures à faire pleurer d'envie Gulliver et Robinson Crusoé eux-mêmes... Il ne faut pas oublier que Beausoleil-Broussard était sorti, comme Bélonie, d'un peuple de conteurs et chroniqueurs qui avait produit Gargantua et son noble fils Pantagruel, et qu'il se souvenait des récits tant épouvantables et tant horrifiques que se passaient ses ancêtres de génération en génération, en faisant griller les châtaignes au coin du feu.

Et Beausoleil de raconter tout : comment le *Pembroke* et ses matelots avaient d'abord été chassés par une bande de cachalots anthropophages qui les avaient poursuivis jusqu'au Nord polaire ; comment les glaces les avaient encerclés et le froid figés ; comment, à travers leur enveloppe de frimas, ils voyaient tomber en grêle leurs propres paroles gelées ; comment durant un quart de siècle ils avaient été les témoins immobiles mais conscients de la vie qui fige et du temps qui s'arrête ; comment des vents les ayant poussés dans des courants chauds, le dégel les avait rendus au temps et à la vie, les livrant comme tous les mortels à l'usure et au pourrissement.

— *Amazing !*

Et comment ! Tellement amazing que Beausoleil lui-même ne savait plus s'arrêter, poursuivant, gonflant, doublant, triplant, triturant, rallongeant, prolongeant, expliquant qu'en retrouvant l'usage de leurs membres et de leurs sens, les marins ne retrouvèrent plus sur le coup leurs paroles gelées et que tout l'équipage en resta muet encore un bon six mois. Jusqu'au jour où un fort vent d'est-est-sud-est fit pleuvoir sur le pont une grêle de mots que tous se hâtèrent d'avaler comme de petits pois. Mais c'était, hélas, des mots de France, égarés dans quelque mistral ou tramontane. Et depuis lors, le *Pembroke*, devenu *Grand' Goule*, ne parlait plus que le français.

Le Lord commandant avala la dernière histoire avec sa dernière gorgée de whisky et fut si heureux de toucher, tâter, identifier un authentique revenant réincarné, qu'il logea tout l'équipage fantôme dans l'arsenal et donna ordre de remettre la *Grand' Goule* en état de naviguer.

Ce n'est pas tout.

Pas tout ?

Beausoleil, la gorge pavoisée de sel, ne parvenait pas à étancher sa soif ancestrale et d'une seule reniflade pouvait dénicher toutes les cruches et tous les tonneaux de trois lieues à la ronde. Ainsi il dénicha la réserve de l'arsenal : du whisky d'Irlande, bien gardé par la marine anglaise. Sitôt il reprit son histoire où il l'avait laissée : sous la grêle des paroles gelées.

... Donc les revenants des glaces s'étaient mis, à leur propre étonnement, à parler français. Mais ils avaient tôt fait de constater que la langue maternelle leur revenait avec le réchauffement du gosier. Preuve, le whisky. Et Beausoleil débita sa preuve dans un vieil anglais aromatisé qui se perfectionnait et s'enrichissait à chaque gobelet. La réserve de whisky d'Irlande fit un tel effet sur l'équipage de la *Grand' Goule* que bientôt l'arsenal de Charleston se mit à résonner de mots sortis de tous les pays jalonnant l'Atlantique. On était en pleine Pentecôte. Ou à Mardi gras. Un véritable carnaval des mers qui vidait les tonneaux et striait le ciel de feux d'artifice.

... Un feu trop proche des poudres, à vrai dire : une partie de l'arsenal sauta.

On a accusé à tort la *Grand' Goule :* elle n'avait fait que fêter ses retrouvailles avec le temps des mortels. Mais les mortels sont ainsi constitués que la moindre étincelle leur met le feu aux fesses et des éclairs aux yeux. Et c'est ainsi, apparence, qu'auraient fini par s'éclairer les yeux du Lord commandant, à mesure que s'éventait son cerveau, eh oui, même les yeux du Lord commandant, apparence... Et Broussard dit Beausoleil comprit qu'il était grand temps d'appareiller.

D'ailleurs Charleston réveillait en lui trop de souvenirs qui le poussaient vers Baltimore.

Mais le trajet était long entre la Caroline et la Marilande, et la flotte anglaise de plus en plus soupçonneuse et vigilante. La *Grand' Goule* eut beau déployer tout son génie et tout son courage, elle aborda Baltimore quatre mois après le départ des charrettes.

XI

Ainsi commença la course contre le temps. Qui de la terre ou de l'eau braverait le mieux les vents ? Car durant que Pélagie fouettait ses bœufs et pigouillait les reins de son peuple de lambins qui grossissait de jour en jour les rangs des charrettes, Beausoleil gonflait ses voiles et s'agrippait à deux mains à la barre de la *Grand' Goule*.

A Philadelphie !

Il rattraperait sa Pélagie à Philadelphie, ville d'amour. Et tribord, et bâbord, et larguez les amarres au-dessus des haubans ! Et que j'en attrape point un seul à rendre gorge par-dessus bord.

Au même moment, Pélagie criait aux siens de tirer vers la droite, vers les côtes. La mer restait leur plus sûr lien avec l'Acadie du Nord. On peut s'égarer dans la forêt, ou se cogner le front aux monts ; mais la mer du Nord ne saurait aboutir qu'au pays.

Hue ! huhau ! vers la mer.

Mais ce qu'ignorait Pélagie, c'est qu'entre la mer et la caravane des charrettes, couraient à grandes enjambées sur la terre d'Amérique trois jeunes messagers de Beausoleil : Jean à Pélagie, Maxime Basque et un dé-

nommé Benjamin Chiasson, arraché à son île Madame
après la reddition de Louisbourg. Les trois courriers
avaient reçu mission de leur capitaine de rattraper les
exilés en marche et de les orienter vers Philadelphie. De
les défendre aussi contre les attaques possibles des insurgés qui bivouaquaient dans tous les bois et au creux
de chaque dune entre la Virginie et la Nouvelle-
Angleterre, où la rébellion commençait à tourner en
franche guerre d'indépendance.

— Et c'est comme ça que plusieurs des nôtres avont
quitté les charrettes et pris le bois.

— Comment vous dites ça ?

Et Bélonie, troisième du nom, face à la maçoune de
la Gribouille, raconta au cercle des gicleux cette page
inconnue de leur histoire.

Le Léger dit la Rozette, par exemple, et le plus jeune
des Girouard, plus tard un Gaudet et un Martin, pourquoi vous pensez qu'ils avont joint les rangs des
rebelles ?

Mon doux séminte ! Des rebelles par-dessus le marché !

Point des rebelles rebelles, des insurgés, que ça
s'appelait ; et ça c'était tout comme des patriotes.

— Vous m'en direz tant !

— Et pourquoi pas ?

— Par rapport que.

— Ça serait-i', à votre dire, qu'un pays comme
l'Amérique avait point droit à ses biens et à sa liberté ?
Que la Virginie avait point le droit de cultiver son tabac
et les Bostonais de boire leur thé sans en payer tribut au
roi d'Angleterre ?

— C'était pourtant le roi d'Angleterre qui l'avait dé-
couvert, cette terre-là, puis fondée et ensemencée...

— Pantoute, les Anglais étaient point les premiers. Je

suis arrivés avant. Pis auparavant, y avait eu les Basques. Et peut-être bien les géants du Nord.

— Quoi c'est qui ramâche là ? Les géants ?

— Mais à qui c'est qu'appartenait l'os de la jambe que j'ous déterré au bout de la pointe, dans c'te cas-là ? Quelqu'un a-t-i' déjà vu un homme du coumun comme vous et moi marcher sus des jambes de passé trois pieds ?

La maçoune se tut. Le tibia mesurait en effet plus d'un mètre. Selon le dire d'un Giroué de Sainte-Marie qui fut le seul à l'avoir mesuré. Mais qu'importe, on détenait là la preuve du passage des géants au pays, personne n'oserait contester la parole d'un adgermé de Sainte-Marie, tout de même.

— Ça fait que les Anglais d'Angleterre pouvaient point prétendre après ça que le monde leur appartient, même pas l'Amarique.

— Racontez-nous l'histoire de nos aïeux tant que vous voudrez, mais mêlez-y point les Américains. Ceux-là sont point de nos oignons.

— Point de nos oignons ! Point de nos oignons ! Mais c'est leurs oignons, ben au contraire, que je mangions à l'époque, et c'est leur terre que je traversions à pied derrière les bœufs.

— Peuh !

— Mais quittez-le parler, diable !

... Donc la charrette avait tourné sa boussole vers le nord-est. Mais plus on s'aventurait dans cette direction, et plus la guerre rageait. Au point que les deux camps ennemis cherchaient dans les rangs de Pélagie, qui continuaient de grossir à mesure qu'on montait vers le nord, la relève des morts qui pourrissaient dans les foins.

— V'là une guerre qui nous regarde point, qu'elle hûchait à son monde, la mère Pélage.

Mais ça n'empêchait pas les jeunes fringants nés en cours d'exil de rêver à la défense de la patrie.

Célina levait les bras au ciel. La patrie ! Mais où se voyaient-ils une patrie, ces effarés-là ? Dans cette terre de Peaux-Rouges et de planteurs de coton ? Dans ce pays étranger buveur de thé et de rhum des îles ? Eux les Giroué, les Martin, les Bastarache, les Léger dit la Rozette, eux les fils d'exilés, les sans-patrie, ils allaient mourir pour un pays qui ne leur appartenait pas ?

Justement, ils allaient mourir pour un pays, les sans-patrie. La mort au moins leur donnerait une terre bien à eux.

Et Bélonie-le-Vieux fit de nouveau son clin d'œil à sa charrette qui ne tarderait pas à faire grincer ses roues invisibles dans les propres ornières de la charrette des vivants.

Pélagie avait beau faire claquer le nerf de bœuf, et piaffer de toutes ses pattes, la guerre la rattrapait à cha-que tournant et à chaque source où elle menait boire sa tribu altérée ; la guerre et sa séquelle de maux qui s'ajoutaient à toutes les calamités qui s'étaient achar-nées contre sa charrette depuis la Géorgie : la famine, la sécheresse, les pluies, les épidémies, les chamailles, les défections, et maintenant les soudards déserteurs et dé-chaînés.

— Point tous déchaînés et point tous déserteurs. Certains veniont en toute loyauté demander abric aux charrettes. Les trois Marilandais, par exemple.

Fallait point les prendre pour des déserteurs, ceux-là, ni pour des félons. Ils avaient faim, c'est tout. Depuis des mois qu'ils se cachaient dans les bois, traqués par l'Empire, trahis, vendus, ils venaient humblement de-mander refuge à cette caravane de déportés plus misérables qu'eux.

C'est Pierre à Pitre qui fit l'interprète.

— Leurs frères de la Pennsylvanie campont juste en face. Ils demandont que j'envoyions des messagers.

Trois miliciens fourvoyés quasiment sous le nez de l'ennemi, trois jeunes et beaux gaillards, ardents autant qu'affamés, et qui louchaient déjà du côté de Madeleine, Catoune et les autres jupons. Le beau jars de Charles-Auguste s'ébroua et la P'tite Goule dans une seule enjambée s'interposa entre la milice et les pucelles d'Acadie. Et la milice se gratta la nuque, sans plus.

C'est alors que Pacifique Bourgeois tira Pélagie à l'écart et la mit au fait de ses devoirs de mère, de chef, et de sujette d'un pays qui l'avait accueillie et nourrie durant près de vingt ans. Ces insurgés étaient traîtres à leur patrie et à leur roi.

— Le roi ? quel roi ?

— Le roi George d'Angleterre, tu le sais bien.

... George d'Angleterre. Celui-là même du serment d'allégeance ? Celui qui avait fait mander tous les hommes de la Grand' Prée, un dimanche matin de septembre, puis qui avait commandé le massacre, et l'incendie du village, et la déportation des survivants ? Le roi qui les avait dépouillés, elle et les siens, qui l'avait rendue veuve et orpheline d'Acadie ?

Elle regarda droit dans les yeux Pacifique à Jacques Bourgeois :

— Voilà trois jeunes genses qui cognont à notre porte. Or tu sais que nos péres avont jamais refusé l'hospitalité à cestuy-là qui était dans le besoin et qui la demandait pour l'amour de Jésus-Christ.

— C'est point sûr que ces mécréants-là nous la demandent pour l'amour de Jésus-Christ.

— Ça les empêche point d'être dans le besoin.

Et poussant de son chemin Pacifique Bourgeois, elle

se dirigea droit sur ses hôtes et de ses propres mains leur offrit à boire dans la tasse dite de l'hospitalité, un gobelet rituel rescapé du Grand Dérangement. Et pour accompagner le geste, aussi la phrase rituelle :

— Faites comme chez vous.

Puis elle fit passer les insurgés dans les charrettes jusqu'en Pennsylvanie.

Louis-le-Drôle plus tard devait lancer à ses compères :

— J'espère que les Amaricains avont point oublié que je leur avons aidé à faire leur Révolution... hi !

Pacifique avait beau répéter à Pélagie qu'il fallait point blâmer le roi George pour tout, qu'il n'avait rien fait lui-même, mais que d'autres s'étaient chargés de la sale besogne en son nom. Pélagie se renfrognait, mais d'un renfrognement qui souriait par en dessous.

— Nous autres non plus je faisons rien nous-mêmes, mais j'empêcherons point les autres de prendre vengeance pour nous.

Et elle donna un bon coup de cravache à ses Brigadiers.

— C'est même pas certain, que répliqua le Pacifique à Jacques, que l'Angleterre ait connu les agissements de Lawrence en Acadie. Il a peut-être bien tout décidé de son cru, le vaurien, sans consulter ni les ministres ni le roi.

Pélagie plissa un œil et sa paupière en trembla.

— Faut quand même pas prendre le gouverneur Lawrence pour un brave, Pacifique, ni prendre le roi d'Angleterre pour un enfant martyr. Ce qu'ils avont fait, ils l'avont fait. Asteur que personne s'en vienne me demander à moi d'y fournir un bassin d'eau pour s'y laver les mains.

Et encore un coup de fouet aux Brigadiers.

... Elle n'empêcherait ni les insurgés, ni les propres fils d'Acadie de lutter contre le roi George, un George troisième du nom, celui-là, un quantième de plus que le précédent, bourreau d'Acadie. Mais ça, Pélagie l'ignorait. Quand on arrive à peine à démêler les vivants des morts de sa propre famille, on ne se mêle pas de défricheter les dynasties d'Angleterre. D'ailleurs l'eût-elle su que les George se succédaient, là-bas, et se passaient le sceptre... Heh! les pères ont mangé du verjus et les fils en ont les dents agacées. Ainsi pour elle, ainsi pour les autres.

— Pourquoi pensez-vous que je regrimpons l'Amérique à pied?

Mais en attendant le pays, son pauvre peuple payait très cher sa résistance aux George d'Angleterre et au revirement de l'Histoire. Comme si les dieux avaient résolu de ne pas rendre leur terre aux Acadiens avant de leur avoir fait boire la coupe jusqu'à la lie. Dans leur soif, ils auraient bu n'importe quoi, d'ailleurs, en ces années de sécheresse et de famine, et mangé la semelle de leurs bottes s'ils ne s'étaient pas déjà depuis belle heurette départis de leurs chaussures. Il restait à peine pour toutes les familles une douzaine de paires de sabots usés et cobis qu'on se passait à mesure que grandissaient les pieds des enfants ou que se décalcifiaient les os des vieux. On aurait mangé la paille de son chapeau ou la laine de ses chaussettes, on aurait mangé...

Les bœufs!

Et le drame éclata.

Les bœufs étaient de la corvée, quasiment de la famille, depuis bientôt cinq ans, peut-être plus, on perdait le compte. Ils étaient, en tout cas, avec les LeBlanc, Bélonie et Célina, les plus anciens citoyens de la charrette. Puis ils avaient porté le bât sans rechigner, et tiré les charrettes de toutes leurs forces, beau temps mauvais temps, les flancs meurtris sous le fouet, les cornes empêtrées dans les branchailles, les pattes enfoncées dans la terre grasse des marais. Sans geindre, sans se buter comme l'âne des Belliveau et la mule des Allain. On allait les sacrifier pour toute récompense ?

— Eh ben que le plus grand sans-cœur d'entre nous aiguise son couteau sus les ous de mes palettes d'épaules. Les v'là tout nues telles que le Créateur du ciel et de la terre me les a baillées un matin d'hiver.

Et Célina entortilla ses bras secs autour des cornes de ses Hussards, sous le ricanement des hommes qui cherchaient à deviner sous son corsage des signes de palettes que le Créateur du ciel et de la terre lui aurait plantées entre les épaules.

Jeanne Aucoin, sur le coup, vint se jeter sur ses Brigadiers. Qui c'est qu'on attellerait aux charrettes à la place des bœufs ? Justement on avait faim, justement on maigrissait à vue d'œil, c'était bien en quoi ! Plus on est faible, et plus on a besoin de se laisser porter. Déjà le quart du convoi, quasiment la moitié, ne pouvait plus se traîner ; ça fait que sans les bœufs... Y aurait-i' par adon des volontaires parmi les affamés pour s'enfoncer le derrière dans les brancards et haler les charretons et les charrettes, dumeshui ?

Et chacun soupesa le postérieur de l'autre.

Puis ce fut au tour de la Bourgeoise. Ah ! là, poussez-vous du chemin, c'est Cicéron qui s'amène. Elle se lança dans une longue diatribe sur l'injustice et les passe-droits, accusant les Girouard, Célina et même Pélagie de favoritisme et d'aveuglement, avec leur poutre dans l'œil qui voyait la paille dans la prunelle du voisin, avec leur double poids double mesure pour mesurer et peser la grosse part des autres et la maigre portion du faible et chétif Fantassin qui lui restait. Et elle enfonça son opulente poitrine sur le museau de la pauvre bête qui a dû se souvenir sur l'heure du temps qu'il était veau.

Pélagie jeta un œil méprisant à toutes ces grimaces et se mit à tâter les jarrets et la croupe de ses bœufs. Cinq ans déjà ! Elles devaient se sentir fourbues, les pauvres bêtes, et aspirer elles aussi au repos. Elles avaient bien servi leurs maîtres, accompli une mission digne de passer aux annales du pays. Un pays à leur image d'ailleurs : patient, têtu, buté, vindicatif. Vindicatif contre le destin, buté contre l'histoire et patient avec le temps. L'Acadie avançait au pas des bœufs. Qu'importe si elle arrivait en retard, on avait tout l'avenir pour se rattraper. De bien braves bêtes ! Et Pélagie sourit en songeant à l'oraison funèbre qu'elle venait de leur chanter au nom de tout son peuple.

Puis elle secoua sa crine et fit signe à Alban à Charles à Charles.

Des cinq bœufs, le Fantassin était le plus solitaire et le moins solide. Peut-être aussi d'une chair moins coriace, ayant été mieux nourri, en cachette, par les Bourgeois. On n'avait pas le choix, il fallait immoler le Fantassin aux enfants d'Acadie qui dépérissaient de jour en jour. Regardez la petite Virginie qui n'a plus que la peau sur les os, et les jeunes Allain avec leurs dents pourries, et les Melanson et les Boudreau qui traînent leurs jambes rachitiques. Assez de sentiment ! D'ailleurs elle avait fait son temps, la pauvre bête, et devait languir après ce paradis des bêtes qui doit bien loger quelque part l'âme des créatures fidèles à leurs devoirs et à leurs maîtres.

— Hérétique !

Jeanne Trahan dite Bourgeoise s'attaqua à la religion de Pélagie, ne pouvant s'en prendre à son autorité. Un paradis pour les animaux, asteur ! Pourquoi pas une messe de requiem, tant qu'à faire !

Pourquoi pas ?

Faute de messe et d'officiant, on accomplit le sacrifice dans les rites, comme si l'on retrouvait d'instinct ou par une sorte de mémoire involontaire les origines primordiales de l'immolation. On lava la victime, la parfuma d'herbages, lui décora les cornes de festons, et l'on décida d'enterrer sur les lieux du sacrifice son joug sculpté d'astres et de demi-lunes. On prépara le feu, l'eau, on aiguisa le couteau sur une pierre arrondie, on éloigna aux champs les autres bêtes et les enfants en bas âge, on tourna en rond, on caressa la bête qui promenait sur ses maîtres des yeux qui avaient l'air de dire : Mais... mouvez-vous à la fin, flancs-mous...

On reconduisit aux prés les Hussards et les Brigadiers qui avaient tendance à se raccrocher aux charrettes comme s'ils sentaient la mort, de loin. On recommença le rituel, puis Alban Girouard fit tourner dans ses mains le grand couteau, le retourna, puis le laissa tomber. Il ne pouvait point, flanc-mou ou pas, il ne pouvait point. Que le bœuf lui pardonne.

Et tout le monde respira.

Alors sortit des rangs la Catoune, la Catoune gardienne des enfants des autres, toute fluette et blanche dans ses hardes de Cendrillouse, la chevelure ébouriffée comme au premier jour, la Catoune dont le bras n'était pas plus gros qu'une branche de vergne, et qui se pencha aux pieds d'Alban à Charles à Charles pour ramasser le couteau. Elle n'avisa personne, Catoune, sinon la victime qui semblait lui dire des mots tendres et secrets, des mots de bête que seule cette enfant sauvage pouvait comprendre. Et avant même que Pélagie, Alban ou les autres n'aient compris, elle leva le couteau au ciel et le planta dans la gorge offerte du dernier Fantassin qui tomba sans un cri.

Bélonie aurait jeté un œil, apparence, par-dessus son épaule pour voir si sa charrette en l'occurrence... Si fait, apparence que la charrette de la Mort était au rendez-vous, même pour les bêtes. Pélagie pourrait dormir tranquille.

Célina a quand même eu le courage de lire les entrailles de la victime avant que les femmes n'en fassent du boudin. Des entrailles à l'augure mélangé et difficile à interpréter. Ces voiles à l'horizon, ça c'était clair, pas besoin d'être devin pour comprendre ; ni d'être un oracle pour deviner quelles étaient les deux armées qui se chamaillaient sur la terre d'Amérique en cette année-là ; non, c'était ces trois figures de Rois mages qui avaient l'air de mettre leurs pas dans les traces de roues de la charrette qui intriguaient Célina. Voyons ! Quelqu'un leur annonçait-il un nouveau Messie ? leur apportait-il la bonne nouvelle ?

Pélagie sentit ses yeux se mouiller. Des nouvelles !

Plus de trois ans sans nouvelles de la *Grand' Goule* ! Combien de temps encore ?

Le temps de laisser son bougre de fils et ses drôles de compagnons enfiler à leurs trousses la moitié de la Pennsylvanie. Qu'ils traversèrent sans trop se presser, faut dire ce qui est, car jamais Bélonie n'admettrait qu'avec un peu plus d'ardeur et d'empressement, les messagers ne seraient pas arrivés à temps. Ça, ça reste à savoir. Mais ce qu'on sait de sûr et certain, c'est qu'ils prirent le temps de bien se nourrir, les goinfres, de lièvres, de porcs-épics et de marmottes qu'ils capturèrent à profusion dans les collets.

Les trois coureurs de bois connurent ainsi une liberté à laquelle ils auraient pris goût et qu'ils auraient volontiers prolongée s'ils n'avaient été mandatés d'une mission dont on ne se départit pas pour le seul plaisir de manger du lièvre, des châtaignes et des baies des bois. De la faîne surtout, ce fruit des grands hêtres d'Amérique à la saveur de pépin de pomme. Mais la faîne est minuscule et longue à éplucher. Pour s'en rassasier, les trois compagnons des bois devaient perdre beaucoup de temps.

De plus, il fallait compter avec la guerre qui en était à son plus fort en cette fin 1775. Les miliciens comme les royalistes sillonnaient les forêts ; et nos braves plus d'une fois furent coincés entre l'arbre et l'écorce. Même qu'un jour, surpris en train de se baigner dans un ruisseau réservé au bain des soldats de Sa Majesté, ils furent circonscrits sur-le-champ. Ils eurent beau argumenter qu'ils trempaient là innocemment leurs pieds en bas du courant, comme avait argumenté avant eux l'agneau surpris par le loup, et qu'ils ne pouvaient par conséquent brouiller l'eau destinée à laver l'Empire. L'Empire leur opposa l'argument des ancêtres qui avaient sûrement, de gré ou de force, dérangé un jour l'Angleterre, et que c'était aux fils de réparer. Si quelqu'un savait à quel point leurs pères s'étaient frotté la couenne à l'Angleterre, c'était bien ces fils-là. Et ils entrèrent à pieds joints dans la morale de la fable et furent enrôlés. Mais ce que la fable ne dit pas, c'est la mauvaise digestion du loup qui avait croqué l'agneau avec trop de voracité.

Benjamin Chiasson de l'île Madame devait rapporter plus tard aux charrettes deux ou trois versions de cette indigestion collective du régiment qui avait accueilli les coureurs de bois. Comme si le conteur-témoin ne se rappelait plus lui-même les faits ; ou comme s'il hésitait entre la variante la plus héroïque, la plus plausible ou la plus vraie. Ce qui a fait dire aux Bélonie, par la suite, que nos trois héros n'avaient dû empoisonner personne, même pas réussi à bailler le va-vite au capitaine, mais qu'ils avaient tout simplement levé le pied avant l'aube, à la première occasion, et bâsi à la manière des chats-cerviers.

Pas pour longtemps. Car non loin du camp des royalistes, si l'on en croit le dénommé Benjamin, un autre piège les attendait. Non pas un ruisseau, cette fois, d'ailleurs après leur aventure avec l'armée anglaise, nos héros auraient eu juré à la mémoire des ancêtres de ne plus se laver avant de rejoindre le convoi des charrettes, pas un ruisseau, nenni, un piège, un vrai, dans lequel les trois étourdis donnèrent tête première, les yeux fermés.

C'était un piège à renard qu'avait tendu un jeune Indien de la tribu des Iroquois descendue des abords de New York et éparpillée dans la forêt ouest de la Pennsylvanie. Et les trois coureurs de bois, sans réfléchir, s'emparèrent de la peau du renard pour s'en faire des bonnets. Bélonie devait répondre au Benjamin qu'ils avaient prouvé là à quel point ils avaient besoin de bonnets, les écervelés. Vider les pièges des Indiens, t'as qu'à ouère ! Et d'une tribu d'Iroquois en plus ! Il fallait vraiment avoir attrapé un quartier de lune dans la caboche, sans mentir.

— Pas rien qu'un quartier, que j'ai entendu dire.

En effet. Car on rapporte que plus d'une lune pleine leur aurait passé sur la tête avant qu'ils purent délier leurs bras du poteau qui les gardait prisonniers. Et sans le dévouement – d'autres diront la passion – de Jean fils

de Pélagie, ils auraient vu passer des soleils dans le ciel
de Pennsylvanie et sans doute le dernier couchant
s'éteindre sur leurs têtes blanchies.

Mais il y eut Jean à Jean LeBlanc de la Grand' Prée.

Il n'avait pas oublié Catoune, Jean, du moins on l'a
supposé, et c'est pourquoi il courait avec tant d'ardeur
aux trousses de la charrette maternelle. Lors de son ju-
gement dans le cercle des wigwams, Jean aurait ainsi
plaidé sa défense auprès du chef iroquois. Ils s'en allaient, trois fils innocents d'un peuple martyrisé par un
ennemi commun aux Français et aux Indiens, courant
sur les traces de leurs familles et de leurs amours. Mais
en route, la faim, le froid, la guerre, mille misères les
avaient réduits à un tel état d'indigence qu'ils avaient
honte de se présenter en guenilles aux yeux de leurs
bien-aimées. C'est pourquoi ils avaient pensé qu'un
bonnet de fourrure... qu'une peau de renard... Enfin ils
ne s'étaient pas rendu compte sur le coup que la bête
pouvait appartenir à quelqu'un, à peine s'ils avaient
remarqué le piège, parole de chrétien, c'était une dis-
traction, une étourderie sans méchanceté qu'ils étaient
prêts à payer au prix fort : une semaine de labeur aux
champs.

Hâ, hâ, hâ !...

Le cercle des Iroquois s'esclaffa. Le labeur aux
champs ! Voilà bien des discours de Faces-Pâles. Depuis quand les Indiens des forêts de Pennsylvanie
avaient-ils besoin de cultiver les champs ? Leur grand
Manitou ne pourvoyait-il pas directement à leurs besoins avec l'eau des montagnes, les poissons des
rivières et les bêtes des bois ? Et les plantes sauvages ne
suffisaient-elles pas à panser leurs blessures et à éloigner les esprits maléfiques ? Et les plumes des oiseaux,

la fourrure des bêtes, l'écorce et les lianes des arbres ne sauraient donc point les vêtir et les chausser ? Ils avaient bien besoin des Blancs pour s'en venir déranger le cycle de la nature et les habitudes de leur vie ! Leur vie qui avait connu un millier de soleils en terre iroquoise que des usurpateurs avaient renommée Pennsylvanie d'Amérique. Ils avaient bien besoin d'Amérique, eux !

Les trois héros crurent comprendre, après cette harangue, qu'ils ne cultiveraient point les champs des Iroquois et qu'ils avaient intérêt à faire de nouvelles propositions.

Cette fois, c'est le Benjamin de l'île Madame qui s'enhardit jusqu'à s'offrir pour la chasse et la pêche, alléguant les habitudes ancestrales des Acadiens qui les avaient apprises eux-mêmes des Indiens avec qui ils étaient fort liés depuis leur arrivée au pays. Son propre grand-père, un dénommé Anselme à Pierre Chiasson, était dans le temps le meilleur ami des Micmacs, il pouvait le jurer...

Hâ, hâ, hâ !...

Pauvre Benjamin, il aurait mieux fait de ne pas jurer. Les Micmacs ! N'ayant connu que cette seule tribu, il ignorait, le néophyte, à quel point les Indiens sont plus farouches entre eux qu'avec l'étranger, et que la seule mention des Micmacs pouvait déclencher l'ire du chef iroquois encore plus que le vol d'une peau de renard dans les pièges de son fils. Des Micmacs, ô grand Manitou ! Tous métissés, vendus aux Blancs, vivant dans des cabanes de bois à la manière des Européens. Leur peau déjà pâlissait et leurs pieds en marchant écrasaient la mousse et les plantes rampantes. Ils avaient oublié les coutumes de l'ancêtre et méprisé la loi de l'Oiseau-Dieu. Jamais les Iroquois ne daigneraient faire un pacte avec les amis et alliés de cette tribu dégénérée qui ne savait même plus dévorer le cœur de ses ennemis.

Le cœur des trois Robins des mers et des bois ne fit qu'un bond. Et Maxime Basque sentit qu'il n'avait pas de temps à perdre, comme ses compères d'infortune, dans une dialectique qui jusque-là ne les avait point sortis du bois. Et, tirant de sa blouse une flûte de roseau qu'il traînait depuis la forêt de la Caroline, il se mit doucement à jouer.

Les Iroquois, l'un après l'autre, assourdirent leurs youhou guerriers et s'assirent à l'indienne, les jambes et les bras croisés.

On dit que Maxime Basque, cette nuit-là, arracha à sa flûte plus de notes que son roseau n'avait coutume d'en donner, au point que Jean et Benjamin se mirent eux-mêmes à écouter le génie des gitans sortant de la bouche de leur compagnon. Ils entendaient le chant des sirènes dans les îles du Sud, et le vent du large dans les haubans, et le rire des jeunes Acadiennes au jour de leurs noces, et les refrains des femmes qui cardent la laine et tissent le lin, et la voix des ancêtres qui les appelait et les invitait à rentrer au pays.

Les Indiens, durant ce temps-là, entendaient les écureuils parler aux castors, et les piverts picoter le tronc des bouleaux blancs, et la brise du matin chatouiller l'eau des rivières, et le cri de l'Oiseau, leur père suprême, planant sur les nuages d'automne. Le charme dura longtemps, une partie de la nuit. Et au petit jour, le grand chef parla aux prisonniers.

... Les dieux devaient aimer et protéger les Blancs pour leur avoir donné un tel don. Eux, les Iroquois, ne les mangeraient donc point, mais les garderaient comme des frères et amis. Ils pouvaient aller et venir au sein de la tribu et partager la nourriture et le gîte des Indiens.

Mais à titre de membres de la tribu et hôtes de leurs frères, ils ne devaient pas s'éloigner des wigwams à plus d'une journée de course.

Une journée de course! Pas assez de champ pour prendre le large sans être rattrapés le lendemain. Là-dessus, les trois chevaliers blancs ne se faisaient pas d'illusions : les Peaux-Rouges avaient bonne jambe, et surtout l'art de plier le torse sous les branches pour ne pas s'y accrocher les oreilles. Une laisse longue d'une journée de course, en pays indien, c'était une chaîne de trois pieds en prison. Il ne fallait plus songer à la désertion.

Pas de désertion, mais séduction.

C'est le Don Juan qui y songea. Ou quelqu'un le poussa à y songer. Saura-t-on jamais?

Il semble qu'à cette époque, il avait toujours le visage de Catoune imprimé dans l'âme et qu'il languissait sous ses wigwams. A moins que déjà sa langueur lui soit venue des traits de la jeune princesse iroquoise qui par trois fois lui avait apporté à boire dans une feuille de prunier. Elle avait des yeux noirs en amande, la princesse iroquoise, et une natte épaisse qui lui courait le long de l'échine. Et elle s'appelait Katarina.

Katarina, c'était l'indien de Catherine, comme Catoune en était le diminutif acadien. Quel sort poussait le fils de Pélagie vers les Catherine? Etait-ce le nom de cette Katarina, que Benjamin et Maxime l'entendirent un jour appeler Kato, qui attira Jean dans une aventure dont on parlait encore en Acadie à la fin du siècle dernier? Une aventure qui ne serait même pas terminée à l'heure qu'il est, selon mon cousin Louis, et qui pourrait réserver des surprises aux fouilleurs de tombes, chercheurs de trésors et chroniqueurs de la petite histoire du pays. Mais au moment où Maxime Basque et

Benjamin Chiasson rapportaient aux charrettes l'issue
de leur expédition en forêt sauvage, personne ne se
doutait encore de l'importance du nom de Jean LeBlanc
dans l'histoire d'Acadie. Ce n'est que bien plus tard,
devant la maçoune de Pélagie-la-Gribouille, que naîtra
le débat sur le sort du premier LeBlanc de la branche
américaine.

Tout ça, pour les beaux yeux d'une sauvage !

Il aurait donc pris l'habitude de payer à son Indienne
chaque feuille d'eau d'une perle de son chapelet, le
chapelet reçu en héritage de sa mère, au jour de son départ sur la *Grand' Goule,* et qui avait appartenu à sa
lignée d'aïeules maternelles, de Françoise, à Madeleine,
à Marie-Josephe, à Pélagie. Ainsi Jean de la Grand'
Prée finit par passer au cou de son Indienne bien-aimée
le seul bijou de famille des LeBlanc arraché au Grand
Dérangement, transformant un chapelet acadien en collier sauvage, si Célina l'avait su !

Mais ni Célina, ni même Pélagie ne l'apprit. Car Jean
avait bien chargé ses compagnons d'épargner sa mère et
de ne lui servir que des parcelles de la vérité. A tel
point que les Bélonie eux-mêmes se sont longtemps
demandé...

On se le demande encore.

— Jean à Pélagie LeBlanc était un amoureux, pas un
héros.

— L'un empêche point l'autre.

— Peut-être, mais c'est moins héroïque d'être un héros amoureux qu'un héros tout court.

— Moins héroïque, mais sûrement plus plaisant. Et
pis le résultat est le même et c'est tout ce qui compte.

— C'était tout ce qui comptait, tu veux dire, pour les
beaux Maxime et Benjamin qui s'en avont sortis, les
chenapans, sans trop perdre de plumes ; mais pour les

descendants à Jean LeBlanc, ils aimeriont autant saouère que leur ancêtre fut un héros.

— Ils sont des vaches, les descendants à Jean Le-Blanc, de vouloir à tout drès faire pâtir l'ancêtre, même un siècle après sa mort. Et pis de toute façon, y a point de descendants à Jean LeBlanc.

— Y a point de descendants à Jean LeBlanc ? Et les LeBlanc de la branche des Isaac à Charlitte, quoi c'est que t'en fais ? Et ceusses-là adgermés des Jos Coudjean de Memramcook ? Et les Davit à Babée de la Haute-Abou-jagane ?

Le feu de la maçoune commençait à pétiller et bluet-ter des bluettes bleues. Il était temps de parler d'autre chose.

Durant ce temps-là, les charrettes se débattaient avec l'hiver, la famine, la guerre, et les récriminations des Allain et des Bourgeois qui trouvaient qu'on biaisait fortement vers le nord-est. L'Acadie était pourtant franc au nord. On n'en sortirait donc jamais de cette Pennsyl-vanie ? Et la colonne de charrettes et de chariots serpentait à travers plaines et forêts, cherchant les cours d'eau et les champs de blé rouillé, jalonnés de canons et de morts abandonnés.

En cette année-là, Célina avait veillé plus de vieux agonisants que mis au monde de nouveau-nés ; et l'Acadie du retour fut prise tout entière d'une secousse qui ébranla jusque ses racines. Elle était donc si loin, la Grand' Prée ?

Et l'on s'informait aux passants. L'Acadie... oui, l'Acadie...

Connais pas.

Personne n'avait entendu parler de ce pays-là. La Nova Scotia, oui, quelque part dans le nord, une terre

d'eau et de prés verts, qu'on racontait, mais l'Acadie...
Seuls s'en souvenaient ceux qui en étaient sortis ou qui
étaient sortis de ceux qui en sortaient.

Mais Pélagie n'en continuait pas moins sa route, per-
çant le ciel d'Amérique, de ses hue! dia! qui faisaient
écho aux babord! du capitaine Broussard dit Beausoleil.
Et comme si le cri des chefs de file acadiens avait atteint
les oreilles de leurs frères déportés, des grappes de cousins de la Marilande et de la Pennsylvanie sortaient de
leurs trous et s'accrochaient aux ridelles de la charrette.

Et c'est ainsi, en plein embarquement des familles
pour le pays, que ce qui restait des courriers de Beausoleil atteignit la charrette de Pélagie.

Les bœufs s'étaient arrêtés d'eux-mêmes, les naseaux
grands ouverts, flairant une odeur du pays. C'était
Maxime et Benjamin qui rattrapaient enfin le convoi et
garrochaient leurs nouvelles au fond des charrettes : la
guerre qui avait tout l'air de vouloir tourner en faveur
des insurgés...

... on s'en fout, et après...

... le capitaine de la *Grand' Goule* qui leur donnait
rendez-vous à Philadelphie...

... aaa! enfin!...

... et Jean... resté là-bas chez les Iroquois..

— Jean!

C'était le prix à payer pour la liberté des deux autres.
Une certaine princesse iroquoise qui s'appelait vague-
ment Katarina avait obtenu de son père la libération de
deux prisonniers, à la condition d'épouser le troisième.

— Jean?

Jean se sacrifiait et envoyait à sa mère, en gage de fi-
liale affection et de fidélité indéfectibles à son peuple,
en attendant mieux, dix peaux de renards rouges pour se
garder contre le froid.

— Pauvre Jean !

Et Pélagie prit dans ses mains le visage de sa seule et unique fille Madeleine qui allait déjà sur ses vingt ans, et hucha par-delà la tête de son enfant à toute sa progéniture :

— Souvenez-vous de mes garçons que j'éparpille, morts ou vifs, à travers mer et forêt ! Laissez-les point oublier d'où c'est qu'ils sont aveindus.

Et Pélagie, attelant à sa charrette les deux fils qui lui restaient, Jacques et Charles LeBlanc dont Memramcook se souviendra, renifla un dernier défi au continent et cria :

— Huhau !

Pas tout à fait le dernier cri de Pélagie. Il lui restait encore une moitié d'Amérique à franchir. Et ce printemps-là, il lui restait à atteindre Philadelphie.

Philadelphie ! Le mot sonna à ses oreilles comme une musique. Et elle s'en laissa bercer. Il lui donnait rendez-vous à Philadelphie, ville bien-aimée. Vite, les charrettes et les bœufs, rassemblez-vous ! En route pour Philadelphie.

Mais Alban Girouard vint parler à Pélagie. On avait un fleuve à franchir et le capitaine du chaland exigeait du sonnant.

— Combien ?

— Plusse que j'en ons.

— Je nous avons été débarrassés de nos derniers souvenirs du pays.

— Hormis les bœufs, il reste plus à marchander que le crucifix, le coffre et le violon.

Pacifique et Jeanne Bourgeois serrèrent les dents. Célina ouvrit les ailes. Les Allain s'accrochèrent à leur crucifix, on ne pouvait pas sacrifier le crucifix, unique

objet du culte, symbole sacré, on ne pouvait point faire
cette injure à Dieu et à ses saints.

Restait le coffre et le violon.

Tout le monde attendait dans la plus grande impar-
tialité, pigouillant Célina dans le dos et la poussant à se
prendre aux cheveux avec la Bourgeoise. L'heure était
venue : le coffre ou la vie.

— Le coffre.

Non, pas possible. Les Bourgeois n'allaient pas, à
portée du but, après six ans de râle et d'agonie, tout
compromettre encore un coup. Pas possible.

— Mais quoi c'est qu'il a tant, votre coffre ? I' trans-
porterait-i' la couronne d'épines, par adon ? Ou le saint
suaire empreint de la Sainte Face ? Ou le trésor des
aïeux ?

Les Bourgeois s'assirent encore une fois sur le coffre
et n'ouvrirent plus la bouche.

C'est leur descendance, un siècle plus tard, qui devait
se le passer, le coffre, de veillée en veillée, de maçoune
en cheminée, chacun y ajoutant un écu, une perle, un
louis d'or. Au point qu'on aurait pu y enfourner toute la
vallée de Port-Royal, dans le coffre de la Déportation,
si on avait laissé la bride sur le cou aux conteurs du
siècle suivant. Le coffre allait devenir un oratoire, une
église, une cathédrale.

Et c'est ce qui le perdit.

... ?

Il avait trop grandi. Plus le ménage des déportés ré-
trécissait, et plus le coffre prenait de place. Rendu aux
abords de Philadelphie, il occupait toute la charrette. Et
malgré ça...

— ... pour vous dire ce qu'est une tête de Bourgeois...

Le coffre grimpa la passerelle et partit en chaland
vers l'autre rive. C'est le violon qui céda. Pas le cruci-

fix, nenni, les Allain étaient aussi têtus que les Bourgeois, et puis un crucifix, c'est de la religion. On
sacrifia le violon, le violon qui avait chanté les noces,
accordé les veillées, accompagné les morts jusqu'à leur
repos éternel.

... Pour vous dire !

Et Célina en oublia son pied bot et rua sur
l'imposteur. C'était pas une honte, un coffre contre un
violon ? Pélagie avait laissé faire ça ?

Pélagie laissait faire la vie parce qu'elle savait bien
qu'en dernier ressort, on lui sacrifierait tout, coffre
compris.

— Et aujourd'hui ?

D'aucuns prétendent que le coffre atteignit Boston,
d'autres Tintamarre, peut-être Memramcook. Allez savoir ! Une seule chose sûre : les héritiers des Bourgeois
gratteront chaque recoin du XIXe siècle pour y trouver
trace d'un trésor qui prenait de plus en plus la forme
d'un paradis perdu. Et quand Pélagie-la-Gribouille, et
Bélonie-le-Jeune, et son fils Louis-le-Drôle, et tous les
descendants de la *Grand' Goule* et des charrettes
s'empareront, durant les longues veillées du Nord, de ce
trésor-là... aaah !

Un reste de peuple errait à travers plaines et vallées,
grignotant les dernières racines pourries, les derniers
brins de plantes surgies par hasard entre les failles des
rochers. Un peuple en lambeaux, fourbu, semait sur la
terre d'Amérique des enfants en bas âge et des
vieillards épuisés. Et Pélagie se mit à craindre pour
Grand-Pré. Si on allait perdre la meilleure graine en
route, que sèmerait-on, rendu au pays ? Les charrettes
ne traînaient plus que des quartiers de familles, des retailles de l'ancienne Acadie.

— J'avons la peau collée aux ous, que soupira Célina en frottant les nerfs à vif de son pied bot.

Peau ratatinée, terreuse, séchée comme une morue au soleil. Pélagie jeta un œil dur à Bélonie-le-Vieux, de plus en plus vieux, qui jonglait avec la Mort depuis le départ de la charrette des marais de Géorgie. Et pour la première fois, elle se demanda... laquelle charrette gagnerait la course : la sienne ou celle du vieux radoteux de Bélonie ?

En ce jour de juillet 1776, quand toutes les cloches d'Amérique se mirent à sonner l'indépendance et la liberté, l'Acadie se méprit et crut entendre le glas.

XII

Philadelphie, 1776.

Les descendants des charrettes auraient deux siècles pour jongler avec cette ville d'un été où Pélagie et son peuple reprirent lentement leur souffle. Un souffle d'air salin et de grand large. Et Célina qui entendait passer au-dessus de sa tête des oiseaux prophétiques, attrapait à pleines mains leurs cris qu'elle déchiffrait pour les curieux. Le temps était au beau, on pouvait sans crainte laisser reposer les bœufs.

— Revirez-vous la peau de l'avers à l'endroit pour vous réchauffer le dedans au soleil une petite escousse. Vous avez grand besoin de vous faire éventer, tout le monde.

Qu'elle disait.

Et tout le monde tapait la Célina dans le dos, c'était nouveau, c'était depuis qu'elle avait elle-même arrondi les coins de son acariâtre nature en la frottant à la nature joviale de son énergumène de Pierre le Fou. Arrête-moi ça !

Et l'on continuait à dévaler à grands tours de roues vers la suave et pourtant bouillonnante Philadelphie qui sonnait ses cloches à toute volée.

— Ça soune point pour nous autres, tout ça. Cessez de vous exciter.

Les cloches carillonnaient la liberté et l'indépendance des autres, mais ça n'empêcherait pas les exilés, comme les chiens de la fable, de grignoter les miettes sous la table.

... Des miettes, dites-vous ?

Pélagie avait bien compris les messagers Maxime et Benjamin. Et cette fois, elle était déterminée à défendre ses droits. Elle attendrait la *Grand' Goule* au port de Philadelphie, jour et nuit, de l'automne au printemps, le temps que durerait le bon plaisir de Dieu qui ne la ménageait pas, devrait-elle y voir sa peau se couvrir de lichen et ses pieds prendre racine. Elle attendrait, oui, mettez-vous-le dans la tête. Pacifique et Jeanne Bourgeois. On avait bien attendu quinze ans dans le Sud, et attendu les clans des retardataires qui s'arrachaient par grappes des faubourgs tout le long des colonies maritimes, et attendu que passe la saison des grandes pluies avant de traverser les rivières à gué...

— ... Pour point mouiller le fond de vos charretons et de vos coffres.

On attendrait la goélette avec ses nouveaux rescapés, jusqu'à la fin des temps, s'il fallait. Qu'on se le dise.

La goélette apparut au mitan de l'été, merci, Dame Marie, Mère de Dieu !

Les quatre mâts avaient percé la brume l'un après l'autre, un matin, et l'un après l'autre avaient sauté à la face de Bélonie qui prenait comme tout le monde son quart de vigie. Il eut ainsi le temps de compter les mâts, le vieux, et de reconnaître la figure de proue. La *Grand' Goule !* la *Grand' Goule* fatiguée et défraîchie mais encore fière, la petite garce, ne vous méprenez pas. Elle s'en venait droit sur lui, à toutes voiles, cette fois sans flammes ni marins fantômes dans les cordages. La *Grand' Goule* était bien en vie, Bélonie dut l'admettre. Et il fit jouer sur leurs gonds ses os quasi centenaires, et se dirigea vers Pélagie.

Pauvre Pélagie! C'est elle qui sur le coup sentit l'huile figer à ses jointures. Elle restait là, bouche ouverte, bras ballants, cœur flottant dans la mousse. Et Bélonie-le-Vieux lui tapotait l'épaule : Allons, allons!... lui-même si ému qu'il en oubliait son hi !

La fête des retrouvailles dura trois jours, d'aucuns diront trois mois si l'on fait le pont jusqu'aux noces de Madeleine et de son beau jars de Charles-Auguste.

Charles-Auguste avait dû entendre de ses oreilles de beau jars la Pélagie hucher ses recommandations à sa progéniture des siècles à venir, par-delà la tête de son unique fille. Et il s'était enhardi jusqu'à pousser sa mère dans le dos aux pieds de Pélagie. Ainsi Agnès Dugas, Landry de par son homme apparenté aux Le-Blanc par les mâles de la branche maternelle, demanda au nom de son fils la main de Madeleine.

Pélagie avisa la Pie, le beau jars de Charles-Auguste, et ses yeux se mouillèrent avant de se poser sur sa fille. Déjà?... Eh là, Pélagie, voyons! Elle est née dans la cale du *Nightingale,* la Madeleine, qu'on avait à peine entamé 1756. Vingt ans, tu vois bien? A cet âge-là, Pélagie, tu avais déjà mis tous tes enfants au monde, souviens-toi. Une fille qui passe vingt ans sans offrir sa main pourrait manger dans l'auge, comme c'est croyance et coutume au pays. T'en offense pas, Célina. Et puis il est vaillant, Charles-Auguste, dégourdi et débrouillard... qui c'est qui a débroussaillé les cornes des bœufs empêtrées dans les vergnes, l'autre jour? Point courailleux, il l'a prouvé durant plus de deux ans, point écervelé non plus, et puis son père était le propre cousin du cousin de ton homme, Pélagie, ça ne ferait point un mariage de la main gauche.

Beausoleil rejoignit Pélagie. Et c'est lui qui entreprit de haranguer l'orphelin. Les jeunes Acadiens rescapés du Grand Dérangement auraient des pères à remplacer, ils devraient réapprendre seuls et sans maîtres un métier laissé en friche vingt ans plus tôt, sans secours ni conseils des aînés emportés dans la débâcle. Il ne suffirait point à Charles-Auguste d'être digne fils de son père et des aïeux. Il lui faudrait réincarner toute la lignée à lui seul, et replanter au printemps comme si l'automne n'avait pas endormi la terre pour vingt ans. Il aurait aussi à redresser les aboiteaux abandonnés aux mouettes et aux algues, et se construire une barque de pêche, et ajouter des appentis au logis, et peut-être un jour reprendre les armes contre un envahisseur qui veillait toujours aux claies du pays. Plus que ça, un chef de famille ne saurait se contenter d'un héritier ou deux, dans les cent ans à venir ; car les morts criaient vengeance, et les foyers étaient vides. Les prochaines générations ne disposeraient que d'un siècle pour rattraper le siècle perdu et empêcher la race de s'éteindre. Seuls les berceaux vengeraient l'Acadie.

Charles-Auguste agrandit des yeux mouillés qui avaient tant de fois chatouillé la peau de lait de Madeleine, et se jetant aux pieds du capitaine Broussard dit Beausoleil, il s'engotta dans la seule phrase qui réussit à passer le gosier :

— Je l'aime, demandez-moi tout, je l'aime !

Le Robin des Mers éclata de rire, puis releva le Beau Jars qui comprit qu'il avait bien choisi ses dieux, qu'il avait jeté au ciel un cri que Beausoleil et Pélagie, en cet été-là, pouvaient apprécier. Et Charles-Auguste Landry reçut en jolies pompes la main de Madeleine LeBlanc, fille unique de Pélagie.

L'annonce de cette union mit toutes les charrettes en rut. Les bœufs, jusque-là si impassibles et raisonnables, se mirent à se trémousser dans l'herbe et à beugler au pied des piquets de clôture des mots d'amour aux vaches nouvellement américaines depuis la déclaration d'indépendance. Célina, de son côté, ne tarissait pas de s'étouffer sous les chatouilles de son cavalier qui n'en finissait plus de lui pincer le...

— Iiii !

Les deux rescapés des Sauvages, durant ce temps-là, flairaient et humaient les cotillons, lançaient des phrases équivoques et pigouillaient à tort et à travers. A travers surtout. Et le jour où le beau Maxime, qui avait cru avec la disparition de son rival Jean retrouver le champ libre autour de Catoune, voulut traverser l'étoffe épaisse d'un corsage qui gardait le fruit défendu, il comprit qu'il venait de pigouiller à tort.

Elle n'avait pas réagi, Catoune, au récit des malheurs de Jean et de son union avec une princesse iroquoise, pas réagi. Mais à compter de ce jour-là, elle s'agitait sous la moindre brise, comme une feuille de tremble, ou trépidait au moindre cri des enfants. Des enfants qui l'avaient pourtant tous adoptée pour gardienne et maîtresse, la petite Virginie en premier.

Car elle avait survécu, la Virginie Cormier, en ces années où mouraient trois enfants sur quatre. Elle était même devenue la mascotte et la fée du régiment. Et Catoune, en cachette, s'arrachait le pain de sous la langue pour le glisser entre les dents de lait de Virginie qui profitait à vue d'œil. Elle était rose et ronde de bonheur de vivre, Virginie, comme si à trois ans elle savait déjà

qu'en ces temps-là vivre était un privilège. Et elle riait
et babillait du matin au soir, sous les ailes de Catoune.

Mais depuis la nouvelle du départ définitif de Jean,
englouti dans la forêt sauvage, Catoune avait plus d'une
fois grondé Virginie et les autres enfants qui en étaient
tous restés ébarrouis. Il lui arrivait aussi de disparaître
des jours entiers, que Pélagie s'en inquiétait.

— Va la qu'ri', P'tite Goule, qu'elle ordonnait au
géant.

Et le géant s'exécutait comme d'une croisade en terre
infidèle. Aussitôt Catoune se soumettait et rentrait au
camp sur la pointe des pieds. Alors Pélagie, sans la
brusquer, la regardait avec l'air de dire : « Tu sais bien
qu'il ne reviendra plus, fais-toi une raison. »

Une raison ? Catoune ? Mais la raison était précisément le seul don que les dieux lui avaient refusé. Et
pour cause. Pourquoi affubler de raison un être tout pé-
tri d'instinct et d'intuition ? Catoune savait sans l'avoir
appris qu'une pomme est une pomme, un homme un
homme, et qu'un cercle carré c'est le néant. Elle savait
tout ça d'instinct. Il ne fallait donc pas demander à Catoune de se faire une raison.

Pas plus qu'à la P'tite Goule. Mais il était d'avance si
raisonnable, le pauvre géant, qu'on n'eut jamais à le
pousser à la raison. Et chaque fois que Pélagie jetait les
yeux sur lui, il chaussait ses bottes de sept lieues et
partait quérir quelque chose ou quelqu'un. Quérir Catoune, de plus en plus.

Et à son insu, il se laissa apprivoiser.

Beausoleil s'en aperçut le jour où il proposa au géant
de reprendre son rang de mousse et de repartir en mer.
Les yeux de la P'tite Goule biclèrent, cherchèrent à
comprendre, puis se remplirent d'un flux salé qui faisait
mal à voir. Alors le capitaine éclata d'un bon rire rassu-

rant. Ils ne repartiraient plus seuls, ni l'un ni l'autre. Il était venu chercher Pélagie, Catoune serait des bagages.

La P'tite Goule ouvrit si grands ses yeux de géant que Beausoleil put y voir se refléter toute sa goélette.

— Et je serons heureux jusqu'au bout du monde, que dit le capitaine en sifflant des airs marins.

Agnès Dugas s'en vint, la brume sur le dos, trouver Pélagie. Question de protocole. Allait-on procéder aux cérémonies nuptiales de leurs enfants sans sacrement ? Charles-Auguste était fils de Charles-Auguste à Charles à Auguste à René Landry, tous de fervents catholiques romains depuis la Seigneurie d'Aulnay.

— J'allons-t-i faire bénir les noces de mon garçon par un quaker ?

Pélagie fut jongleuse le restant de la journée. C'était aussi les noces de sa fille, fille des Jean LeBlanc, descendants comme les Landry des premiers colons du pays. Mais comment trouver un missionnaire en Pennsylvanie ? Il ne fallait pas rêver de trouver deux fois sur sa route un Baltimore. Et mieux valait un juge de paix qu'un officiant hérétique, si l'on désirait prendre un jour sur ses genoux des petits-enfants bien constitués. Songez à l'Antéchrist qui est venu au monde avec toutes ses dents. Et Pélagie s'en grattait la nuque.

Puis un matin, elle s'approcha de Bélonie :

— Je sais que vous êtes plusse porté sur les cérémonies funéraires, Bélonie-le-Vieux, mais pour une fois, vous pourriez peut-être tourner votre veste à l'envers.

— Hi !

— J'ai une fille à marier, et vous connaissez la coutume. En l'absence du prêtre, je nous rabattons sus un patriarche.

— Hi !

— Vous irez bétôt sus vos cent ans, si mon défunt pére avait bonne mémoire. Et l'âge baille certains droits au pays. Quand je rencontrerons un prêtre pour vrai, j'y demanderons sa rebénédiction.

— Hi !

Pélagie aurait pu allonger son argumentation jusqu'à la Nouvelle-Angleterre, elle n'aurait pas, ce jour-là, arraché du vieux d'autres sons que des hi ! Pourtant elle était sûre que le matin des noces, Bélonie poserait les mains sur la tête des futurs, sans rechigner. Et elle s'en fut veiller aux préparatifs.

Tout Philadelphie était en fête, cet été-là, les déportés pouvaient organiser leur propre kermesse sans attirer l'attention. Et ils s'y lancèrent, tête première. Une noce ! Une noce, en plus ! La Sainte Vierge en personne serait de la partie.

— Laisse faire les saints, Jean-Baptiste Allain, pour une fois que j'en avons point besoin !

Mais Jean-Baptiste Allain, stigmates au creux des paumes et crucifix au fond des bagages, débitait déjà au promis son chapelet de conseils matrimoniaux... Tu prends pour épouse et mère de tes enfants une vierge à l'image de la Mère de Dieu qui t'aimera, te respectera et t'obéira, toi le chef qui as reçu au paradis terrestre le bâton de l'autorité sur toute la famille.

Pélagie leva un sourcil sur cette autorité et, ramassant le fouet destiné aux bœufs, elle en donna un coup sec sur le tronc d'un peuplier qui levait la tête au ciel. Puis elle sourit tout bas. Sa fille Madeleine n'avait point connu les mœurs anciennes d'avant le Dérangement. La plupart des chefs de famille avaient péri dans la tourmente, emportant au fond des bois ou des mers leur bâton d'autorité reçu au paradis terrestre. Les femmes avaient dû par la suite se dresser seules face à l'ennemi et à l'adversité, et ramasser elles-mêmes le sceptre de chef de famille. Madeleine en avait été témoin, enfant posthume de son père et de ses aïeux. Pélagie pouvait compter sur sa fille pour continuer sa lignée.

Puis ce fut au tour de Célina de se démener, la Célina des grands moments.

— Je vous avais avertis, je vous avais tous avertis qu'un jour je le payerions, c'te coffre.

Le coffre encore !

— Quoi c'est qu'il lui arrive cette fois-citte, au coffre ?

— Il lui arrive qu'il est toujours en vie, cestuy-là.

— Mais quoi, il est-i' posé sus ton pied, la boiteuse ?

Le nez de Célina chavira dans le cramoisi. Pas assez qu'ils le défendaient, leur coffre, après tout le souci dont il était la cause, mais ils se permettaient de donner des noms au monde, à l'heure qu'il est, les grichous de grippe-sous d'avaricieux !

— Pour un coffre que je traînons du sud au nord comme la croix de Notre-Seigneur Jésus-Christ, j'avons dû payer le prix d'un violon.

Et triomphante, en appuyant sur chaque syllabe :

— Il était-i' point question de faire des noces aujourd'hui ?

Ah bon ! On venait de sentir la direction du vent. Elle avait pourtant raison, la Célina, de pleurer les violons. L'Acadie, dans le temps, avait vu les hivers geler son cidre ; et les débâcles du printemps emporter ses filets et ses trappes ; et les vents du suète déchirer ses toits de logis ; mais jamais elle ne s'était privée de musique. Une noce sans prêtre, on avait vu ça ; mais sans cordes pour jouer la note et sans rythme pour bailler la mesure au rigodon ? Les Bourgeois le faisaient payer cher aux charrettes, leur coffre.

François à Philippe Basque osa proposer à Pélagie de retarder la cérémonie de quelques semaines, avec un peu de chance, on ne sait jamais, on pourrait peut-être dénicher du frêne, dans la forêt, ou de l'érable piqué.

— Jamais de la vie !

C'est Charles-Auguste, le beau jars, qui s'était échappé, arrachant malgré lui ce cri de ses entrailles de fiancé impétueux et ardent. Et il rougit sous le rire grassouillet des hommes.

Pélagie posa la main sur le bras de son gendre et répondit au Basque de se débrouiller sans le violon, de trouver autre chose, d'inventer n'importe quoi, si on a un bec, des mains et des pieds, c'est pour s'en servir, jamais je croirai qu'il faut asteur emprunter leur musique aux arbres des forêts.

— Je me débrouille bien, moi, pour faire à manger sans poêlonnes et quasiment sans ustensis.

Ustensiles... le mot ne tomba point dans l'oreille d'un sourd. Et François à Philippe Basque s'en fut, sifflotant déjà des mélodies nouvelles.

La fête pouvait commencer. On avait aveindu pour Madeleine et ses suivantes, c'est-à-dire toutes les femmes en âge, les soies, dentelles et cachemires subtilisés aux dames de Baltimore dans les circonstances que l'on sait et gardés au chaud sous les trésors secrets des Bourgeois, au fond du coffre... Cottes, mantelets, coiffes, mouchoirs de cou, devanteaux à bavette et jarretières de soie. Les hommes écarquillèrent les yeux devant cette parade de rayures rouges et indigo, et ils furent tous pris de la danse de Saint-Guy.

— Et nous autres ? que lança Maxime à François à Philippe.

Et ils se rendirent au ruisseau y frotter leurs chemises et leurs culottes à clapet.

Mais les plus heureux étaient les enfants, parés de verdure et de fleurs pour camoufler leur indigence, et qui sautaient déjà entre les pattes de leurs mères qui distribuaient des taloches à la ronde, sans se préoccuper de vérifier si elles les administraient à leurs légitimes rejetons. C'était les premières vraies noces acadiennes depuis la Déportation, on ne devait se priver de rien. Et l'on avait pour l'occasion à peu près vidé la cale de la *Grand' Goule* et la réserve des charrettes. Demain prendrait soin de lui-même, ou que le diable l'emporte !

— Ho, ho, ho !...

Et chaque famille ajouta de son cru sa contribution : des lièvres pris dans les collets, des porcs-épics et des marmottes assommés au bâton, du blé d'Inde essivé, des tétines-de-souris, des têtes-de-violon, des beurdouilles, des cenelles, des gadelles, des grosailles, du vin de cerises à grappes et de pissenlit...

— Ouf ! il fait chaud !

... un chevreau trouvé par adon en errance en haut du clos et qui réclamait sa mère... des petits tourteaux étalés devant la boulangerie d'un boulanger distrait et bavard de politique... un tonneau de mélasse fraîchement débarqué d'un bâtiment hollandais qui faisait commerce avec les îles... des poules, des oies, des canards comme les rues de l'époque en regorgeaient à l'heure du marché...

— *Stop 'em ! stop 'em ! he's got my rooster !*

Et Pierre à Pitre s'attrape les jambes à son cou et disparaît dans les ruelles.

On avait attendu si longtemps cette première grande réjouissance sur l'herbe qu'après vingt ans, on n'allait pas souffrir une heure de plus. Et avant même que Pé-

lagie n'eût réussi à pousser le Bélonie jusqu'au baldaquin de mâts et de voiles, Madeleine et Charles-
Auguste s'étaient déjà dit oui, et toute l'Acadie se jetait
sur les victuailles.

... Et passe-moi l'aile, et je te baille le gésier... et en-
gotte-toi pas dans ta cuillerée de fricot... et ouste! les
marmots, sortez la tête du ponchon de mélasse... et par-
ci les crêpes, et par-là l'estomac de poulet... et encore
une petite gorgée au goulot... et parlez point tous ensemble... et largue-moi, mon salaud, hi, hi!... et que le
vin pisse, et le pain m'engotte, et les pets-de-sœurs me
sortent par le nombril... j'en peux plus!

L'Acadie s'était saoulée.

Saoule de vin de cerises à grappes et de pissenlit,
saoule de tendresse, de chaleur, de joie et de musique.

... De musique?

Eh oui, vous n'alliez pas vous imaginer tout de même
qu'un peuple marierait sa fille aînée sans sonner de la
note et danser le cotillon. Tant pis si la vie vous a pris
vos cornemuses et vos bombardes, voire vos violons
dans la dernière fournée. Il vous reste vos cuillères et
vos cuisses, messieurs-dames, pour accompagner vos
turluteries.

C'était le clan des Basques, encore un coup, aveindus
des batteries de cuisine en jouant des cuillères contre
leurs cuisses et leurs genoux... Et j'ai du grain de mil, et
j'ai du grin de paille, et j'ai de l'oranger, et j'ai du tri, et
j'ai du tricoli... Et toute l'assemblée en tricolait, ivre
folle.

— Hi, hi hi!...
— Ho, ho, ho!...

Et l'on bat la mesure avec les pieds, avec les mains,
avec la tête, avec les fesses, avec le bec, alouette,
comme l'on plantait les choux.

Et merde au roi d'Angleterre !

Saluez, mesdames, saluez, messieurs, échangez votre compagnie...

Aïe !

Pas jusque-là, Benjamin, ça se voit qu'il est nouveau, cestuy-là, on ne pince pas Célina hormis de s'appeler Pierre à Pitre et d'avoir les jambes en bas des genoux, hou, hou !

Taisez-vous !

Fendez le bois, chauffez le four.

Dormez, la belle, il n'est point jour.

... Et merde au roi d'Angleterre !

Tout à coup on entend un gros bourdon sortir de l'estrade de bois au pied du baldaquin. Un rythme nouveau, pour accorder les cuillères, du demi-temps, du quart de temps, du contre-temps, comme un battement d'ailes de corbeau entravé dans les aulnes.

— C'est la Célina !

Célina la boiteuse, rouge de pissenlit fermenté, saoule de groseilles et de fricot, ivre de tendresse et de fraternité, tapait du pied de son pied bot sur les planches, un pied bot qui jouait sa mélodie de la main gauche, trois octaves plus bas que le pied droit. Tam-di-di, tam-di-di... et les planches résonnaient et créaient des rythmes si cocasses et impromptus que depuis ce jour l'on se passe en Acadie, de génération en génération et de noce en noce, le *reel* dit de la boiteuse qui fait les belles veillées des joueurs d'accordéon.

Toutes les mélodies ne sont pas sorties de la lyre d'Orphée, c'est l'Acadie de la sombre époque qui peut vous le dire. Car à elles seules, les noces de Madeleine et de son beau jars d'époux ont dû enrichir le patrimoine oral d'une bonne moitié de ses refrains et du quart de ses ravestans. Le peuple de Pélagie, faute d'instruments de musique, aurait vezouné dans ses propres boyaux, sans mentir. Heureusement que les Basques dénichèrent des cuillères et que Célina dégourdit son pied bot.

A la brunante, on ramenait les bœufs au champ, les cornes enguirlandées de festons rouges et de boules de cuivre qui tintaient des mélodies dandinantes.

— Larguez les brides, criait Pélagie, et envoyez-les paître dans le clos du pasteur quaker. Un jour comme aujourd'hui, tout est permis.

Tout était permis, surtout à ceux-là qui depuis un demi-siècle subissaient injustement le joug de l'ennemi. Le monde entier aurait pu payer le mal fait à son peuple, que Pélagie n'en aurait éprouvé aucun remords. Pas ce jour-là. Au pays, avant le Grand Dérangement, les LeBlanc auraient fait à leur fille des noces dignes de son hairage et lignage d'aïeux. Tant pis pour les bourreaux qui les avaient dépouillés, on leur reprenait sans honte les miettes du butin. Et que ne surgisse pas un seul historien pour prêcher au siècle prochain que Pélagie et les siens ont dévalisé autrui.

— Ni autrui, ni le voisin; mais rendu un quartier de son dû à l'orphelin.

Beausoleil-Broussard rit à pleine gorge. Même la colère de cette femme était belle.

... Et merde au roi d'Angleterre
Qui nous a tous déclaré la guerre!

Et les deux amoureux s'en furent au clos derrière les animaux. Ce soir-là, ils se seraient dit de fort belles choses, tous les deux, les bœufs pour seuls témoins. Bélonie serait-il resté à la noce, durant ce temps-là? Lui, d'ordinaire si curieux des moindres recoins de la vie des charrettes... avait-il mélangé le vin aux cerises et au pissenlit?

Ça se voit qu'on connaît mal l'Acadie pour imaginer une seconde un Bélonie, ou même une Célina, capable de suivre des amoureux de la trempe de Beausoleil et Pélagie jusqu'au clos des bœufs. Capable surtout de rapporter aux autres ou même à la postérité les faits et dits de deux êtres qui ont eux-mêmes décidé de ne rien vous dire. Dans ce pays-là, les contes et chansons d'amour se chantent sur le mode mineur et quasiment tout bas. Ce qui a fait dire à mon cousin que les curieux ont besoin de se laver les oreilles.

Où en était rendue la nuit quand Pélagie a dressé l'œil et reniflé soudain comme un chien de garde ?

Catoune ! Où avait bâsi Catoune ? On ne l'avait pas aperçue de toute la journée.

— Charlécoco ! La P'tite Goule ! Pierre à Pitre !

Catoune avait disparu. En pleine noce. Dépêchez-vous. Fallait point se laisser le temps de nourrir des pressentiments. Allez !... Elle avait donc eu un tel chagrin, Catoune ?

— Par le bois ! Prenez le bois !

Qui se serait douté, quand même ! Et Jeanne Aucoin poussait Agnès Dugas qui poussait Célina à se demander ce qui avait bien pu lui passer par la tête, à la Catoune.

Madeleine s'affola et voulut arrêter la noce, arrêter le mariage, retourner à sa vie de pucelle jusqu'aux retrouvailles avec sa sœur de lait. Et arrachant sa coiffe de lin, elle partit à la course à travers champs. Le brave Charles-Auguste fut si éberlué, qu'il s'ébranla en retard et ne réussit pas à rattraper sa toute fraîche épouse qui atteignait déjà l'orée du bois.

— Mon doux séminte ! Arrêtez-les, arrêtez-les tous, pour l'amour de Dieu !

Et pour l'amour de Dieu ou de Catoune, Célina sou-

leva son pied bot et s'élança comme elle put à la pour-
suite des mariés. Puis ce fut les Jeanne, cette Acadie-là
en comptant déjà quasiment une douzaine, puis les Marie, les Anne, les Marguerite, plus toute la ramée
d'enfants qui glissaient entre les jambes des hommes
qui cherchaient dans quelle direction partir.

Le géant à lui tout seul, transi de sueur et d'émotion,
ravageait les vergnes, déracinait les arbustes, enjambait
les clôtures et les pilotis, et enfonçait dans le sable des
buttereaux ses larges sabots qui creusaient des lacs et
des barachois, au dire de la chronique. On dit même que
ce fut tant mieux pour Philadelphie que la Catoune soit
rentrée d'elle-même aux charrettes avant l'apparition de
la Bételgeuse, car le géant, apparence, se préparait à
assiéger la ville. Et il fut quasiment seul, la P'tite
Goule, avec Bélonie, à accueillir Catoune qui ramenait
aux noces un officiant.

Elle s'était enfuie au petit jour, en cachette, et s'était
dirigée tout droit sur la cabane de l'ermite, un ancien
aumônier détaché d'un régiment de La Fayette. Où avait-
elle appris l'existence de ce moine ? Comment l'avait-
elle repéré dans la forêt ?... Mais voyons, tout le monde
sait que la Catoune ne pouvait s'égarer dans les bois,
les bois qui avaient abrité et nourri sa prime enfance.
Elle avait dans la peau le nord absolu, Catoune, comme
d'autres le diapason. Et si l'on en croit Bélonie, elle aurait été la seule, ce jour-là, avec la boussole dans l'œil.

— Hi !

Cette fois Bélonie avait toutes les excuses de ricaner.
Car c'est lui qui les avait tous vus partir, l'un après
l'autre, à la recherche de la disparue et, l'un après
l'autre, s'égarer à leur tour dans les champs et les bois.
L'on pouvait, du baldaquin des noces, entendre les cris
s'arracher de la forêt : Charles-Auguste ! Madeleine !

Agnès ! Marie-Jeanne ! Les égarés s'appelaient mutuel-
lement, tournant en rond sous les arbres, repassant dans
leurs propres pistes, hurlant, braillant, inquiétant la
chouette qui s'en frottait l'œil. Quand tous rentrèrent
essoufflés au camp, il ne manquait que Célina. On la
repêcha une heure plus tard, trempée jusqu'aux fesses,
vociférant ses imprécations à tous les saints du ciel, et
se débattant avec les pierres d'un ruisseau qui lui
avaient emprisonné le pied bot.

On put enfin faire le compte de son monde et constater qu'on avait gagné un homme : l'ermite. Et aussitôt
s'engagea le préambule à la cérémonie religieuse :

— Un prêtre ! Un prêtre romain !

— Pas Dieu possible !

— Comment ? Mais ça serait-i' que les moines de par
icitte pousseriont sous les âbres comme les champignons ?

— Un brin de respect, les jeunes. Et puis c'est point
un moine, c'est un ermite.

— Ça c'est-i' plusse qu'un prêtre ?

— C'est un pauvre serviteur de Dieu.

— Seigneur Jésus ! En plusse, ça parle français.
J'allons pouvoir entendre le latin dans notre langue.

— Excusez-la, mon père.

Et le bon père excusait, souriait, et se laissait palper,
humer et interroger, tandis que les femmes s'affairaient
déjà sous le baldaquin pour épousseter les miettes de la
fête.

... Vite, les enfants, regréez-vous, et vous autres, les
jeunes, venez aider vos mères à redresser le dais, allons,
que tout le monde s'empresse, j'avons un vrai prêtre
pour célébrer une vraie cérémonie. Que le bon Dieu
nous bénisse !

Jeanne Aucoin la Girouère n'avait pas été aussi affai-

rée depuis le jour de l'enterrement de son beau-père
Charles à Charles. Et comme si les deux événements se
rejoignaient quelque part au fond de sa mémoire involontaire, elle dit au défunt vieillard, en soupirant :

— Dire que vous aurez point vu de votre vivant aucun de vos descendants du deuxième degré s'atteler
dans le mariage, le beau-père, dire que vous en aurez
point été témoin de votre vivant.

Mais levant la tête vers les étoiles, elle aperçut la
poussinière qui clignotait comme un feu de braise. Ça
fait qu'à son tour elle calouetta et chuchota pour lui tout
seul :

— Vous en faites pas, j'arrangerai ça pour que l'un
des vôtres choisisse femme qui fît point déshonneur à
ses aïeux. J'arrangerai ça, comptez sus moi.

Il pouvait compter sur sa bru, Charles à Charles, mort
ou vif. D'ailleurs rien n'avait changé dans le comportement de Jeanne Aucoin après la mort du vieux. Elle
continuait chaque soir à lui rendre des comptes de sa
journée, et lui demander d'approuver au nom de la
famille qui l'avait prise pour épouse et mère sa conduite
et ses décisions de chef moral du clan. Elle attendait
que le défunt lui fasse signe, d'ordinaire en lui tirant le
gros orteil, puis elle allait dormir. Ça, depuis cinq ans.
Mais ce soir, on avait un moine à portée de main. Et
Jeanne Aucoin proposa à l'assemblée des fidèles, à genoux aux pieds du représentant de Dieu, de lui
demander de célébrer par procuration rétroactive.

... Comment vous dites ça ?

Rien de plus simple. Jeanne Aucoin exigea de
l'ermite qu'il remarie les pères et mères de famille unis
en exil ; rebaptise les nouveau-nés qui s'en allaient pour
la plupart sur leurs quatre ans et réenterre les morts qui
pourrissaient sous la terre d'Amérique de la Géorgie à

la Marilande. Tout ça dans la pompe du chant grégorien et dans le plus pur latin d'Eglise comme on le prononçait jadis sur les rives de la baie Française.

Le pauvre moine se prêta à tout : remariages, rebaptêmes, rites funéraires renouvelés à tout hasard. Mais quand les Allain s'en vinrent lui réclamer une messe diacre sous-diacre, par exemple, le prêtre jugea qu'il était temps de marier Madeleine et Charles-Auguste, ce pourquoi il s'était arraché d'ailleurs à ses forêts.

Soyez le bienvenu, mon père. On pouvait reprendre la cérémonie où on l'avait laissée : à la porte du sacrement. Un sacrement en pleines formes, celui-là, avec son pain bénit et ses *ora pro nobis*; avec une homélie qui déplut fort à Jean-Baptiste Allain qui, lui, avait raté la sienne; avec l'imposition des mains sur la tête des mariés qui s'échangèrent des joncs en se jurant fidélité à la vie, à la mort.

Beausoleil s'approcha de Pélagie. On était à l'heure des serments, et à l'heure de l'étoile du berger, déjà.

— Dites rien, qu'elle fit.

— C'est à cause de Jean qu'est point rentré ?

— Ils sont plus d'une trentaine de familles déjà, toutes agrippées à mes jupes.

— Ils sont pourtant point à vous, ces familles-là, chacune à son chef.

— Mais aucune connaît le chemin, la nuit, je l'avons bien vu tantôt dans le bois; et pis aucune a dans le ventre l'image du pays.

— Et vos bessons de fils ? Et la Madeleine que je venons juste de marier ?

— Déjà ! j'ai peine à m'en faire l'idée.

— Ils avont pris le tour avec les bœufs, jamais je croirai, après six ans.

— Avec les bœufs, si fait. Mais avec les habitants de Beauséjour, et Port-Royal, et la Rivière-aux-canards, et la Grand' Prée, c'est là un autre butin. Quand la pauvre Catoune s'est enfuie, à l'instant, vous avez vu la charivari.

— Mais un jour, va bien falloir que la Catoune, et les bessons, et tout le peuple d'Acadie sorte des langes et prenne sa vie en main.

— Un jour, oui, quand ils seront rendus au pays.

— Ça serait-i', Pélagie, que la vie vous dégoûterait et que la *Grand' Goule* aurait été en haute mer trop longtemps ?

Pélagie en eut mal à la peau et à l'âme.

— La *Grand' Goule* naviguerait-i' à l'autre bout du monde durant une étarnité, j'aurai le restant de mes jours les yeux rivés au large.

Broussard dit Beausoleil prit la femme qu'il aimait dans ses bras et, penchant la tête, il la couvrit de toutes les étoiles qui se reflètent chaque nuit dans la mer.

Puis prenant une respiration d'air salin :

— Qui sont les diables de saints au ciel chargés de veiller sur Pélagie et Beausoleil ?

— Saint Marin et saint Jacques de Compostelle, patrons des promeneux... Rentrons nos enfants aux pays, en premier ; après, j'irons ensemble rebâtir le pays de Beausoleil.

— Et de la Grand' Prée, qu'ajouta le capitaine.

Catoune, à l'écart de la noce, chantait tout bas pour endormir son cœur et bercer les enfants que son ventre ne concevrait jamais. Et quand Pélagie s'approcha pour lui offrir à boire le vin des noces, elle entendit des lamentations sortir de la coupe à l'instant où Catoune y trempa les lèvres.

On raconte en Acadie que cette coupe n'a jamais cessé depuis ce jour de se lamenter chaque fois qu'on veut y boire. C'est mon cousin de la lignée des Bélonie qui prétend l'avoir vue et entendue dans le grenier de l'un des descendants de la charrette, plusieurs années avant que la maison n'eût passé au feu.

XIII

— La noce est finie, ragornez vos guénilles.

Et le coffre encore une fois fit jouer son couvercle sur ses gonds et engouffra d'un coup sec les dentelles et les soies d'Orient. Tout cela était prêt, on pouvait décamper. Et le nègre s'en fut à travers champs à la chasse aux couleuvres pour huiler ses roues de charrettes. Jeanne Bourgeoise avait eu le temps de s'habituer à ces mœurs barbares en trois ans et ne rendait plus la gorge à chaque fois. Elle se contentait d'un haut-le-cœur du bout des lèvres et d'un « je m'accoutumerai jamais aux esclaves » qui faisait rire une Acadie qui avait vécu sa dernière génération en exil et en esclavage.

— Console-toi, Jeanne Trahan, d'avoir point eu encore besoin de les manger, les serpents du nègre.

Célina aurait dû ce matin-là mieux retenir sa langue. En tout cas, telle fut l'opinion de Bélonie-le-Vieux qui radotait qu'on était sorcier ou qu'on ne l'était pas, et que cestuy-là qui a le don, qu'il soit guérisseux, arrêteux-de-sang ou septième du septième, ne devrait jamais tenter le ciel. Un ciel chatouilleux, malicieux, ou simplement espiègle, mais qui prend aisément les diseuses au pied du mot.

Et l'année qui suivit les réjouissances de Philadelphie, on mangea du serpent.

Heug !

— On mangea de la crotte et de la bouse de bœu', au dire des vieux ; et on dormit empilotés les uns sur les autres pour se réchauffer. L'un des plus mauvais hivers du siècle, qu'on a rapporté, et qui aurait gelé la graisse qui leur restait au creux des ous, aux aïeux de nos aïeux. Même que Jeanne la Girouère, apparence, en aurait eu éventé sa propre mort.

... Jeanne Aucoin, vous dites pas !

— Mais elle a point passé.

Et mon cousin emprunta pour me confier la suite l'énigmatique sourire ancestral :

— Jeanne Aucoin était aussi familiére avec les morts que le vieux Bélonie en personne. Mais elle leur résistait et se faisait point prendre. Apparence qu'elle avait le tour de bailler son pied dans l'œil à n'importe quel effronté de défunt, hormis le Charles à Charles, qui osait la nuit lui pincer les orteils. Si fait, j'ai entendu dire que les morts les plus morts se teniont à dix pieds de Jeanne Aucoin Girouarde... hi !

Et la Girouarde serait revenue de son agonie aussi fraîche qu'un oignon, prête à passer son suaire à la lessive du lundi matin avec les caleçons de son homme. Car Jeanne Aucoin était lavandière comme Célina était guérisseuse et sage-femme. Plus que ça. Dans une armée régulière, elle aurait eu le grade de maréchal des logis. Pélagie avait en quelque sorte confié le train de maison à cette femme qui avait appris dans la tourmente à faire flotter des barques trouées et pousser du blé dans un fond de charrette. A inventer la corde à linge ambulante, voire.

C'était au lendemain de la noce, alors qu'elle surprit

les deux bâtiments en flagrante obstination. Aucune de la goélette et la charrette ne consentait à partir en premier. Non, pas nous, que je te disons, je ne bougeons pas, j'attendrons s'il faut jusqu'à la fin des temps, c'est notre dernier mot, ça se passera comme ça, et patati, et patata. La goélette et la charrette en restaient là à s'aviser, attendant la démission ou l'épuisement de l'autre.

— J'attendons que le vent vire au large.

— Je laissons reposer nos bœufs.

— J'ons point achevé de dénoucler nos noucles.

— Je devons graisser les moyeux de nos roues.

— J'ons des voiles à hisser aux mâts.

... Et autres pareils arguments.

Mais lorsque Jeanne Aucoin entendit :

— Et nos hardes à faire sécher au soleil...

... Elle jugea que la plaidoirie avait assez duré. Quand on est rendu à retarder le retour d'un peuple au pays des aïeux sous prétexte de faire sécher au soleil sa demi-douzaine de capelines et ses trois cotillons, l'heure est à Jeanne Aucoin. Et elle trancha le débat en hissant de ses propres mains la voile de misaine et en installant dans les charrettes ses cordes à linge ambulantes : des arbustres, bien attachés à la ridelle d'en arrière, chacun capable d'accueillir sur ses branches la lessive de toute une famille. Elle avait trop d'organisation dans le cerveau, Jeanne Aucoin, et surtout trop de cœur dans la poitrine pour laisser les deux plus éminents personnages de son temps se déchirer l'âme une seconde de plus. Brûlons d'abord l'abcès, on cicatrisera la plaie plus loin.

Ainsi s'ébranla, au lendemain des noces de Madeleine d'Acadie, la caravane des charrettes qui remontaient l'Amérique, enguirlandées de festons, de rubans, de restants de fête, et des en-dessous d'un peuple qui n'avait plus rien à cacher.

Suivit une dure année. Car si on avait prévu les vents et les frimas du Nord, aucun almanach de l'époque n'avait annoncé les pluies gelaudées, les tempêtes, les tornades et les inondations que tous ces chavirements devaient entraîner. Pour les charrettes et les bœufs, la Nouvelle-Angleterre fut la catastrophe.

Pourtant, on résista.

Mais par quels miracles de Célina! Elle s'attaquait aux fièvres à coups de harengs salés et de rondelles d'oignon sous la plante des pieds; à coups de doses de séné, de petite-merise et de racines de chiendent; à coups de frictions à l'huile verte appelée aussi thé des bois; à coups de cataplasmes de feuilles trempées dans la tisane de savoyanne, ou de sacs de camphre dans le cou contre les auripiaux ou autres maux de gorge; à coups de graines de lin pour faire péter les abcès et d'herbe-à-dindon pour faire péter tout court; et du pis-sat de grenouille pour tout le restant. Ah! je vous dis que sans la science et l'entêtement de Célina durant cette année 1777... Bélonie l'avait prédit, d'ailleurs: trop de sept en cette année-là. A elle seule, 1777 con-densait les sept années de vaches maigres et les sept plaies d'Egypte.

... Dix plaies d'Egypte.

Dix, comme vous voulez, mais les Acadiens, laissez-moi vous dire, en eurent plein les bras de sept et pou-vaient sans rechigner se passer des trois autres. Il était grand temps, au 1er de l'an 1778, d'aborder Boston. Un Boston qui les attendait de pied ferme, hélas!

Les charrettes avaient oublié les mises en garde du capitaine Beausoleil contre ces Bostonais à la mémoire perverse et à l'esprit vindicatif. Après tant de misère pour s'arracher aux griffes des vents et marées, personne ne pouvait imaginer les hommes plus cruels que les éléments. Pourtant...

— Tout le monde est méchant à son heure, que devait risquer plus tard l'un des Bélonie sans aviser la Gribouille.

Heh! devant des mots tordus, la Gribouille n'avait pas besoin qu'on l'avise pour comprendre qu'on lui parlait, ça s'adoune, et elle renvoya sa méchante phrase à l'effronté.

— Et chacun, qu'elle dit, a son heure.

On se mit d'accord, toutefois, sur un point : les Bostonais avaient dépassé la mesure en s'en prenant à un pauvre peuple en lambeaux qui remontait un continent sur la pointe des pieds. On avait bien besoin de renchérir sur le destin et de rosser des hommes à genoux !

A cela les Bostonais auraient répondu que ces lambeaux d'hommes étaient les fils des bourreaux de leurs pères au siècle précédent et que c'était au tour des autres de payer. Ainsi chacun croyait venger son passé en crachant sa bile et son venin sur un parfait inconnu. Et c'est comme ça que les déportés qui avaient déjà payé d'un exil les brouilles de deux rois qui n'auraient su ni l'un ni l'autre trouver l'Acadie sur la carte, se voyaient aujourd'hui maltraités au nom d'une guerre à laquelle ni eux ni leurs pères n'avaient participé.

Mais allez expliquer ça à des loyalistes américains, eux-mêmes en déroute devant l'insurrection triomphante ! L'esclave battu bat son chien ; et le loyaliste vaincu rosse le déporté. Dire que tous les deux allaient se retrouver bientôt face à face en terre d'ancienne Acadie, où la bastonnade allait se poursuivre tout le long du siècle suivant. Si Pélagie avait pu prévoir ce proche avenir, elle aurait sans doute redoublé d'ardeur dans cette escarmouche entre ses charrettes et les chars des Bostonais... pour prendre un peu d'avance dans cette lutte entre le renard et le loup qui ne se terminera jamais.

Tout a commencé avec les jougs d'hiver.

...

Les jougs d'hiver contre la glace.

...?

Les jougs d'hiver, voyons, tout le monde sait que les bœufs aussi se ressentent du frimas et des pavés glacés, et qu'aucun fer à bœuf ni crampon ne peut les empêcher de danser sur le verglas. Les pauvres bêtes se cabrent, se dandinent à contretemps et finissent par s'empêtrer les cornes, c'est connu. D'où les jougs d'hiver faits pour s'adapter à la danse des bœufs et les empêcher de se garrotter. Tout cela se pratiquait en ancienne Acadie. Mais où trouver des jougs d'hiver à Boston? Et des jougs de cornes, en plus, à la mode acadienne, différents des jougs à la mode anglaise, de garrot.

Vraiment, il fallait être obtus pour imaginer que les Anglais disposaient de jougs de cornes; plus obtus encore pour croire que s'ils en avaient eu, ils les auraient cédés à des parlant français; et plus fou qu'obtus pour s'en aller en plein jour éveiller l'ours qui dort.

Pire, le sortir du lit.

Pélagie s'arracha les cheveux.

— Quoi c'est que l'idée, c'te fois-cite?

C'te fois-là, l'idée sortait des Allain, eux-mêmes sortis de la cuisse d'Adam et Eve, et qui avaient cru bien faire. Eh oui, Jean-Baptiste, on le sait que c'est l'intention qui compte, mais ça aide de la farcir d'un brin de discernement, de temps en temps. Figurez-vous

que le zélote, non content de réclamer des jougs étrangers chez un marchand du pays, aspergea son
marchandage d'un flot de conseils divins de l'ordre de
Dieu est avec nous et hors de l'Eglise point de salut.
Une doctrine qui eut pour effet d'échauffer la bile du
presbytérien qui jeta le papiste hors de sa boutique à
coups de pied au cul.

Et là, sur les pavés verglacés de la place, chacun embrassant d'une main sa foi et de l'autre le col de son
ennemi, s'engage dans un combat pour son Eglise qui a
vite fait d'alerter tout Boston. En moins de temps que
Bélonie ne peut le dire, on voit le sang gicler, les dents
sauter, les bras s'entortiller les uns dans les autres, et
les cris de « Nom de Dieu, arrêtez-les, ils vont se faire
mal ! » revoler jusqu'au ciel. Pierre à Pitre s'en vient en
hâte quérir Pélagie qui accourt sur les lieux du combat
pour découvrir la ville en cercle autour des combattants
et qui crie : *Hit 'em, Tom, hit 'em!* Des haines vieilles
de deux ou trois générations surgissent de toutes les
mémoires et de tous les cœurs. Des Français de Nouvelle-France, des papistes, don onnomis qui en 1633, en
1709, en 1744, et tant de fois les ont sauvagement atta-
qués. *Hit 'em, Tom!* Et encore en 1755, on en a
débarqué des goélettes entières tout le long des côtes du
Massachusetts, des mendiants squelettiques et ahuris
qui mangeaient la nuit le blé en herbe. *Hit 'em! hit
'em!* Et Tom tape sur le pauvre Jean-Baptiste qui n'est
point de taille, tout confirmé de l'Esprit saint qu'il soit.

Pélagie n'a jamais éprouvé une particulière sympathie pour les Allain, sortis des mains de Dieu le Père
avant tout le monde. Mais elle ne peut pas laisser continuer le massacre. Elle est responsable des Allain
comme des autres, veut, veut pas. Et elle siffle son
géant.

En apercevant la P'tite Goule, Boston comprend qu'il aura besoin de tous ses Bostonais pour équilibrer les forces. Et tous les Bostonais sautent comme des mouches sur le géant.

Ah! oui?...

Sitôt les Basques se jettent sur les hérétiques, les protestants sur les papistes, les Landry, Giroué, Cormier, LeBlanc sur tout le monde et... Dieu! quel splendide combat! On ne prend pas le temps de sauver ses dents ni de s'éponger le nez. A coups de poings et de pied, on se fraye un chemin jusqu'au géant qui, à lui seul, a monopolisé les volées de tous les Bostonais. On ne laissera pas faire ça, défends-toi, P'tite Goule, coup pour coup, écrabouille-les! Pélagie, à dos de Hussard, huche à ses hommes et à ses Jeanne, commande, attaque, charge de toutes les cornes de ses bœufs et de tous les pieux de ridelles de ses charrettes. Ohé! huhau!

Soudain, la lutte fige, bras et jambes enlacés: le ciel de la brunante s'est éclairé d'une lueur inaccoutumée.

— Le feu!

Un chariot flambait, même deux. Sauve qui peut!

On put sauver celui des Allain en se jetant quasiment sur le brasier. Mais le charreton des Belliveau y passa tout entier.

— Il reste pas planche sur planche.

Célina ramassa toute sa réserve de ses poumons et tout le feu de ses yeux:

— Fils de Satan! c'était leur logis!

Les fils de Satan ont dû avoir honte, car ils se défilèrent comme les perles d'un collier. On raconte même qu'un grand blond, certains pensent qu'il s'agit du Tom en question, serait revenu le même soir porter au troupeau désemparé une pleine charretée de victuailles. Apparence que Pélagie lui aurait laissé entendre qu'elle eût préféré la charrette à la charretée, mais que le Bostonais n'aurait pas eu l'air de comprendre la langue.

— Faut-i' bien, qu'elle répétait, j'étions avant ça sur la paille, nous v'là rendus dans la cendre.

C'est la Célina qui s'ébroua cette nuit-là. Elle vida son apothicairie, la guérisseuse.

— Quel dégât !

Au petit jour, il ne restait plus une seule feuille de thé des bois ou fleur de camomille dans toute l'Acadie ambulante. Pas plus qu'un seul Acadien intact. Mais comme devait dire plus tard un héritier, un peuple sorti des cales de goélettes du gouverneur Lawrence avec tous ses os peut bien sortir d'une prise de bec à Boston avec toutes ses dents.

Ce qui n'empêcha le Jean-Baptiste de porter bien haut son martyre et de crier à tous les descendants qui voulaient l'entendre que ses os rompus lui seraient comptés en paradis, vous ne perdez rien pour attendre. Et Jean-Baptiste Allain, en caressant ses plaies, jeta un regard de mépris sur cette bande de mécréants, les Le-Blanc et tous les autres, qui sortaient des branches latérales des défenseurs de la foi et qui n'avaient point participé comme les Allain à la Saint-Bartholémy.

... La quoi ?

Il allait la chercher loin son histoire, le Jean-Baptiste, jusqu'au bourg perdu de Saint-Bartholémy des vieux pays, t'as qu'à ouère ! Et Bélonie en ricana un bon coup.

Hi !...

Mais l'heure n'était pas au rire, Jeanne Aucoin le laissa entendre clairement. Car pour mal faire :

— Fallit que ça seyit la plus grousse famille qui passit au feu.

Si fait, les Belliveau étaient, de tous les clans, le plus

nombreux. Dix-sept enfants, sans compter l'aïeule et les trois brus. Et des directs, aucun n'avait péri dans le Grand Dérangement, comme par miracle. Fallait pas flancher à la porte du pays. Jeanne Aucoin parla à Charles à Charles, Bélonie à sa charrette, Pélagie à son capitaine en mer. Et tous les absents firent une seule réponse : « Partagez-vous les affligés. »

Et le lendemain, l'on procéda au dénombrement.

Jeanne Aucoin se juche sur un tonneau et commence la criée :

— L'aïeule, l'aïeule en premier, qui veut prendre dans son charreton la pauvre Anne-Marie Françoise, veuve de Joseph-Mathurin Belliveau, jadis de la Rivière-aux-canards, Anne-Marie-Françoise qui n'a plus que sa peau tordue autour des ous et ses grains de chapelet tordus autour des doigts, Anne-Marie-Françoise, septante-quatre ans, toutes ses dents, tous ses cheveux...

Elle y met des formes, la Girouère, tout le monde connaît la vieille Françoise par son petit nom, âge et malaises compris. Mais on ne fait pas tous les jours encan, faut point se priver. Et Jeanne Aucoin renchérit :

— Septante-quatre ans de vie chrétienne, bon an, mal an, sans jamais geindre ou se plaindre de son sort.

— Je la prenons !

Les têtes se tournent.

— Aux Cormier, Anne-Marie-Françoise montera dumeshui dans la charrette des Cormier, premiers arrivés, premiers servis.

— Merci.

— De rien. Après l'aïeule, les nourrissons, deux anges du bon Dieu, frais aveindus du ventre maternel, le même jour, une jolie paire de bessons comme on n'en fait plus, à prendre avec leur mère, si c'est pas trop demander...

Une main se lève.

— Aux Landry, merci.

— Aaah !

— Et asteur, qui veut de c'te petit morveux, un gamin sans malice ni méchanceté, un moussaillon qui pourra vous aider, Marguerite Bourg, à décrotter vos roues, vous m'en reparlerez... merci, merci, Marguerite à Pierre à Céleste Bourg...

Et l'on se passe le petit morveux à bout de bras, jusqu'à la charrette de Marguerite à Pierre qui tasse ses propres rejetons un peu plus contre les ridelles.

— Maman !

Puis viennent les jeunes filles en rang d'oignons : Angélique, Marguerite, Rosalie, Isabelle, enjambant le marchepied des Léger ou des Basques qui garrochent pardessus bord les derniers souvenirs d'une autre époque.

Jeanne Aucoin reprend son souffle :

— Henry et Marie-Louise, que Dieu a faits homme et femme, rescapés par deux fois des flambes avec tous les leurs, rassemblés à leur famille après la tourmente...

— Arrêtez !

Les charrettes et les bœufs cessent en même temps de beugler et grincer des roues.

— Arrêtez...

C'est Pélagie qui vient de rejoindre Jeanne Aucoin au pied du tonneau.

L'Acadie entière lève des yeux bleus suppliants sur son chef qui déjà s'empare de la tribune. Elle prend une longue respiration, Pélagie, comme si tout l'air d'Amérique ne parviendrait plus jamais à étancher la soif de ses narines, puis embrassant tous les siens d'un seul tour de tête :

— Nos péres avont vu une fois déjà leurs familles

déchirées et démembrées. Eh ben, c'était une fois de trop. Certaines d'icelles erront encore à l'étrange, se cherchant les uns les autres, et Dieu sait quand elles seront raccommodées. Ce que les barbares nous avont fait, sans le consentement de Dieu, j'allons point le faire aux autres. Henry et Marie-Louise, ragornez encore une fois les vôtres, et venez-vous-en dans ma charrette. Ça sera point dit chez nos descendants que j'avons nous autres mêmes démembré la seule famille que le roi d'Angleterre a épargnée... même sans le faire exprès.

Et elle redescend de la tribune en se drapant dans sa cape comme un consul romain dans sa toge.

Ce jour-là, on l'aurait eu couronnée de lauriers, la Pélagie, si on avait été en saison.

Trois jours plus tard, la caravane repartait vers le nord, un peu plus à l'étroit dans les charrettes, un peu plus lourde sur ses trente-six roues, mais en chantant grâce à Dieu de n'avoir perdu aucun fils du pays dans l'escarmouche.

Là-bas, en mer, la nouvelle de la bataille de Boston s'engouffra dans les voiles de la *Grand' Goule,* chavira sur le pont et atteignit Broussard dit Beausoleil en plein cœur.

— Cap au nord-noroît, cria-t-il à son équipage. Tous les hommes à leur poste.

Il était hors de lui, le Robin des Mers, prêt à foncer sur Boston et mettre la ville à sac, prêt à faire subir le supplice de la planche à tout Bostonais coupable d'avoir levé la main sur son peuple, sur les siens, sur Pélagie la bien-aimée.

... Pas de quartier pour les sans-cœur qui s'attaquent à des sans-pays.

Les vents et les marins eurent fort à faire pour calmer
le capitaine plus furieux que les lames et plus fort à lui
seul que son équipage au grand complet. Plus complet
qu'à l'ordinaire, même, plus complet que jamais auparavant, oui, Bélonie...

Une jeune recrue s'approcha avec aplomb du maître
après Dieu. Beausoleil l'avait repêché en mer, le
mousse, ou dans les îles, d'autres prétendent qu'on
l'aurait presque arraché à la gueule du monstre marin
qui sillonne depuis des millénaires les océans. Une
seule chose sûre : il parlait français dans l'accent du
pays.

— J'ai grand' envie de retrouver mon monde, qu'il
dit à Beausoleil, sans calouettement des yeux et sans
chatouilles dans la voix.

Le capitaine regarda son mousse et se déraidit les
mâchoires, petit à petit.

— Ton monde, c'est point beaucoup de monde, qu'il
lui répondit, mais c'est point une raison pour t'en priver.

Puis à tout l'équipage :

— Franc nord, qu'il hucha ; le premier qui apercevra
les quatre bœufs attelés aux charrettes aura double ration de pain durant trois jours.

Le franc nord ne devait pas suivre la ligne franche
longtemps, car bientôt la *Grand' Goule* dut piquer vers
l'est pour contourner le Cap Cod, avec sa baie plus longue que la baie Française. Boston se nichait là, au creux
de cette mer, comme une garce endormie. De nouveau
Beausoleil baissa les yeux sur sa nouvelle recrue de
mousse, le rescapé des eaux profondes, le dernier de sa
race qui se cherchait des ascendants, et il avala le flot
de bile qui lui montait à la gorge, le capitaine, et se détourna de Boston. Désormais, il ne songea plus qu'à

rattraper les charrettes pour panser les blessures des affligés. Et qui sait, tenter une dernière fois sa chance ? Ce qu'il aurait donné, le Beausoleil, pour entendre de la bouche de Pélagie, la Pélagie de son malheur, la Pélagie de son espoir, la Pélagie de ses longues nuits en mer, le seul cri qu'il espérait depuis déjà cinq ans.

C'est le cri de la jeune recrue qu'il entendit, du haut de la hune :

— Salem ! le port de Salem est à l'ouest quart suroît ! Mais quand Beausoleil voulut interroger le mousse, il le trouva en transes comme une diseuse ou un possédé du démon.

— Salem ! qu'il s'égosillait comme si Salem l'avait mis au monde.

Heh ! qu'il devait lui-même avouer un jour au fils de son fils, ça lui avait été prédit qu'une ville des côtes du Massachusetts, une ville de la taille de celle-là, une ville aux toits noirs et aux lucarnes closes, lui rendrait plus que la vie. Ça lui avait été prédit par des sorcières qui murmurent dans les vents des marais la nuit. Et c'est le nom de Salem que chantaient les roseaux.

— Plusse que la vie, tu dis ? Quoi c'est qu'y a de plusse que la vie d'un homme ?

— C'telle-là de sa lignée, qu'il fit, le mousse.

Et le capitaine Broussard dit Beausoleil mit le cap à l'ouest quart suroît, à pleines voiles.

XIV

Les marais de Salem étaient inondés.

— Ça passe point! que cria Charles, jumeau de Jacques, fils de Pélagie.

Mais son frère Jacques continuait de fouetter les bœufs.

On avait vu pire et passé déjà dans des marais plus bourbeux. En Géorgie, le long de la Savannah, puis dans les Caroline et en Virginie, allons, poussez!

— En Virginie et dans les Caroline, j'étions moins de monde; et chaque roue de charrette avait encore ses douze raies. Ça passe point, que je dis.

C'était la première fois que Pélagie voyait ses bessons de fils en désaccord et tirer chacun de son bord. Mauvais signe. Et elle sentit craquer les moyeux sous le poids.

— Que tout le monde descende, hormis l'aïeule et les nourrissons. J'allais essayer de passer à travers champs.

... Que les hommes portent les enfants sur leurs épaules, et les jeunesses poussent et halent, et les femmes lèvent leurs cottes et leurs cotillons au-dessus des genoux, allez! hue! et hue! et hue!

— Ça passe point.

Ça ne passait plus, fallait admettre ce qui est et ne pas s'obstiner. Pélagie s'épongea la nuque et la gorge. La mer s'étendait là, juste au-delà, au-delà de ce marais inondé par le plus dur printemps du siècle. On n'en finissait plus de s'arracher à l'hiver pourri qui continuait de givrer les bourgeons et fendiller les jeunes pousses d'avril. On n'en finissait plus de sortir de la malédiction.

— Quoi c'est que les cris ?

... Les vents, Pélagie, les vents de marais. Le cœur de la bise, là où le nordet s'entortille dans le suroît. Les marais se lamentent sous les vents d'avril, tu le sais, Pélagie.

— Les vents ? Alors pourquoi la Catoune s'agite-t-elle comme ça, la face au ciel ? Ça geint au loin, par-delà les buttereaux, j'entends.

... La houle du large qui s'écrase sur les cailloux des côtes, c'est tout. La mer est forte à la mouvange des glaces qui dévalent du nord.

— Arrêtez ! J'entends les hurlements des sorcières qu'on brûle au bûcher et le geint des naufragés ballottés par l'écume. Arrêtez !

... Non, Pélagie, faut point prendre les voix du large et des marais pour des sorcières qu'on pend au gibet. Les vents d'un siècle ont lavé Salem ; Catoune n'entend que la mer et le nordet.

— Calme-toi, Catoune, lui dit Pélagie, c'est rien que le cri des goélands qui suivent au large les bâtiments.

Et l'on fouetta les Hussards qui enfonçaient dans la bourbe leurs pattes d'en avant.

Alban à Charles à Charles rejoignit Pélagie.

— M'est avis...

Pélagie l'avisa. Mais il reprit :

— ... M'est avis que je devrions virer de bord et essayer une petite affaire plus au nord-ouest.

Pélagie jeta un œil à la mer au-delà des marais et des buttereaux.

— Le nord-ouest nous éloigne fortement de la route, qu'elle fit.

La route? Mais quelle route? Depuis Boston, on avait à peu près laissé la bride aux bœufs qui se flairaient un chemin comme ils pouvaient dans des ornières labourées par la fonte des neiges. Ça fait que la route...

— Si je pouvons atteindre la mer, là j'en aurons une route. J'aurons rien qu'à nous guider sur les côtes qui mènent tout droit au nord.

Alban à Charles à Charles s'attendrit.

— C'est vrai, mais faudrait peut-être espérer une petite affaire d'avoir dépassé les marais pour point prendre de chance.

— Nous éloigner des côtes?

— Comme c'est là, je risquons de nous éloigner de nos propres vies; je pressens que...

Il n'eut pas le temps d'exprimer tout son pressentiment, Alban Girouard, que la réalité leur sauta à tous deux à la figure comme une promesse accomplie.

Meuh...

Les bœufs! Les bœufs calent, s'enfoncent, beuglent à s'en égosiller, entraînant la charrette de tête, celle de Pélagie, dans la terre mouvante.

— Sauvez les nourrissons! Et la vieille Françoise!

— Aveindez-les de la charrette!

Mon Dieu, mon Dieu, arrêtez la terre de bouger comme ça, retenez les roues de s'enfoncer, pour l'amour, mon Dieu, bloquez les roues!

Durant ce temps-là, en mer, un jeune mousse du haut de la hune criait à son capitaine:

— Les charrettes! les charrettes! là-bas dans les marais, à moins d'une lieue des côtes!

Beausoleil grimpa dans la hune comme un écureuil, le dos arrondi et les genoux aux coudes. C'était bien vrai, il pouvait compter les charrettes et les bêtes, cinq bœufs, un âne, une mule... Le mousse, dernière recrue de la *Grand' Goule,* recevrait sa double ration de pain durant trois jours.

Le quartier-maître avait l'oreille fine, il fut le premier à entendre les cris.

— Ecoutez, il se passe des choses étranges, là-bas.

— T'as la bise dans les ouïes, second, ou quelqu'un nous appelle à la fête.

— Quelqu'un nous appelle, si fait, mais point pour la fête, capitaine.

— Ferlez ! Vite !

Et la *Grand' Goule* ferla ses voiles sur les vergues, manœuvra entre les barques, et accosta au port de Salem comme un bâtiment de secours.

C'est Catoune la première qui aperçoit la goélette, ou entend sa vache marine, ou sent l'odeur saline du pays. Elle s'accroche aux jupes de Pélagie et la traîne jusqu'à la colline, au faîte du monticule de pierres des champs.

— Dieu soit loué ! que soupire Pélagie qui n'a pas cessé d'invoquer le ciel de toute la matinée.

Déjà on voit approcher les hommes de mer dans leurs bottes de sept lieues, les larges épaules ramant sur les nuées qui flottent au ras des roseaux.

— Hou-ouh !

— Ohé !

— Dépêchez-vous ! A nous !

Les marins rament des deux bras dans la mince couche de brume que le vent déjà disperse. Puis à mesure qu'ils approchent des charrettes :

— Grand Dieu !

Pélagie se fait un cornet de ses mains et crie à Beausoleil de ne pas aborder la charrette franc sud-est, que la
bourbe est trop molle.

— Faites le tour, le tour par le nord !

Beausoleil mesure les cinq cents pieds qui le séparent
de Pélagie et n'a pas envie de faire le tour. Il s'avance,
il cale mais il s'avance. Et soudain rendu à portée de
voix :

— Je rapporte des vieux pays un présent à l'un
d'entre vous !

Un présent des vieux pays ? A qui ?

Et plantant ses poings sous les aisselles de son plus
jeune mousse, il le soulève de terre et le montre aux
charrettes éberluées :

— Il a nom Bélonie, fils de Thaddée, fils de Bélonie,
sauvé des eaux !

Le ciel lui-même a dû ce jour-là enregistrer le cri du
capitaine Beausoleil-Broussard, puis le renvoyer re-
bondir à la tête de Bélonie-le-Vieux qui le reçut comme
un coup de pied au ventre. Si jamais un homme depuis
le début des temps a éprouvé l'ombre d'une douleur de
l'enfantement, c'est le Bélonie de la charrette. A cent
ans, ou presque, il venait de mettre au monde sa lignée.

Et Pélagie eut le temps de voir une larme filer le long
de la joue droite du vieux, la joue droite de la chance et
du bonheur de vie. Elle eut tout juste le temps de suivre
la larme jusqu'à la barbe, car au même instant une clameur s'élevait au-dessus du marais.

— Les bœufs !

Les deux Hussards, que Charles et Coco s'ingéniaient
depuis le matin à distraire et à calmer ; grouillez pas les
bœufs, grouillez pas surtout, j'allons vous aveindre de
là... les pauvres bêtes, n'en pouvant plus de se retenir et
de s'empêcher de caler, lâchent soudain la bride et

prennent le mors aux dents. Leurs pattes flottent et ne touchent plus le fond, le fond solide, tout bouge en dessous, la terre elle-même s'enfonce, avec les bœufs.

— Pas le géant! laissez point le géant approcher de la charrette, il est trop pesant!

Non, P'tite Goule, n'y va pas. Tu ne ferais que t'embourber, et embourber les bœufs et la charrette. N'approche pas, P'tite Goule.

— Vas-y, Pierre à Pitre, tu flotteras, toi.

— Non! hurla la boiteuse, vous l'envoyez à sa perdition, sans-cœur!

Pierre à Pitre revient. Puis tout à coup, il renifle, clignote des deux yeux, puis disparaît dans un chariot. Il en sort aussitôt, le col enroulé d'un long câble. Et là, en moins de temps que Célina ne peut le suivre, il grimpe sur les épaules du géant, lui amarre un bout de câble autour du front, et lance l'autre bout qui s'en va se nouer comme par magie sur les cornes de l'un des Hussards.

— Aaah!

— Où c'est qu'il a vu faire ça?

Personne n'a jamais vu faire ça. Pas encore. Ç'allait prendre un siècle avant que les cow-boys d'Amérique inventent le lasso. Pierre à Pitre avait du génie. Et avant de s'enhardir sur la corde raide, il s'adonne à une couple de cabrioles sur la tête du géant pour se déraidir les muscles et détendre les nerfs de son public.

— Comme du temps que j'étais fou du roi, qu'il s'écrie en posant le pied sur le câble. Le pied gauche le premier et je fais un souhait.

— Souhaite de point te casser l'échine, fou du roi.

... Fou du roi? quel roi?

Et pendant que les Basques rigolent, que Célina plonge dans la vie passée de son héros, et que tous les

autres tiennent leur souffle, les pieds du Fou avancent,
l'un après l'autre, vers la charrette.

— Prends garde !

— Seigneur Jésus, ayez pitié !

Il va, il revient. Et de l'un.

— Bonne Marie, mère de Dieu...

Il retourne, et revient. Et de l'autre.

— Jésus, mort sur la croix...

Pierre le Fou vient d'arracher à la charrette en perdition les deux nourrissons des Belliveau. Restent la mère
et Anne-Marie-Françoise. Mais là, le Fou n'est plus de
taille.

— Tranquillisez les bœufs, ils sont rendus au ventre !

Les hommes de mer entre-temps ont réussi à contourner la mare mouvante et s'amènent, enfin !

— Beausoleil !

Mais l'heure n'est pas aux effusions. L'aïeule et
l'une des brus des Belliveau sont prisonnières dans la
charrette. Pélagie dit ça à son capitaine comme un jour
une mère avait dit à son fils à Cana que la noce
manquait de vin. Et le capitaine, d'un seul coup
d'œil, mesure la longueur et la profondeur de la mare
de boue.

Pélagie l'avise et ne respire plus.

— Reculez tous et grouillez plus. Même si je crie,
approchez point.

Faites ce qu'il dit. Sur la terre ferme comme sur le
pont de son navire, le capitaine Broussard dit Beausoleil est maître après Dieu. Et tout le monde recule et ne
bouge plus,

— Le diable, passez-moi le diable.

Le diable ?...

— Le cric, Jean-Baptiste, le cric. Avec quoi veux-tu
qu'il soulève la charrette !

Et Alban passe le diable à Beausoleil qui l'engaine comme une épée à sa ceinture.

— Asteur, les hommes, faisez une chaîne et apportez-moi des pierres plates, l'une à la fois.

On fait une chaîne entre le monticule et Beausoleil et l'on passe des pierres plates, l'une à la fois.

— Quoi c'est qu'il va faire, le capitaine ?

Il s'en fait un chemin sur la bourbe glissante et avance doucement, sur ses genoux, vers la charrette en péril.

— Prends garde à toi, Beausoleil-Broussard ! que lui crie Pélagie comme c'est coutume au pays de souhaiter bon voyage.

Et Beausoleil-Broussard, sans bouger le reste du corps, tourne lentement la tête vers Pélagie et son sourire illumine tout l'horizon. Puis il serre les dents : les sacredieu de pierres tiendront, t'en fais pas, Pélagie, devrait-il les faire flotter comme des planches sur les eaux. S'est-il souvenu, le marin, de son enfance en bordure d'océan, où des matinées durant il faisait bondir sur l'eau des cailloux plats ?

... Elles tiendront, les sacredieu, elles tiendront.

Elles tiennent. Et Beausoleil rampe sur ses genoux, le nez et l'œil d'un chat-cervier.

Pélagie cherche dans le cercle le visage de Catoune. Elle est là, la sauvage, le sourcil tranquille et le front sans pli. Et Pélagie respire.

— Grouillez point, Anne-Marie-Françoise ! Quelqu'un s'en vient vous qu'ri' !

— Ragornez des pierres plus minces, les mousses, plus minces et plus larges.

— Il va s'enfoncer !

— Faisez ce qu'il vous dit !

Et l'on ragorne des pierres de plus en plus larges et de plus en plus minces.

... Plus rien qu'une couple d'aunes, Beausoleil, tenez le coup. Figurez-vous marcher sur les glaces en mer, vers le pont de la *Grand' Goule* qui se ballotte au creux des lames. Plus rien qu'une ou deux brasses, Beausoleil.

— Il arrive !

Il s'agrippe aux raies, aux ridelles, il noue autour de son cou les bras et les jambes de la bru...

— La vieïlle, Beausoleil, la vieille en premier !

... Non, la bru, d'abord le lait des nourrissons.

— Laissez-le faire, c'est lui qui commande.

... Et comme il est allé, il revient, la jeune femme à son cou, à quatre pattes sur les pierres incrustées dans la glaise.

— Dieu soit loué !

— Sacré Beausoleil !

— Merci.

Il reste Anne-Marie-Françoise. Bougez point, personne. Pélagie encore une fois se retourne vers Catoune. Elle est impassible. Ou quasiment. A peine un frisson qui lui a frôlé une paupière. Mais déjà le vaillant est à genoux. Il avance comme la première fois. Un peu plus vite et hardiment. N'exagère pas, Beausoleil, doucement. Les pierres bougent. Parfois il s'arrête pour tâter le sol autour, puis il reprend, rampe de plus en plus bas, s'efforçant d'équilibrer son poids. Il atteint la charrette et s'accroche au seul rayon de roue encore visible au-dessus de la bourbe. La roue aussitôt s'enfonce et disparaît.

— Ah !... ah !...

François à Philippe se fait une corne de ses mains :

— La pioche ! la pioche dans la charrette !

Beausoleil avise la pioche coincée entre deux pieux de la ridelle, et dégage ses bras de la glaise.

— Il l'a !

Agrippé à son manche de pioche, il parle vite mais bas :

— Venez, grand-mère, venez, dépêchez-vous. Enroulez-vous sur mes épaules.

De ses grands yeux ahuris, Anne-Marie-Françoise fixe cet inconnu tout noir et reste collée au fond de la charrette. Ses doigts s'acharnent sur les grains de son chapelet pendant qu'elle marmonne des Salue, Marie... Salue, Marie... Salue, Marie...

De là-bas, on huche :

— Anne-Marie-Françoise ! Grand-mère ! C'est le capitaine Beausoleil, l'un des nôtres... qui vient vous qu'ri !

Anne-Marie-Françoise tend l'oreille, ouvre grandes les narines, puis fronce toute la figure autour de ce noir forban qui se débat dans la bouette.

— Anne-Marie-Françoise ! C'est un Broussard de Beausoleil, Beausoleil en Acadie !

... Qui sont ces gueulards ? Qu'est-ce qu'on lui veut ? Qu'est-ce qui arrive ?

— Revenez-vous-en, Beausoleil !

— Empoignez-la de force !

De force ? Il lui en reste juste assez pour s'empêcher de couler à pic dans cette boue mouvante qui cherche à l'aspirer comme un gouffre béant... Faut point que la vieille se cabre trop longtemps... faut point...

— Françoise... Françoise, pour l'amour de Dieu...
...

— ... pour l'amour de vos enfants...

... Ses enfants ? Mathurin et Marguerite ?... Qui s'en vient lui ramener ses enfants ?

Elle penche le torse sur Beausoleil et s'informe :

— Vous avez connu Marguerite ? Les Anglais l'avont emmenée avec trois de ses enfants, petit Pierre... Joseph... et... je sais plus...

— Venez, Françoise.

— Et Mathurin ? Vous l'auriez point aperçu au large du Cap-de-Sable ? Il est point rentré. On dit qu'il a péri en mer. Vous l'auriez point vu ?

— ... Oui... sûrement... Il avait une médaille au cou, Mathurin ?

Anne-Marie-Françoise s'approche du matelot qui a des nouvelles de son garçon... la médaille de son garçon... Et Beausoleil l'attrape juste comme elle va glisser par-dessus bord.

— Il était en haute mer, loin au-delà des îles... qu'il lui raconte en s'efforçant de garder la tête au-dessus de la boue... chez les baleines dans le Grand Nord...

La vieille se laisse ainsi emporter, couchée à plat ventre sur le dos de Beausoleil qui lui conte son fils en rampant sur les pierres mouvantes.

Quand enfin les matelots et les charretiers soulèvent à bout de bras ce couple embourbé, Célina s'exclame qu'on pourrait le prendre pour Adam et Eve que Dieu arracha au premier jour du limon de la terre.

Puis tous en même temps sautent sur la vieille et le héros et les lèchent comme des chiens pour leur laver la peau. On glousse, on caresse, on minatte, on parle tous ensemble à s'en engotter les mots dans le gosier... C'est pour dire ! Des roches plates, asteur ! Qui c'est qui l'aurait cru ! Avec une vieile pendue au râteau de l'échine ! Tout le monde est sauvé.

— Avec un Bélonie en plusse !

Un Bélonie sorti des limbes, propre descendant du radoteux, Bélonie à Thaddée à Bélonie... D'où c'est qu'il sort ? Pas de Belle-Isle-en-Mer ? Quoi c'est qu'il faisait là ? De la place, arrêtez de pousser et faisez-lui de la place.

Pélagie sent dans son cou la respiration de Catoune.

Elle se retourne brusquement et scrute ses yeux qui avisent les bêtes, calées jusqu'aux flancs. Il reste en péril la charrette et les bœufs... Non, Catoune, on ne peut plus rien, tais-toi... Les bœufs et la charrette... Non, Catoune. Et elle veut prendre dans ses mains la tête affolée de Catoune, quand elle sent son propre visage emprisonné dans les larges paumes du capitaine qui dit, ses yeux dans les siens :

— Il reste à sauver le bateau.

Elle n'a pas le temps de s'agripper à lui, de lui barrer la route, il a déjà sauté sur la première pierre et s'élance comme un cheval au galop. Il ne rampe plus, Beausoleil-Broussard, il court, il vole d'une pierre à l'autre, ses bottes frôlant à peine le sol mouvant.

Bélonie-le-Vieux qui de toute la matinée n'a détaché les yeux du rejeton que le ciel, comme une plaisanterie, lui a garroché dans les bras, se distrait un instant de son héritier et ouvre la bouche devant ce chevreuil qui fonce là-bas sur l'ennemi sans crainte du danger... Trois fois c'est trop, capitaine, faut point tenter le Destin. Faut point tenter la Mort qui a en poche les trois dés, l'as de pique et le sept de carreau.

Jeanne Aucoin se serre contre la Bourgeoise qui agrippe le bras de la boiteuse. Et les Allain à leur insu s'approchent des Landry et des Bastarache. Les clans se pressent les uns contre les autres, enterrant leurs coffres, leurs violons et leurs crucifix. On ne voit plus qu'une charrette attachée à une paire de bœufs barbotant dans une mare de boue et qu'approche dangereusement un intrépide capitaine.

... Dangereusement, oui, Beausoleil-Broussard, reviens, ne sois point trop courageux.

Mais l'intrépide a puisé son courage dans les prunelles sans fond de la femme de sa vie et il vole au bout du monde. D'autres avant lui ont plongé dans les eaux ténébreuses pour une bague, une chanson de son pays le raconte. Il ne fera pas moins que les vaillants chevaliers des chansons, Beausoleil, pas moins.

Là-bas, dans les siècles à venir, les Bélonie de père en fils n'en finiront plus de raboter et polir cet épisode de la chronique qu'on a appelé le combat des charrettes. Car nul n'est dupe au pays, c'est la Mort en personne qui est entrée en lice ce jour-là et qui a tiré l'épée contre la Vie. Si quelqu'un le sait de certitude, c'est bien celui qui porte le sang des Bélonie.

Beausoleil s'est rendu à la charrette, volant au-dessus des pierres enfoncées dans la vase. Il s'y est rendu et s'y est accroché. Quel plan avait-il en tête ? Comment comptait-il arracher de ses bras un char et deux bœufs qui ne touchaient plus le fond ? On le vit quasiment nager dans la glaise, trois fois faire le tour de la charrette comme s'il cherchait un appui à son diable de cric. Mais que pouvait un cric dans cet océan ?

Pélagie entend maintenant le souffle de la Catoune qui se confond aux gémissements du vent. Encore une fois, le cri des sorcières s'arrache aux roseaux de Salem.

Vououou... vououou... !

Pélagie enfonce ses griffes dans les épaules de Catoune. Arrête ! grouille pas ! arrête de t'agiter !

Catoune n'entend ni les supplications de Pélagie, ni les cris des charrettes, elle n'a plus d'oreilles, plus d'yeux, rien que des pores béants par tout le corps, des pores qui engloutissent les ondes qui flottent entre terre et ciel.

— Aaaah !

De toutes les gorges est sorti ce ah ! Beausoleil a glissé. Il est coincé entre la charrette et les bœufs. Il se débat... Il s'agrippe... retombe... Non, P'tite Goule, n'approche pas !... Arrêtez-le !

— Laissez-le faire surface... attendez !

... Mon Dieu, prenez pitié !

Il remonte, cherche à détacher les brancards... caresse la croupe des bœufs... ayez pitié de nous, doux Jésus... soulève un brancard, l'appuie à la ridelle... fouille la boue pour trouver l'autre...

— Hiiii !

C'est le cri de Bélonie, le premier cri de Bélonie-le-Vieux depuis le jour fatal du Grand Dérangement où il avait perdu tous les siens en une seule lampée des eaux. Depuis, il n'avait eu que de faibles geints ou un clignement de l'œil à l'endroit du destin. S'il était encore en vie, à quasiment cent ans, c'était pour rentrer sa charrette au pays et rendre leur âme à ses rejetons. Quant à lui, le Vieux, il les avait rejoints depuis long-temps.

... Mais aujourd'hui, aujourd'hui, ma garce, y a du nouveau, qu'il dit en avisant de tous ses yeux et toute son âme le petit pont de bois, là-bas, au-dessus du ruisseau. Un pont de bois, bombé, étroit, qui résonne d'un bruit sourd que seul entend Bélonie.

La charrette de la Mort.

Pélagie avise le Vieux et comprend. Elle est là, la Faucheuse, elle ne pouvait pas rater une telle occasion. Elle qui durant vingt ans s'est nourrie de la graine du pays, voilà qu'elle s'en vient humer l'épi, les racines enfoncées dans le limon entre terre et eau. Elle ne dit pas un mot à Bélonie cette fois, Pélagie-la-Charrette, elle l'avise, ses yeux vivants plantés dans des yeux d'outre-tombe.

— C'est la troisième fois qu'il cale, Beausoleil!

Le groupe se serre contre le géant à l'écraser.

Bélonie continue de fixer le pont de bois.

Soudain le géant s'ébroue. Il semble bien que c'est lui qui conçut l'idée. Ou peut-être François à Philippe Basque qui le premier s'est jeté à plat ventre dans la vase. Les hommes ont vite compris. Et chacun, marchant sur le corps de l'autre, s'aplatit à son tour de tout son long sur la bourbe. Des pavés humains, s'il vous plaît, des corps vivants pour paver un chemin au géant. Et le géant, tout nu, sautant d'un dos à l'autre comme un draveur sur les billots, s'élance vers la charrette.

Bélonie avise toujours le pont de bois.

Les femmes, debout, serrent les enfants dans leurs jupes et parlent à leurs morts... Charles à Charles, vous avez eu bon cœur dans votre vie, hein, Charles à Charles?... Souviens-toi de ton garçon et de tes filles, mon beau jars de Charles-Auguste.

Catoune à l'écart chante la mélopée du vent, mêlant sa voix incantatoire à celle des sorcières qui, petit à petit, se laissent apprivoiser.

Seule Pélagie se tait.

Soudain elle voit partir Bélonie. Il s'éloigne, contourne le monticule de pierres plates, se dirige tout droit vers le pont. Bélonie... Bélonie, que faites-vous?

Il entre en lice, comme les autres, t'en fais pas, Pélagie. C'est à son tour. Tous les hommes, jeunes ou vieux, se débattent là-bas avec la vase mouvante, et les femmes invoquent le ciel, et Catoune exorcise les démons maléfiques, et la P'tite Goule, seul face à la charrette et à son capitaine, les enserre l'un et l'autre dans ses bras gigantesques et les tient au-dessus de l'eau. Ses pieds de géant toucheront-ils le roc, enfin?

Bélonie-le-Vieux a atteint le petit pont, s'y engage,

s'arrête, étend les bras droit devant lui. Il sourit, ricane
presque.

— Asteur à nous deux. Ça passe point.

Elle est là, bien vivante, noire, sans portières, tirée
par ses six chevaux. Bélonie-le-Vieux reçoit en pleine
face le grincement de ses roues et le sifflement du fouet
qui fend l'air. Elle a déjà abordé le pont, et en fait craquer le bois des travées. Puis elle s'arrête, il entend le
geint des essieux. Elle lui semble hésiter, comme éton-
née.

... Toi, Bélonie ? Le fidèle Bélonie ?

— Pas cestuy-là, qu'il dit.

... Tout le monde est mortel, le Vieux, même celui-là.

— Pas aujourd'hui.

... Je ne distingue pas aujourd'hui d'hier ni de demain, je suis hors du temps.

— Faut faire une petite exception pour lui qui a une
mission.

... Tous les hommes ont une mission. La sienne est
faite.

— Pas achevée encore, il lui reste du monde à rentrer
au pays.

... Il lui fallait se hâter, on ne retarde pas son heure.

— Une toute petite heure, une toute petite tranche de
vie, par pitié.

... Pitié ? Comment tu dis ?

— C'est vrai, tu connais pas, mon défunt père m'en
avait prévenu. Ni cœur ni raison, qu'il avait dit, méfie-
toi.

... Ton père était un sage. Très peu de gens me con-
naissent bien.

— Faut dire que tu joues pas toujours franc jeu ; c'est
malaisé de t'approcher sans y laisser sa peau.

... Hé, hé, hé ! ...

— Tu prends donc plaisir à ta méchanceté ? Tu as jamais une seule fois essayé d'être bonne ?

... Bonne ?...

— Tu connais pas ça non plus, ça sert à rien. Il me reste plus rien qu'une carte.

— ... Laquelle ?

— Le coquinage. Je m'en vas te prendre de biais.

... Essaye, pour voir.

— C'est déjà fait.

... Comment... ?

— Hi !

...?

— Hi ! hi !... T'as trop perdu de temps à placoter avec moi, vieille garce. Durant ce temps-là, le Beausoleil t'a filé entre les roues. Regarde là-bas dans la mare, elle a la tête au-dessus de l'eau, ta victime, c'est la P'tite Goule qui la soutient. Même toi, j'ai réussi à te distraire une seconde, une petite seconde, c'est tout ce que ça prend pour se glisser entre le temps et l'éternité... hi, hi !

La charrette, apparence, en aurait eu calouetté.

Pélagie contemple la scène de loin. Elle distingue fort bien le Bélonie, les bras tendus et les reins cambrés, comme s'il arc-boutait l'horizon. Elle devine le reste... Tiens bon, Bélonie, qu'elle lui huche de toute son âme, toi seul y parviendras. Lâche pas, Bélonie.

Les chroniqueurs du dernier siècle ont juré que Pélagie n'avait pas bougé durant toute la scène, qu'elle se tenait droite comme un peuplier, la tête au vent. Elle n'aurait pas crié, ni prié, ni montré le poing au ciel comme on l'a prétendu. Personne ne l'a vue se jeter à genoux et se lamenter, ce n'est pas vrai. Personne ne l'a entendue hucher des injures aux saints, ni les supplier pour l'amour de Dieu.

— Et alors, son cri ?

— Elle a dit un seul mot, un seul. Mais c'tuy-là, apparence, aurait eu fait peur à quelqu'un qui se tenait pas loin.

Le seul mot de Pélagie aurait, en effet, effrayé la charrette qui tentait de toutes ses forces de se venger de Bélonie.

— Ma vie ! qu'on entendit monter des marais de Salem et rouler sur les roseaux jusqu'au pont de bois.

La charrette a dû l'entendre car elle a grincé de toutes ses pentures et tous ses essieux. Deux fois en un jour on s'en venait impudemment lui barrer la route ? Qui osait ?

— Hi ! ...

Bélonie continuait à la narguer de sa splendide grinche et de son œil en coin. Elle en bavait, la chipie, mais lui ne lâchait pas.

— T'as raté ton heure pour une fois. Tu la rattraperas plus. Tant pis. T'as point le temps asteur de te rendre au trou de vase avant que les hommes ayant arraché le Beausoleil de la bourbe et aveindu sa tête de l'eau. Trop tard. Et t'auras perdu.

... Tu ne me parlais pas sur ce ton hier et avant-hier, le radoteux ; tu avais bien besoin de moi pour ramener les tiens au pays.

— Hier et avant-hier, ce n'est pas aujourd'hui. Entre les deux, la vie m'a rendu un héritier qui a surgi des eaux. Tu m'avais leurré, vieille chipie, t'avais point emporté toute ma lignée dans ta charrette. Ça fait qu'asteur, bâsis, j'ai plus besoin de toi.

... Et si mes roues te passaient sur le corps, par accident ?

— La lignée est assurée sans moi, dumeshui, gêne-toi point.

... C'est tout le trouble que tu en ressens ?

— Voyons, vaurienne, as-tu oublié que je vais sus mes cent ans ?

... Tu me le payeras un jour, fanfaron, tiens-toi paré.

Et Bélonie entend les quatre roues se dérouler, les sabots des juments s'enfarger dans les brancards, et la charrette, la seule au monde qui n'a jamais de sa mort marché à reculons, se cogner bêtement aux couronnements du petit pont qui en rit de surprise. On raconte même que le vieux Bélonie, en donnant un grand coup de pied au museau des juments, leur aurait pété à la face. Une pareille corrida avec la Mort, après tout, valait bien une vie. Il se tiendrait paré.

Au même instant, on entendit une clameur nouvelle monter des charrettes :

— Beausoleil est sauf !

Le géant, comme un colosse de l'île de Pâques, ramenait à bout de bras son capitaine et une moitié de la charrette. Car durant tout le temps du combat avec la Mort, le Beausoleil n'avait pas lâché les ridelles, pas renoncé au trophée qu'il ramènerait à Pélagie au péril de sa vie. Et c'est au moment où la P'tite Goule l'a compris, qu'il a donné son dernier effort : sauver la charrette avec son maître.

Les pieds du géant avaient dû atteindre le roc, car on le vit s'arc-bouter et pomper comme un cric vivant. La boue avait chuinté, pété des bulles, aspiré tout l'air du ciel, puis lâché : le descendant des géants venait de lui arracher sa double proie. Et les hommes ramenèrent à la chaîne et en triomphe le capitaine et la charrette aux pieds de Pélagie.

Ce fut le plus grand moment de sa vie, à l'héroïne d'Acadie. Pour la première fois, sa charrette avait vaincu l'autre. Désormais, on pouvait lever la tête et regarder le Nord en face.

— Le Nord est au nord, Bélonie.

Hi !... ah oui ? Il n'en savait, mon Dieu, plus rien. De toute manière, il regarderait fixe devant lui à l'avenir, il ne retournerait plus jamais la tête pour voir... pour s'assurer qu'elle suivait, la bougresse de garce.

Hi !...

Dans le combat, on n'avait perdu que les bœufs, les Hussards qu'on acheva à même leur tombe de bourbe, par pitié. Les sorcières se lamentèrent toute la nuit dans le vent des marais de Salem. Mais au petit matin, le soleil sauta à l'horizon et fit sonner le ciel comme un gong.

XV

On prit le reste du printemps pour rebâtir une charrette sur les vestiges de la première et rendre à Pélagie son logis primitif. Rendre un logis aux Belliveau aussi en leur construisant une charrette flambant neuve. La terre et la mer avaient uni les bras des charretiers et des matelots dans une corvée comme l'Acadie n'en avait pas connu depuis le pays. J'ai du grain de mil, et j'ai du grain de paille, et j'ai de l'oranger, j'ai du tri, j'ai du tricoli...

A la fin de juin, on put de nouveau tourner les yeux vers le nord. On était à la porte, à la porte du pays, Bélonie, faut tenir. Plus rien que l'Etat du Maine à franchir, un tout petit Etat. L'Acadie se cachait juste au-delà, juste au-delà. Faut tenir, Bélonie.

Bélonie tenait, tenait même très bien, de quoi vous inquiétez-vous? Jamais il n'avait été aussi loquace et radoteux, comme s'il avait résolu de passer à sa descendance tout son savoir dans un seul souffle. On pouvait le voir des heures durant prendre à l'écart son petit-fils, deuxième du nom, et lui rendre la mémoire goutte à goutte. Et le deuxième du nom ouvrait de grands yeux de disciple qui gobe tout, le cru et le cuit, l'ancien et le nouveau, le vrai et le... restant. Son aïeul lui pétrissait la mémoire et l'imagination comme une boulangère sa pâte à pain. Et le rejeton chaque jour sortait du buisson la bouche plus grande ouverte et les yeux plus ahuris.

— Il va le rendre fou, que se plaignit un matin l'une des Jeanne.

Pas Célina. Célina n'avait plus de temps à perdre dans ce genre d'observations. Depuis l'accident du printemps, elle avait dû refaire son plein d'herbages, d'une part, et refaire, d'autre part, la peau et les chairs meurtries de ses hommes. Car tout le monde et pas seul le capitaine Broussard était sorti le corps en loques des marais de Salem. Tous avaient pataugé dans la vase mouvante et prêté le dos aux pieds du géant.

— Tout le monde s'est fait passer sus le corps, que risqua dans une grinche toute neuve le radoteux comme s'il savait de quoi il parlait, celui-là.

— Hormis les vieux centenaires, que s'en vint ajouter la Célina qui s'arrachait à ses flasques pour ne pas se priver d'une si belle occasion d'ajouter son grain de sel.

Un grain de sel de trop, que pensa Pélagie en levant un sourcil sur la boiteuse qui comprit qu'on lui cachait des choses. Et la boiteuse en boitilla de dépit le reste de la journée.

— Si c'est rendu qu'on se fait entre soi des cachotteries, autant s'ouvrir un autre coffre pour les garder au secret.

— Autant... hi !

On pouvait repartir vers le nord, aspirer un grand souffle puis entreprendre la dernière étape. Cette fois, plus de rendez-vous de la mer et de la terre ferme avant Grand-Pré. On prendrait à travers champs et bois.

Beausoleil-Broussard tenta sans conviction, en ce dernier jour, de fléchir Pélagie. Il était sûr qu'elle ne

partirait pas avec lui. Il le savait à son regard, à ses silences, à un sentiment nouveau qui se dégageait d'elle,
une sorte de tranquillité d'âme. Elle caressait chaque
matin sa charrette et les seuls bœufs qui lui restaient,
son couple de Brigadiers solides et obstinés. Et elle
avait le sourire triomphant du coursier du roi qui rapporte une victoire au pays. A Charleston et à
Philadelphie, Beausoleil avait eu pour rivale l'Acadie ;
à Salem, il comprit qu'il affrontait la charrette.

... Pourtant, tes fils ont grandi, Pélagie, et j'ons marié
ta fille.

...!

... Et puis tous ces hommes qui ont pris du poil de la
bête durant le long trajet.

...?

... Même les femmes, Pélagie, les Jeanne, Célina, la
pie d'Agnès Dugas, les Marguerite, les Marie... C'est
point assez pour guider les bœufs ?

Pélagie posa une main sur l'avant-bras de Beausoleil,
et de l'autre caressa le bois rugueux de sa charrette.
Huit ans, déjà ? C'était coutume en Acadie d'apporter
en dot une charrette à son homme, la charrette, signe de
pérennité. La preuve, hein ? Elle s'était drôlement bien
défendue dans la bourbe, la petite bougresse, et n'y
avait pas laissé plus de planches que les hommes de
plumes. Elle s'était drôlement bien défendue.

— C'est peut-être le temps de la passer à votre fille
Madeleine qui saura en prendre grand soin.

... Elle s'était si bien défendue, que même embourbée
jusqu'aux moyeux, elle continuait d'éclater au soleil et
de chanter dans le vent.

— D'autres itou s'avont défendus, que dit presque
entre les dents Beausoleil-Broussard.

Pélagie se réveilla.

Il était là, son capitaine, son chevalier, son héros, l'homme qui avait par trois fois risqué sa vie pour elle, qui avait calé dans la vase mouvante pour la troisième fois qui est toujours la dernière, pour elle, pour les siens, et à la fin pour sa charrette. C'est lui à la fin qui l'avait sauvée, sa charrette, lui qui s'était agrippé aux ridelles, à la vie, à la mort.

Et elle se serra contre lui, se berça la tête au creux de ses épaules en murmurant des gloussements et des mots qu'il n'entendait pas... Il avait risqué sa vie pour elle qui en échange avait offert la sienne. Leur double vie en otage l'un pour l'autre. Plus rien n'effacerait ça dans le ciel. La charrette à jamais en serait le gage.

Prochaine étape, Grand-Pré. Et la goélette disparut à l'horizon, sans adieux, sans déchirements, mais en répondant de la vache marine aux refrains des charrettes.

Je lui plumerai la queue
... Et la queue !
Et le dos
... Et le dos !
Et la tête
... Et la tête !
Et le cul
... Et le cul !
Et le bec
... Alouette !
Et merde au roi d'Angleterre !
... Qui nous a tous déclaré la guerre !
— Huhau !
— Ohé !

— Après la pluie le beau temps ! que s'exclama

Jeanne Aucoin en pinçant le gras de la cuisse de son homme.

Un été de beau temps comme on en avait rarement vu et qui mit les brigadiers et toute la caravane en liesse. Une caravane qui arracha encore des déportés agrippés aux collines du Massachusetts, des Breau, des Comeau, des Hébert, des LeBlanc, encore ceux-là, des Pellerin, Melanson, d'Entremont... les Mius d'Entremont ? On n'est point regardant, montez... toutes des branches éparses, cassées au tronc, et que les quatre vents avaient emportées aux quatre coins du continent.

Le Maine ! Le Maine enfin, dernière étape. Un Etat aux frontières mal définies, controversées. Où finit le Maine et où commence l'Acadie ?

— L'Acadie ? Connais pas.

Et Pélagie comprit que son pays serait à refaire.

— A reprendre, acre par acre.

Mais les autres ne sourcillèrent même pas à la sombre perspective d'avoir à reconquérir leur propre devant-de-porte. L'automne était trop beau, les jaunes et rouges des forêts du Maine se fondant sans frontières dans les ocres des bois d'Acadie. Comment départager ça ? Où se dresse l'arbre mitoyen entre l'ocre-rouge et le rouge-feu ? Aucun de ces exilés qui revenaient au pays n'aurait su par quelle claie entrer ni à quel moment précis il venait de passer une frontière. La mer houleuse, en automne, les forêts éclatantes de la palette complète des jaunes aux rouge-flamme, les vents chantants et chauds des terres, l'odeur et le crissement des feuilles mortes sous les pieds, elle se blottissait quelque part là-dedans, l'Acadie, tous les fils des fils du pays la reconnaîtraient.

— L'homme change, mais point la nature. La Rivière-aux-Canards, elle, sera encore là.

— Mais rien vous dit que le roi George y mène point boire sa jument.

— Pourvu qu'il l'y mène point chier.

— François à Philippe, ta langue !

— Ha, ha !

... Les rivières seront encore là, et les vallées, et la baie Française que d'aucuns appellent déjà la baie de Fundy. On leur changera leurs noms aux terres et aux eaux du pays, et ça risque de changer la couleur du temps.

— Le temps est au beau, arrêtez de vous plaindre. Encore un souffle et je sons rendus.

Autour de la Toussaint, le ciel s'assombrit, oh ! fort peu, le temps de fleurir ses morts et de songer à engranger des citrouilles et des glands au fond des chariots. Puis le doux temps resurgit et plongea tête première dans l'été indien. Huit jours de sursis, huit jours de pied de nez à l'hiver... ha, ha ! tu m'attraperas pas ! Tu ne m'auras pas !... Attention, les enfants, présumez de rien, l'hiver viendra avec ses roulis de neige et ses onglées aux doigts.

Mais en attendant, c'est le vent doux de l'été des sauvages, et je fais la nique au frimas.

— Et merde au roi d'Angleterre !

Un matin, les charrettes s'éveillèrent aux cris des oiseaux migrateurs en formation vers le sud.

— L'autoune est fini, que fit Célina, la défricheteuse des familles et du temps. Aveindez vos lainages et vos pelleteries, j'avons passé la Saint-Martin.

Et l'on fouilla dans le tas de hardes et de nippes pour y dénicher des vêtements chauds.

— Plus je montons au nord, et plus les hivers seront durs, qu'avertit Pélagie. C'te année, je crois bien que je devrons camper durant quelques mois.

Le chef du clan des Bastarache s'en vint, inquiet,
s'émoyer :

— Tu veux pas dire figer là ?

— Point figer, non, mais reprendre souffle en laissant
passer le mauvais temps. J'avons point de raquettes
pour tout le monde. J'en avons point pour les bœufs,
surtout. Vous chausseriez, vous, des raquettes aux sabots fourchus des bœufs ? L'Acadie, c'est point une
Caroline, François à Philippe Basque.

Point une Caroline, nenni, point la Virginie ni même
Boston. On peut toujours lever le menton au-dessus des
inondations, des pluies torrentielles, des tornades et ou-
ragans ; mais allez en charrette à bœufs foncer dans une
tempête de neige !

— Faut point mettre nos enfants dans le péri', ni nos
vieux dans le besoin. Faut point.

Bélonie leva la tête.

Depuis des mois qu'il initiait en secret son petit-fils à
son métier de chroniqueur du pays, il en avait négligé
les charrettes et oublié de conter. Les charrettes en cet
automne avaient dû se rabattre sur Pierre à Pitre qui
contait pour conter et parlait pour ne rien dire. Les histoires de Pierre à Pitre étaient de pures inventions, tout
le monde le savait, et on ne les écoutait que pour se divertir. Les contes de Bélonie, c'était autre chose.

Et au dernier jour d'automne qui louchait déjà vers
l'hiver, Bélonie s'assit au fond de la charrette rapistolée
de Pélagie et se dérouilla la gorge jusqu'à rassembler à
peu près tout le monde autour des roues.

— Venez, venez tous, le radoteux va conter.

Et l'on venait de chez les Cormier, les Landry, les
Belliveau, les Babineau, les Bourgeois, de tous les clans
en route vers le nord. Bélonie-le-Vieux allait conter. Il
entrait déjà en transes, il regardait déjà fixe au-dessus

des têtes, et déjà il demandait à son auditoire permission de commencer.

Au début, on crut qu'il allait reprendre l'histoire de la baleine blanche où il l'avait laissée au sortir des prisons de Charleston, une histoire aux multiples variantes et aux infinies ramifications. Car déjà il murmurait les noms connus de cachalot blanc et autres monstres marins. En réalité, il cherchait sa voie et se faisait tranquillement la dent. On s'aperçut très tôt que la baleine tournait à l'ogre et l'ogre à la Dame géante de la Nuit. Où il l'avait dénichée, celle-là? Le répertoire de Bélonie était inépuisable, vous devriez pourtant le savoir. S'il n'avait jamais sorti plus tôt de sa besace sa Géante, c'est qu'il la gardait pour les grands jours. Un conte pas comme les autres.

Ecoutez-le et taisez-vous.

... C'est l'histoire vraie d'un de ses aïeux, l'un des premiers de la race, qui vivait avant la tour de Babel, du temps que tous les hommes parlaient la même langue. Le héros, qui n'était point un méchant homme mais qui portait le nom de Tit-Jean Quatorze à cause des quatorze tours qu'il avait déjà joués à son père, décida un jour de prendre femme.

— Enfin, que chacun se dit, voilà qui va l'assagir et nous laisser la paix.

— Marie-toi, que fit son père, le plus tôt sera le mieux.

Et notre jeune homme s'en fut demander la main de la femme de son choix.

— Quoi c'est que tu veux comme présent de noces? qu'il fait.

— Une barque, qu'elle répond.

— Une barque? qu'il dit, c'est tout?

La fiancée voulait entrer dans le mariage par la mer,

c'était son droit. Ça fait que notre héros s'en fut lui quérir une barque.

Il se rendit donc chez le charpentier pour lui commander une grande nef en bois de merise, calfatée à la résine de pin, pontée, arrimée, gréée pour des noces, prête à prendre le large et voguer jusqu'au fin bord de la terre. Et le charpentier lui répondit que pour réussir une pareille embarcation, il lui manquait les trois mots magiques.

— Les trois mots magiques ? que fait le jeune homme, surpris.

— Il manque pour achever la barque trois paroles que seul un sorcier peut t'aider à trouver.

Et Tit-Jean Quatorze, sans peur et sans reproche, s'en fut chez le sorcier.

C'était un sorcier solitaire, habitant une caverne profonde, et qui sortait rarement au soleil. Il était si grand et si immobile qu'un arbre lui poussait sur l'épaule et que les oiseaux s'en venaient y faire leurs nids. Ceci amusa fort Quatorze qui n'était point encore assagi et qui se mit à lancer des pierres pour dénicher les œufs des nids, comme du temps qu'il était gamin.

Le sorcier sourcille sans rien dire et attend que notre bonhomme Tit-Jean lui fasse sa demande.

— Je suis à la quête de trois mots magiques, qu'il dit, pour achever une barque pour entrer en mariage et commencer ma vie.

Le sorcier l'avise et dit d'une voix qui a tout l'air de sortir d'un caveau :

— Jusqu'où veux-tu que ta barque te conduise ?

— Au bout du temps, que dit Quatorze en riant et pirouettant sur ses deux pieds.

— Bien, que fait le sorcier géant. Je t'indiquerai donc le chemin de l'aller à la quête des paroles magiques ;

quant au chemin du retour, tu devras te débrouiller pour le trouver tout seul.

— Je me débrouillerai, que fait le jeune vaillant et hardi, je me débrouillerai.

Et le sorcier lui montre la route pour atteindre sa lointaine aïeule qu'on nomme la Dame géante de la Nuit.

La géante dormait, couchée dans un pré immense. Elle était si grande, que Tit-Jean Quatorze dut marcher durant trois jours et trois nuits pour lui mesurer la taille.

Au bout de trois jours, il l'interpelle :

— Grande Dame de la Nuit ! qu'il huche, c'est moi, Tit-Jean, ton arrière-arrière-petit-fils. Je viens en quête des trois mots qu'il manque à ma barque pour entreprendre la route de ma nouvelle vie. Viens à mon secours, Géante de la Nuit.

La géante dort et ne bouge point. Mais Quatorze aperçoit au niveau de la tête l'apparence de deux montagnes qui ont l'air de se mouvoir. Il s'approche et découvre que ces montagnes sont les mâchoires de la géante qui ronfle, la bouche ouverte.

— Eh bien, qu'il se dit, voilà ma chance. Ses trois mots, elle les cache sûrement là-dedans.

Et il lui grimpe sur le menton pour jeter un coup d'œil à ses dents de la taille des rochers.

Soudain il entend chanter au-dessus de sa tête ; ce sont des oiseaux qui le regardent et qui semblent lui dire :

« Vas-y, Tit-Jean, vas-y ! »

— Pourquoi pas ? qu'il se dit.

Et il pénètre, sans retourner la tête, dans la gueule de la Dame géante de la Nuit.

Il fouille toute la bouche, entre les dents, sous la langue, au fond du gosier ; les trois mots n'y sont pas.

— Les paroles doivent se loger plus loin, qu'il se dit en devenant de plus en plus sage et de plus en plus courageux, je poursuivrai ma route.

Et prudemment, posant un pied à la fois sur les parois de la gorge, il s'avance et finit par se laisser glisser le long de l'œsophage.

Et là, il reste ébloui. L'intérieur de la géante est si grand, si étendu, qu'on y cultive ses champs et y plante ses choux. Quatorze s'en frotte les yeux. Il aperçoit des poumons gros comme des cheminées de maçoune, et un estomac profond comme un puits, et des tripes longues comme des tunnels souterrains. Il se figure avoir les pieds à l'embouchure des entrailles de la terre et il décide de s'y aventurer. Il se fabrique un radeau avec des restes de racines d'arbres qui pourrissent dans l'estomac et vogue d'un bout à l'autre de l'intestin, en se tenant le nez et en rendant la gorge à chaque coude de cette rivière stagnante et puante. Pouah !

Enfin, il arrive au bout. Mais au moment où il veut mettre pied à terre, il voit s'ouvrir devant lui la gueule enflammée d'un dragon, l'un de ces monstres comme le monde en produisait avant que les hommes n'apprennent à labourer les champs et planter les graines dans la terre. Notre Tit-Jean tremble, mais ne recule pas. C'est alors qu'il se souvient du couteau de poche que lui a donné son père pour ses douze ans.

— Je n'ai rien à perdre, qu'il se dit.

Et il sort son couteau.

Le dragon grince des dents et crache des flammes flambant neuves. Quatorze serre son couteau entre ses doigts. Et au moment où le monstre dresse la tête pour foncer sur lui, le jeune héros aperçoit une tache blanche sous sa gorge, un petit endroit pas plus grand qu'une feuille de tilleul où la peau est toute nue et sans écailles.

Tit-Jean prend son souffle et donne un grand coup de couteau, en plein cœur du dragon.

Ouf!... ce n'était pas trop tôt.

Le sang gicle. Et Quatorze est tout étonné de voir couler à ses pieds un ruisseau de perles et de diamants. Ce dragon n'était nul autre que celui-là même qui depuis le début du monde gardait au fond de son ventre, qui était au fond du ventre de la Dame géante de la Nuit, le fameux trésor que les hommes cherchent depuis le commencement des temps.

Mais Tit-Jean Quatorze n'a d'idée que pour ses trois paroles magiques qu'il voit soudain danser entre les pierres précieuses. Parmi toutes ces richesses, il n'hésite pas, il s'empare des trois mots et les enfouit dans sa poche.

Puis il reprend sa route à rebours : la grosse tripe, la petite tripe, le foie, l'estomac, l'œsophage qu'il remonte en s'agrippant aux parois humides, le gorgoton, la gorge, l'arc de la luette, le palais garni d'une double colonnade... deux énormes rangées de dents plantées comme des colosses de calcaire blanc. Alors il se souvient des paroles du sorcier : « Je t'indiquerai le chemin de l'aller ; quant au retour, tu te débrouilleras tout seul. »

Il serre dans sa poche ses trois mots, les trois mots qui achèveront de construire sa barque qui le mènera à sa bien-aimée qui l'accompagnera au bout de la vie, la vie qui ne finit pas.

Hélas ! la vie finit toujours et personne encore n'est revenu du grand voyage. Surtout que Tit-Jean Quatorze, qui se croyait immortel, ignorait qu'il était vulnérable depuis son baptême par rapport que par erreur on lui avait mis trois grains de poivre sur la langue au lieu de sel.

Ça fait qu'en voulant passer les dents et s'aveindre de
la gueule de la Dame géante de la Nuit, Quatorze sortit
les pieds en premier... ce qui fit rire les oiseaux qui,
guettant son retour, lui aperçurent le fondement. Le rire
des oiseaux réveilla la géante qui ferma la bouche de
surprise et coupa le héros en deux.

— Aaaah ! que firent toutes les charrettes qui
s'étaient prises d'affection pour le brave Tit-Jean.

— Fallit-i' à tout drès que ça finisse de même ?
Hi !... Puis Bélonie se concentra comme s'il allait de
nouveau entrer en transes et il largua, sans regarder personne :

— Soyez tranquilles ; avec la moitié du corps, et sa
meilleure moitié, le Quatorze était encore assez en vie
pour lui bailler du fil à retordre à son aïeule de Géante
de la Nuit... du fil à retordre long comme une éternité.
C'est moi qui vous le prédis.

Et chacun a juré par la suite qu'il avait vu de ses
yeux vu le Bélonie se retourner comme s'il cherchait sa
charrette, y montrer le poing comme si la bougresse
s'était trop approchée. Apparence que les oiseaux eux-
mêmes ont dû sentir quelque chose, puisqu'ils se seraient tous envolés dans un chahut de diable à quatre.
Célina était prête à faire serment.

— Le vent s'est bougrement rafraîchi, que nota
Pélagie, soudain, abriez-vous avant la timbée du serein.

Elle errait à droite et à gauche, Pélagie, comme une
chatte qui cherche où déposer sa portée. La nuit était
fort avancée et le Vieux n'était pas rentré dans le cercle
des charrettes. C'était accoutumance chez lui de s'en
aller faire un petit tour de forêt avant de dormir, d'aller
parler aux bêtes, nourrir les oiseaux, ou consulter la

mousse ou l'écorce des bouleaux blancs sur le temps qu'il fera demain. Et toutes les charrettes, affairées à rentrer dans leur première nuit d'hiver, en oublièrent Bélonie le radoteux.

Hormis Pélagie.

Elle finit par secouer Alban à Charles à Charles, puis François à Philippe Basque, puis les Cormier, les Landry, ses fils. Célina s'amena d'elle-même en maugréant qu'elle avait le pesant et faisait de mauvais rêves. A la fin, tout le monde se leva, jusqu'à la petite Virginie. Et l'on se mit à fouiller les buissons, le creux des rochers, le sous-bois.

— C'est le loup ?

— Nenni.

— Alors quoi c'est que j'entends ?

— ...

— Comment s'appelont les vents du nord dans ce pays ?

— Peut-être des chiens qui braillont à la lune ?

— Peut-être bien...

Ni le loup, ni les chiens, ni le vent. Un bruit étrange et lointain qui venait du ventre de la forêt.

Célina voulut distraire tout le monde et dit n'importe quoi :

— Si le Bélonie était là, je dirais que c'est lui qui parle encore à sa charrette.

Pélagie avisa drôlement Célina, puis s'enfonça le menton dans la gorge.

On chercha le restant de la nuit et les trois jours qui suivirent. Puis Pélagie se fit une raison.

— Il nous a déjà avertis maintes fois de point s'inquiéter pour lui, qu'il avait bien de la famille et de la parente cachées partout.

Bélonie-le-Vieux avait toujours eu le dernier mot,

inutile de s'obstiner. La meilleure façon de l'avoir cette fois, c'était de partir. Pour sûr qu'il suivrait.

Chaque chroniqueur depuis a fourni sa variante sur la fin de Bélonie le conteux. Certains ont parlé de bêtes sauvages, d'autres de criques profondes dans la vallée. Mais la lignée des Bélonie n'a jamais voulu démordre de son idée fixe. En cette nuit de novembre 1778, on n'entendit ni les loups, ni les chiens mais le grincement d'une charrette au loin. Bélonie est allé au-devant, en homme courtois et bien élevé, en homme fier surtout, et qui aurait le dernier mot. Il n'allait pas attendre que la charrette s'amène et le ramasse dans sa fournée ; il y grimpa tout vivant et héla lui-même les six chevaux.

— C'est son huhau ! qui résonnait dans la nuit, point les loups.

La preuve, c'est que jamais en deux siècles on n'a retrouvé dans toute la ligne acadienne d'Amérique, qui va de la Louisiane à la Gaspésie, la moindre petite croix de bois où l'on aurait du lire :

Ci-gît Bélonie, fils de Jacques,
fils d'Antoine Maillet : 1680-1778.

Mais la vraie preuve, ce sont les charrettes qui la cueillirent durant tout cet hiver, leur premier hiver de campement dans les bois. Il était présent partout, le Bélonie : aux côtés des Arsenault, grands chasseurs d'ours et d'orignaux qui fournissaient les bâches de peau pour couvrir les charrettes et dresser les tentes, hi !... aux côtés des Cormier qui tendaient des collets à lièvres et remplissaient à ras bord les écuelles des affamés, hi !... aux côtés des Girouard qui pêchaient sous la glace les éperlans et les poulamons des chenaux, hi !...

aux côtés des Belliveau et des Babineau, les bûcherons qui traînaient sur la neige les billots de bois de chauffage, hi!... aux côtés des Landry, habiles artisans fabricants de raquettes avec des lanières de cuir de chevreuil, hi!... dans le grincement des pentures du coffre des Bourgeois, dans les prières et litanies et lamentations des Allain, dans le rire des bombardes et des cuillères des Basques, les gigueux... hi! hi! hi! partout! La nature était envahie du Bélonie. Son clin d'œil, sa grinche, son trottinement de souris, son petit rire qui se moquait des hommes et des dieux, sa complicité avec une charrette qu'il s'obstinait à traîner dans les rouins de l'autre, ce siècle de Bélonie était inscrit partout.

Et ce fut un hiver où, malgré la neige, le froid et le soudain dégel des glaces en plein février, l'Acadie campée à la porte du pays n'enterra pas un seul enfant.

Merci, Bélonie.

Hi!...

XVI

Durant tout un hiver et tout un été, l'ombre de Bélonie-le-Vieux a plané au-dessus des charrettes. Au point
que les Allain en oubliaient quasiment leurs *ora pro
nobis* et s'adressaient au défunt dans leurs litanies... dé-
livrez-nous du mal, Bélonie ; que Célina en négligeait
de consulter la fourrure des écureuils et la hauteur des
nids de guêpes sur le temps qu'il ferait et interrogeait
directement le radoteux sans faire de manières ; que les
Bourgeois, je vous le dis, les Bourgeois faisaient des
choses insoupçonnées ; que les Basques, oh ! les Basques passèrent l'année à fabriquer des instruments de
musique dans les branches et les roseaux et à composer
mille complaintes à la mémoire du barde centenaire :

> Ecoutez tous, petits et grands,
> L'histoire d'un aïeul de cent ans
> Qui vit une vie sans descendants.
> Car tous les siens périrent au large
> En un seul jour, un jour d'orage,
> Qui emporta dans le naufrage
> La goélette et son chargement.
> Pleurez-les tous, petits et grands.
> Mais un jour neuf, un beau printemps,

Parut une voile à l'horizon.
C'est la *Grand' Goule*, beau bâtiment,
Qui ramène un homme au rivage,
Un moussaillon, jeune en son âge,
Plein de vaillance et de courage.
Et Bélonie était son nom.
Réjouissez-vous, petits et grands.

L'automne qui suivit ce printemps,
L'aïeul qui avait fait son temps
Dans l'exil et la déportation,
Bâsit sans laisser d' message.
Mais depuis lors après l'orage
On entend hi ! dans les nuages
Et l'on voit bicler les goélands.
Chantez sa gloire, petits et grands.

On était aux portes du pays, on serait à la Grand'
Prée avant l'hiver. Et tam-di-di, tam-di-di'... elle en tapait du pied, la boiteuse.

Pélagie n'avait pas fait de nombreuses erreurs de cal-
cul, en dix ans de retour, il faut lui pardonner celle-là.
La rigueur des hivers acadiens s'était estompée dans sa
mémoire durant ses quinze ans de Géorgie. Et pour
comble, l'hiver précédant le dernier avait été si doux
qu'on l'avait pris pour compte, imprudemment. Il faut
comprendre et donner aux charrettes toutes les excuses :
quand l'hiver 1779-80 s'abattit sur elles au début de
novembre, prématuré de quarante jours, sautant l'été
des sauvages et la Saint-Martin, elles virent s'ouvrir
devant elles, sans préambule et sans ménagement, la
gueule du cheval de Troie.

Comme un monstre, la tempête s'écrasa sur l'Acadie
en marche, au lendemain de la Toussaint... Tu exagères,
Bélonie, le jour des Morts, t'as qu'a ouère ! On n'avait

pas eu le temps d'achever sa provision de noisettes et
de glands, de saler son gibier et ses herbes, de sécher le
hareng, d'embourrer les pommes et d'enterrer les patates dans les caveaux creusés à la pioche. On n'avait pas
eu le temps d'envelopper les enfants d'Acadie dans la
laine et la fourrure des bêtes, Bélonie. Et les enfants
d'Acadie en prirent un dur coup.

On pouvait les voir s'agripper aux loques de leurs
mères ; baisser le front devant le fouet du vent qui leur
cravachait la figure ; courber l'échine jusqu'à marcher
en diagonale entre ciel et terre ; ouvrir grande la bouche
pour aspirer l'air qui filtrait à peine entre la neige. On
pouvait les voir à la fois éblouis et atterrés devant cet
inconnu : l'hiver du Nord.

On eut tout juste le temps de prendre abri sous les
charrettes, attachant les bâches aux ridelles et aux
roues, et creusant des trous dans la terre qui, surprise en
plein novembre, n'avait pas eu le temps de geler. Pélagie elle-même n'en croyait pas ses yeux. Elle s'était
figuré qu'après la première neige viendrait le doux
temps, le temps de se construire un campement d'hiver.
Mais cette saison n'avait pas suivi son cours normal et
avait déjoué ses prévisions. Sa plus grande prévision :
celle d'atteindre sa Grand' Prée avant les froids.

— Je suis sûre pourtant que j'y sons quasiment.

Quasiment ou presque quasiment. Mais un quasiment
fait toute la différence quand il tombe en hiver.

La neige fouettait si dru, si dense, qu'on se creusait
des tunnels à même les monticules sans toucher la terre.
Puis on y forçait les bêtes pour se réchauffer à leur
souffle et leur suée. Les bœufs, s'entend, car ni la mule
des Allain ni l'âne des Belliveau n'avaient dans le sang
des ancêtres hérité des hivers du Nord ; et les pauvres
bêtes périrent, transies.

Les hommes chaque jour s'arrachaient à leurs igloos et partaient chasser le rare gibier qui n'hiverne pas entre la Saint-Nicolas et la mi-carême : le lièvre, le madouesse ou porc-épic, le castor, le chevreuil avec beaucoup de chance, et avec beaucoup de risque l'ours qui dort dans un trou d'arbre. Réveiller un ours en janvier, c'est tendre sa fronde à la gueule du canon ; c'est prendre la mer en canot d'écorce ; c'est refuser de prêter le serment d'allégeance au roi d'Angleterre. Les Acadiens avaient l'habitude de tout ça, de l'Angleterre, de la mer, des canons ; ça fait qu'ils délogèrent les ours de leurs trous.

— Ta peau ou la mienne, que chacun ricanait pour empêcher ses mâchoires de trembler.

Quand la Gribouille cherchera à savoir combien des siens y laissèrent leur peau, Bélonie changera de sujet et s'étendra sur les froidures et la neige. C'était son faible au Bélonie, troisième du nom, les tempêtes. Le faible des chroniqueurs du pays en général qui se complaisent à décrire les vents qui sifflent, la poudrerie qui coupe le souffle, la neige qui engloutit les abris, le froid qui gèle la salive avant qu'elle n'atteigne le sol.

— C'est-i' Dieu possible !

— Aussi vrai que je suis là.

— La crache leur gelait dans la goule ?

— A cinquante sous zéro, le crachat que tu craches sonne comme une bille sus la croûte.

Pire que ça.

— Quoi encore ?

— Le Jean à Maxime à Maxime, propre descendant du François à Philippe, fait serment que l'an dernier en février il a vu de ses yeux vu monter un glaçon droit devant lui.

— ...?

— Il avait pissé à cinquante-cinq sous zéro.

— Tu m'en diras tant !

Tant et plus. Leurs pères l'avaient vécu, enfouis dans les bois, errant comme des martres entre les arbres, couverts de peaux d'ours et chaussés de bottes taillées à même les jarrets des orignaux, des bottes sauvages ou canisteaux, en langue du pays.

— L'hiver a des griffes et des dents comme les bêtes des forêts, que dit mon cousin Louis.

Cela ne l'empêcha point de se taire sur les bêtes, lui aussi, comme ses aïeux Louis-le-Drôle et Bélonie-le-Jeune. Ils se sont tous tus sur la cruauté des bêtes, ces chroniqueurs trop tendres en dépit de leurs grands airs. C'est ainsi que ni moi, ni Pélagie-la-Gribouille, ni même Pélagie-la-Charrette, première du nom, n'aurons jamais connu le nombre des victimes de l'ours ou du loup-cervier en forêt. Quand un trappeur ou un bûcheron ne rentrait pas, ses compagnons parlaient de dégel soudain des glaces ou de tempête en tourbillon.

Mais la bête le payait cher, consolez-en les veuves. Pour un homme des bois qui ne rentrait plus, combien de peaux d'ours de plus de deux aunes transpercées d'une seule balle. Une seule balle, si fait ! Les nouveaux maîtres avaient prohibé le port d'armes chez les Acadiens de la Déportation, on ne tirait pas au hasard.

... Ne point éveiller l'ours qui dort.

— Ça fait qu'i' cachiont leurs fusils et racontiont des histoires.

Et la voilà l'origine de ce vaste répertoire de contes d'ours, puisé à même le fonds des contes d'animaux, mais diverti et adapté. Car il était plus prudent à un Acadien de la sombre époque de raconter, les yeux fermés, au gouverneur anglais qu'il avait abattu un ours à coups de fourchette, que de lui avouer qu'il possédait une arme à feu.

... Après quoi les gouverneurs anglais croyaient les Acadiens capables de tout et barricadaient leurs femmes et leurs enfants.

— Ta peau ou la mienne !

Et les chasseurs et trappeurs d'Acadie réussirent à arracher du plus dur hiver de leur histoire quasiment tout leur monde... Quasiment, mais pas tous. On perdit des nouveau-nés, quelques vieux, dont Anne-Marie-Françoise réchappée un peu plus tôt du bourbier de Salem. De toute manière, comme disait Célina, elle y avait laissé un bon morceau d'entendement dans son marais et passait ses journées à réclamer Beausoleil qui lui ramènerait Marguerite et Mathurin disparus dans le Dérangement.

— Le bon Dieu a été bon de venir la qu' ri'.

Mais un matin, le bon Dieu... taisez-vous, Célina. Un matin, ce fut au tour de la petite Virginie. Elle s'était montrée des plus braves, la fée des charrettes, depuis sa Virginie natale, marchant à dix mois, à deux ans causant à pleines dents, se débarbouillant toute seule dans les ruisseaux, et apprenant avant l'âge de quatre ans à distinguer les bons champignons des vénéneux. A l'âge de raison, elle savait déjà tout faire, Virginie, et sa mère pouvait sans inquiétude mettre d'autres enfants au monde.

Mais ce matin-là, Virginie poussa une fièvre subite et atroce. Les bronches ? la gorge ? les boyaux, comme son frère Frédéric ? Catoune, Célina et Marie Cormière foncèrent en même temps sur Pélagie. On n'allait pas laisser faire ça, pas ça tout de même, les Cormier avaient subi plus que leur part d'épreuves, et ne méritaient pas ça, non, Pélagie.

Pélagie s'ébrouait et cherchait à faire surface. Pas assez qu'elle les avait tous arrachés aux griffes de l'ennemi, elle devait en plus les sauver de la mort? A la fin, que lui réclamait-on?

... Pour qui me prenez-vous? qu'elle leur disait.

Mais ni Célina, ni les Cormier ne voulaient entendre raison. Et Catoune, les yeux ébaubis, s'agrippait aux jupes de Pélagie à s'en déchirer les ongles. La mère Pelage, à bout, prit un grand souffle :

— Allez me qu'ri' le Jean-Baptiste, qu'elle fit.

Et l'on ramena le Jean-Baptiste, boitillant entre la fierté et l'ahurissement de se découvrir soudain tant d'importance. Mais quand il eut compris ce que la Pélagie exigeait de lui, il cessa du coup de se rengorger et prit un air misérable. Il était dévot, c'est vrai, personne ne lui contestait sa piété; mais un miracle, Pélagie... rien de moins qu'un miracle, qu'elle lui demandait... rien de moins que la guérison d'un enfant par la seule imposition des mains et l'attouchement du crucifix. Il a dû en cet instant regretter de l'avoir arraché aux flammes au péril de sa vie, le crucifix de l'église Saint-Charles de la Grand' Prée.

Pélagie insista :

— Tout ce que je vous demandons, Jean-Baptiste, c'est de remplacer le prêtre qui en pareil cas aurait imploré Dieu et Dieu l'aurait exaucé.

Mais le Jean-Baptiste bégaya :

— Je suis point un prêtre... le ciel l'a... l'a point voulu... je crains que... je crains que...

— Je l'aurions demandé à Bélonie s'il avait été là. C'est vous dumeshui le plus âgé.

Pauvre Jean-Baptiste Allain, il bicla sous le coup : on s'adressait à l'aîné et non, au dévot. Et sa gorge s'enfonça encore davantage dans son gosier. Il dut avaler toute la coupe d'humilité ce jour-là, le saint homme. Certains pensent que c'est pour ça que le ciel en eut compassion. Tout ce que l'histoire raconte c'est que la Virginie, sous un flot de larmes et de *libera nos Domine*, se mit peu à peu à bouger les yeux, la tête, les jambes, puis à crier après sa mère. La fièvre s'éteignit d'elle-même et l'enfant sortit de l'ombre comme un champignon de la nuit, en dressant la tête au soleil.

On lui sauta au cou, au thaumaturge, on lui baisa les mains et l'aspergea de gratitude. Apparence qu'il en serait resté tout confus et morfondu, perplexe devant l'événement, ne comprenant point par quel bout la grâce était sortie de lui. Apparence même qu'il en serait resté humble et généreux, le Jean-Baptiste Allain, le restant de ses jours, n'étalant plus ses stigmates, ne produisant plus son crucifix, ne cherchant plus à enfouir tout le ciel au fond de son cœur pour lui tout seul... apparence.

Mais la lignée des conteurs, elle, prétend que c'était le Bélonie. On raconte qu'à l'instant même où la miraculée a ouvert les yeux, un petit hi! serait sorti de sa bouche. Les Bourgeois et les Belliveau l'ont juré.

Quoi qu'il en soit, Virginie était sauvée, et l'on rendit grâce à Dieu. Mais Dieu n'a pas l'habitude de se répéter tous les jours, et le thaumaturge en une fois avait épuisé son charisme. D'autres enfants, frappés aux bronches et à la gorge, ne s'en tirèrent pas.

Ce fut un dur hiver.

Quand on les dénicha de leur hivernement, à la fin de février, blottis au fond des tunnels de glace, figés endessous du plancher des charrettes enterrées sous la neige, ou tapis dans le creux des arbres, on pouvait leur compter les os du râteau de l'échine, à tous.

C'est un Godin qui les déterra, un Godin de la branche de Beauséjour, chasseur, trappeur, coureur de bois à la mode acadienne, c'est-à-dire un éclaireur avant tout. Un Acadien, comme eux, mais resté en ancienne Acadie, caché et traqué durant toutes ces années du Grand Dérangement.

Et Pélagie comprit, en ce début 1780, qu'elle venait de rentrer au pays.

Les yeux des déportés s'agrandirent, cherchèrent à comprendre, leurs doigts rigides d'engelure s'efforçant de palper le visage de cet homme démesuré qui se tenait là, sous la voûte des pins parasols. Il parlait leur langue, et il était vivant, ils étaient tous vivants. Le plus long hiver de leur vie venait de prendre fin, un hiver d'un quart de siècle.

Et Pélagie LeBlanc dite la Charrette, se courbant aux pieds de Pierre Godin dit Beauséjour, pleura des larmes de cent ans.

Un long voyage dans le Sud, eh oui, mais la boucle se refermait. Les déportés et les déserteurs dans les bois se retrouvaient, après une génération, presque au point de départ. Une génération de rescapés. Rescapés de la vie sauvage, rescapés de l'exil, rescapés de l'Histoire.

— C'est le beau Lawrence qui va en avoir des coliques !

— Il a déjà eu sa dernière colique, le beau Lawrence, inquiétez-vous point pour lui. Il l'a même eue à table, apparence, le glouton, en engouffrant une volaille sans la plumer. La vie est mortelle pour tout le monde.

— Hormis pour ceux-là qu'on a voulu tuer plusieurs fois et qui chaque fois avont ressoudu la tête.

L'une après l'autre, les têtes se sont relevées, cherchant la lumière comme des tournesols. Encore une petite gorgée d'air, encore une petite lampée de soleil pour nous réchauffer les os. Donnez-nous le temps de retrouver nos mémoires, de nous déraidir les paupières et de nous huiler l'entendement. Vous verrez que nous aurons du cœur au ventre et de l'invention dans la jarnigoine, donnez-nous le temps.

... Et les Landry, et les Cormier, et les LeBlanc se frottaient à leurs cousins Godin, Godin dit Beauséjour, Godin dit Bellefontaine, Godin dit Godin. Tous descendants d'une ancienne famille de France dont les prétentions remontaient à Godefroy de Bouillon. Des Godin qui auraient pu s'appeler Godfri, Godfrei, Godfrain, Godfrin, ou Godain avant de se fixer chez les Godin d'Acadie : ceux-là mêmes qui s'enfuirent dans les bois à l'heure du Grand Dérangement, qui s'y cachèrent durant la tourmente, et qui rescapèrent les charrettes prêtes à rendre le dernier soupir, englouties sous les neiges du terrible hiver 1780.

Et les deux branches d'Acadie se racontèrent leur double odyssée. On prétend même que c'est là, dans les cabanes de pin équarri des Godin, que le jeune Bélonie, deuxième du nom, aurait fait ses premières armes et aurait éberlué tout le monde. Il savait déjà conter, le néophyte, tenez-vous bien, et raconter comme le radoteux, sans en perdre une ligne, dans l'accent et le style. Il savait même débiter leur propre histoire à tous, celle des charrettes, mieux que les charrettes elles-mêmes, c'est la Célina qui vous le dit, à n'en point croire ses ouïes. Si ç'avait du bon sens asteur ! Où c'est qu'il avait appris tout ça ?

Hi !...

Ah ! non, j'entends point ce que j'entends ! C'est son aïeul tout craché, sans un tic ni un pli en moins. Et dire qu'il l'avait à peine connu, t'as qu'à ouère !

— C'est le sang, que fit Alban à Charles à Charles

qui s'y connaissait sur ce chapitre. Et peut-être des retailles du passé écartées dans le ventre de sa mère.

En échange du conteur Bélonie, les Godin des trois
branches leur offrirent Bonaventure dit Bellefontaine,
fils de Gabriel, fils de Pierre Godin dit Chatillon. Et le
vieux leur raconta des histoires plus sombres que celles
des Bélonie. Des histoires vraies... Comment les soldats
anglais, pour rire, ouvraient les caves des familles en
fuite pour laisser geler ou pourrir leurs réserves de vivres ; comment on leur avait confisqué leurs meubles,
leurs outils, jusqu'à leurs livres de famille pour empêcher les descendants de se retrouver et se reconnaître ;
comment on les avait pris pour cible durant l'exercice
militaire des nouveaux soldats recrutés chez les loyalistes américains.

— Vous dites ?

— Les Bostonais nouvellement arrivés au pays
s'avont réfugiés icitte, le long de la rivière Saint-Jean,
autour de Sainte-Anne. Et pour former ses soldats, au
tir, le colonel...

Pélagie en eut mal au ventre.

— Taisez-vous, Bonaventure Bellefontaine, la page
est tournée. S'il nous reste du souffle, employons-le à
démêler les familles, asteur qu'ils nous avont brûlé nos
livres, et à les rebâtir.

Puis elle se souvint de sa première rencontre avec les
loyalistes, à Boston. Ils allaient donc la suivre jusqu'au
pays, ceux-là ?

— A combien de jours que je sons de la Grand'
Prée ?

Bonaventure avisa Pélagie :

— Grand-Pré ?

— Oui, j'y retornons.

— ... ?

— A combien de jours ?

— A un mois ou deux de marche. Mais... les Anglais sont partout et apparence qu'ils avont point encore pardonné.

Le mot atteignit Pélagie qui se rebiffa sous le coup :

— Pardonné ? qu'elle fit, c'est à ceux-là asteur à pardonner ?

Les Godin baissèrent les yeux et se turent. Et Pélagie comprit que les déserteurs dans les bois en savaient peut-être plus long que les exilés sur la mentalité des nouveaux maîtres des lieux.

— Il est grand temps de bâsir, qu'elle fit. Ça sera pas dit que j'allons point une dernière fois ressoudre la tête de l'eau, ça sera pas dit. Huhau ! les bœufs !

Hélas ! elle avait oublié, la Pélagie, qu'on les avait mangés durant l'hiver, les bœufs qui leur restaient, et qu'on s'était abrité sous leurs peaux. Elle avait oublié que les charrettes avaient perdu des ridelles et des roues, et que son peuple en loques était en lambeaux.

François à Philippe Basque et Alban à Charles à Charles s'avisèrent et ensemble s'approchèrent de Pélagie : ils lui proposaient de refaire le partage des familles dans les charrettes encore en mesure de rouler. Pélagie consentit à tout hormis à se départir de la sienne. Alban continua à argumenter, tandis que le Basque chercha à rafistoler la charrette moribonde... Equarrissez-moi des branches à la hache, et remontez-moi c'te roue, et trouvez-moi une bête aux champs capable de haler.

Le nègre prit le Basque au mot. Trouver une bête d'attelage pour remplacer les bœufs.

— Pour l'amour du ciel ! S'il allait nous ramener la jument du colonel, je serions point sortis du bois.

— Ou la vache du lieutenant-gouverneur.

— Qui c'est qui l'a laissé partir ?

— Ça va nous attirer le malheur, tout ça.

Il revint avec un sauvage.

Il ne réussit jamais à expliquer aux charrettes comment il avait réussi à se faire comprendre de ce Micmac, le nègre ; mais il avait vu juste. En ce printemps de dégel et de giboulée, on avait plus besoin d'un guide pour éviter les marais spongieux que d'une lourde bête pour s'y enfoncer jusqu'aux flancs. Souvenez-vous de Salem. Et le nègre attela la P'tite Goule à la charrette de Pélagie.

On entreprenait la dernière étape, cette fois c'était vrai. Moins d'une centaine de lieues avant le bassin des Mines. Montez, tout le monde, et prenez une grande respiration. Vous mangerez les fraises des bois à la Grand' Prée.

… Les fraises des bois, les pommiers en fleur, la morue fraîche et le hareng fumé… le printemps qu'on lui avait volé, à la Pélagie, vingt-cinq ans auparavant, l'attendait sur les rives de la baie Française. Plus rien que ces cent lieues et elle oublierait, et elle pardonnerait, et elle rebâtirait son logis incendié.

— Hue ! dia ! en route ! Et que j'en pogne point un seul à traîner de la patte.

Mais au moment de mettre elle-même le pas dans la trace des roues, Pélagie sentit ses reins se cabrer et refuser de se détordre.

— Hé ! qu'elle fit, c'est point le temps de jouer à la vieille, Pélagie, ta vie commence.

Et elle donna encore un coup pour se redresser. Sans succès.

Les hommes la grimpèrent de force dans sa charrette sans répondre à ses cris :

— Je peux marcher, je peux marcher !

Alban à Charles à Charles fit signe au géant qui s'ébranla.

Célina cueillit une ramée de plantes anciennes, ce jour-là, ses herbes chéries qui lui étaient restées un quart de siècle dans les narines. Qu'ils viennent maintenant les oripeaux, et les rages de dents, et les inflammations des bronches ou des boyaux ! Célina était en pays de connaissance dans les bois d'Acadie.

... Mais la nuit suivante, elle ne dormit point, cherchant à lire le cri des oiseaux migrateurs qui rentraient un peu tard au pays.

XVII

Elle a entendu le cri des oies sauvages qui rentrent du sud, Pélagie, on pouvait commencer à remuer la terre et jeter ses trappes à l'eau. On pouvait déjà compter les âcres de sol arable, délimiter les champs, se tailler du bois de mélèze pour relever les aboiteaux.

— Grouillez-vous, bande de longis, vous entendez point le cri des outardes? Vous entendez point les criquets et les huit-huit des têtards entre les têtes-de-matelas?

On avait du temps à rattraper, et un long exil à finir, dépêchez-vous. Vous ne voyez pas, là-bas, la Grand' Prée qui brûle?

Jeanne Aucoin et Célina plongèrent encore un coup dans la jeune fougère du printemps. Comment tirer des bois de nouvelles combinaisons médicinales? Mélanger peut-être le petit-violon à la salsepareille, le jus du chèvrefeuille à la chaux vive, la racine de framboise à la racine de gingembre? Faire bouillir l'écorce du bouleau blanc arrachée du haut en bas du bord du soleil levant?

Mais Pélagie était trop loin des herbes et de la médecine des guérisseuses. Son mal avait des racines que les racines de framboisiers ne pouvaient rejoindre. Et de

nouveau, elle fouetta ses hommes comme jadis ses
bœufs.

— Huhau ! qu'elle leur disait. Ouvrez le clayon, je
sons à la barrière du pays. J'avons une histoire à raconter à nos descendants.

Alban à Charles à Charles et François à Philippe à
leur tour s'approchèrent de Pélagie. Fallait se ménager,
épargner ses forces pour la dernière tranche, encore un
mois, Pélagie, on n'est rien qu'en avril, encore un dernier coup d'échine.

… L'échine, c'est de là que venait son mal, comme si
elle avait elle-même traîné une charrette à travers un
continent. Une échine ployée sous le fardeau, cabrée
sous le destin, rongée par en dedans. N'arrêtez pas,
avancez, le pays est tout proche.

Mais l'on dut s'arrêter, malgré elle.

— Si seurement j'avions des queues de cerises !

Des queues de cerises en avril, tu n'y penses pas,
Célina.

Elle n'y pensait pas, non, mais elle le disait, comme
ça, comme l'on dit : Si Paris était dans une bouteille…
Catoune l'entendit et quitta la caravane avant l'aube,
suivie de son géant.

Le couple marcha toute la journée dans les bois ; et le
soir, il atteignit une rivière qui sembla familière à la
P'tite Goule. Une rivière rouille, aux abords de glaise
chatoyante. Mais le soleil était déjà couché et il ne la
reconnut pas. Ce n'est que le lendemain à l'aube qu'il
ouvrit ses yeux géants devant la Petitcodiac, la rivière
de chocolat. Il se dressa de toute sa taille et se mit à rire
des larmes de géant.

— C'est c'telle-là ! C'est c'telle-là !

Et il reniflait comme un cheval en chaleur. Cette rivière était la sienne, celle de son enfance gigantale, les

deux se perdant quelque part dans sa Terre-Rouge de Petitcodiac.

Et la P'tite Goule emporta Catoune sur ses épaules jusqu'à ses caches abandonnées depuis la Déportation. Elles étaient là, intactes, figées comme des tombes antiques, cachant leurs trésors d'herbes et de graines sauvages.

C'est ainsi que deux jours après leur disparition, Catoune et le géant rapportèrent à Célina des queues de cerises séchées durant vingt-cinq ans.

… L'on mettait Paris dans une bouteille !

Après les queues de cerises, l'on essaya les compresses, et les emplâtres, et les frictions, et les bains d'urine, et le collier de gros sel, et les cônes de plantes femelles du houblon, et l'on pela cette fois le bouleau blanc de bas en haut du bord du soleil couchant ; et l'on se préparait à laver Pélagie dans l'eau de source cueillie avant l'aube au matin de Pâques, quand le sauvage s'en vint avertir les charrettes qu'il avait repéré une colonie de Faces-Pâles nouvellement installée au pays et parlant anglais.

— Beaucoup fusils de chasse, qu'il dit. Nous, marcher.

Oui, marcher, c'était aussi l'avis de Madeleine à Pélagie qui avait pris les rênes des mains de sa mère et transmettait sa volonté aux autres. Grand-Pré, se diriger sur Grand-Pré. Ainsi Pélagie, couchée au fond de sa charrette disloquée, reprit la route de retour à travers bois.

Puis un matin, on déboucha dans un trécarré, un champ inondé de rosée où s'en venait boire un soleil effronté et gaillard.

Le printemps ! Presque un été avant son heure. Un

mois de mai qui tentait à lui seul de réparer l'hiver. C'était le temps. Et Jeanne Aucoin souleva la tête de Pélagie pour lui faire humer le parfum des feuilles tendres qui avaient fait éclater les bourgeons durant la nuit.

— Si j'en crois mes yeux, je vois des bouillées de pissenlits.

Quasiment, quasiment des pissenlits déjà, de l'herbe fraîche, en tout cas, et des chatons, et des fleurs de mai. Oui, Pélagie, des fleurs de mai ! je te le jure.

—Tout se redorse à matin, Pélagie, tu vas voir comme y a rien de meilleur pour les reins que la rosée de mai.

... Tu confonds, Jeanne Aucoin, pas la rosée, mais la neige de mai, la neige miraculeuse de mai qui guérit tous les maux.

Qu'importe.

— Tout se redorse, Pélagie, tu vas te redorser aussi.

Se redresser, se redresser, oui. Passe-moi mes sabots, Madeleine, et mon châle... non, l'écharpe de cachemire raflée aux dames de Boston... de Baltimore... Baltimore ; elle avait tant attendu à Baltimore... il ne viendra donc jamais ?... Passe-moi ma coiffe de fin lin, Madeleine... Faut arriver en grande pompe à la Grand' Prée.

— Dépêchez-vous !

Décrottez les enfants, ajustez les bâches aux charrettes, aveindez les dentelles et les soies d'Orient, faut rentrer au pays comme une mariée pour ses noces.

La caravane traversa le champ doré presque en chantant, tirant les charrettes à bras d'hommes, cahotant, boitillant, se dandinant comme une goélette au large, les yeux rivés sur le port.

... Et j'ai du grain de mil, et j'ai du grain de paille, et j'ai de l'oranger, et j'ai du tri, et j'ai du tricoli, et j'ai

des allumettes, et j'ai des ananas, j'ai de beaux... j'ai de
beaux... j'ai de beaux oiseaux.

Pélagie s'est arrachée à sa botte de paille et elle marche, oui, elle marche, le bras enroulé sur un pieu de
ridelle comme autour du mât... Là-bas, en haute mer, il
s'avance, son Beausoleil, il revient vers elle, vers
Grand-Pré. Son long voyage s'achèvera là, dans sa terre
natale, où il la rejoindra, il l'a promis. Elle l'attendra
sous les pommiers en fleur, en ce nouveau printemps de
leur vie. Et cette fois, plus rien ne l'arrachera à lui, elle
a accompli son œuvre, elle a répondu aux vœux des
aïeux. Oui, cette fois...

Sa fille Madeleine, Catoune, Célina, Jeanne Aucoin,
Agnès Dugas, toutes les femmes d'Acadie n'ont d'yeux
que pour ce sourire de bien-aise qui triomphe sur le visage de Pélagie, la Pélagie-la-Charrette qui fait de
toutes ses forces les derniers pas qui la séparent de sa
terre d'origine. Encore un souffle, encore un tout petit
souffle et Grand-Pré sera là, en face de la baie Française qu'on appelle désormais Bay of Fundy.

Quelques jours plus tard, Pierre à Pitre grimpa
jusqu'à la dernière branche d'un chêne solitaire et
hucha :

— La mer !

Enfin !... c'était elle, la baie, la baie où se mirait sur
une rive le Fort Beauséjour, et sur l'autre tout le bassin
des Mines. Pélagie avançait presque d'un pas ferme,
devançant les autres, haletant de toute sa poitrine. Demain, Beauséjour. Les Cormier et les Girouard en
frétillaient ; Jeanne Aucoin s'en serrait le ventre.

— Je ferons en premier la cérémonie d'enterrement à
nos morts, qu'elle dit. Jamais je croirai qu'ils nous ren-
dront point nos morts après vingt-cinq ans.

— Et nos caves pour nous y rebâti', qu'ajouta François à Pierre à Pierre à Pierrot.

Et les champs, et les barques, et les aboiteaux. Ils repartiront de rien, s'il faut, mais ils repartiront chez eux et renoueront le passé à l'avenir.

Déjà les Basques sortaient leurs musiques, l'Acadie tout entière rentrait en chantant... quand le sauvage, parti en éclaireur, revint avec la nouvelle : Beauséjour était occupé, à demeure. De même que tout l'isthme de Chignectou.

Les charrettes, sur le coup, cessèrent de respirer. Pélagie fut la première à reprendre son souffle pour demander :

— Et la Grand' Prée ?

Grand-Pré était désert, brûlé et désert, depuis le jour fatal de septembre 1755. Par superstition, ou par crainte de Dieu, on n'avait pas osé s'y installer, personne. On avait laissé là, abandonné aux goélands et aux herbes sauvages, ce bourg jadis prospère et animé de la rive française.

Comme un cimetière antique...

Comme un berceau à la dérive...

Tous les yeux se détournèrent du sud-sud-ouest, et avisèrent le nord.

Sauf Pélagie.

Elle restait là, comme un sphinx de pierre, murmurant pour elle seule des mots qui s'inscrivaient à mesure dans le ciel... Cette Grand' Prée qui n'était point pour ses enfants ne serait point non plus pour les enfants des autres. Personne n'y ferait son nid, jamais... jamais...

Puis levant la tête et le poing au ciel, elle hucha aux générations à venir :

— Vous y reviendrez en pèlerinage pour y fleurir les tombes de vos aïeux. Je le dis à tous les LeBlanc, les

Bourg, les Bourgeois, les Landry, les Cormier, les Giroué, les Belliveau, les Allain, les Maillet et les fils
d'Acadie qui sont aveindus d'exil dans des charrettes à
bœufs. Je le dis à tous les enfants du pays. Touchez
point à la Grand' Prée, mais gardez-en mémoire au fond
des cœurs et des reins.

Et pour illustrer son dire devant son peuple affaissé
au pied des charrettes, elle arracha son mouchoir de col,
l'ouvrit tout grand au vent, en replia lentement les quatre coins, puis l'enfouit dans la poche de son tablier.

— Je l'emporte au fond de mon devanteau, ma
Grand' Prée, qu'elle articula, personne viendra me
l'arracher une troisième fois.

Et dans sa poche de devanteau, elle enfouit aussi des
mots, des mots anciens aveindus à cru de la goule de
ses pères et qu'elle ne voulait point laisser en hairage à
des gots étrangers ; elle y enfouit des légendes et des
contes merveilleux, horrifiques ou facétieux, comme se
les passait son lignage depuis le début des temps ; elle y
enfouit des croyances et coutumes enfilées à son cou
comme un bijou de famille qu'elle laisserait à son tour
en héritage à ses descendants ; elle enfouit l'histoire de
son peuple commencée deux siècles plus tôt, puis ballottée aux quatre vents, et laissée moribonde dans le
ruisseau... jusqu'au jour où un passant la ramasserait, et
la ravigoterait, et la rentrerait de force au pays ; elle y
enfouit ses pères et ses fils engloutis dans le Dérangement, son fils Jean égaré dans la forêt sauvage de la
Pennsylvanie, et qui seul ne retrouverait peut-être pas le
chemin du retour ; elle y enfouit le capitaine de la
Grand'Goule, son héros, son rêve impossible qui ne
l'atteindrait point sur les rives de la Grand' Prée... Car
tu comprends, Beausoleil, ils nous l'avont pris, notre
Grand' Prée, avec ses pommiers en fleur, et sa morue

fraîche, et ses fraises des bois. Ils nous avont pris nos terres et nos bâtiments. Asteur, il nous faut encore un coup embourrer l'Acadie dans l'étoffé du pays, l'enfouir dans nos coffres, et la faire grimper un peu plus vers le nord... Mais toi, Beausoleil, tu resteras au chaud dans ma poche de devanteau, au creux de mon ventre, Broussard dit Beausoleil qui a illuminé ma marche vers le pays à la tête de mon peuple.

... Son peuple. Pour la première fois, Pélagie s'aperçut que sa famille sortie de Géorgie dans une charrette, rendue en Acadie était devenue un peuple. En dix ans, elle avait raflé à la terre d'exil des tribus entières de ses pays et payses et les avait ramenées à leurs terres par la porte d'en arrière.

Surtout, n'éveillez pas l'ours qui dort...

Rentrez chacun à votre chacunière sur la pointe des pieds et attendez le temps qu'il faut. On a bien attendu en Géorgie, dans les Caroline, en Marilande, et tout le long de la Nouvelle-Angleterre, attendu que passe la première charrette pour y accrocher la sienne. On pourra de même attendre sur le marchepied de son logis que la porte s'ouvre et que la maison se vide. Attendre que la terre se réchauffe, que la mer se calme, que les mémoires s'émoussent. Attendre que les plantes regerment dans les champs et les potagers saccagés.

Alban à Charles à Charles laissa Pélagie poursuivre sa pensée jusqu'au bout. Puis s'essuyant le front, il l'avisa :

— Je sons icitte dans les marais de Tintamarre, qu'il dit. C'est point un endroit pour y creuser des caves ou y planter des piquets de cabanes. Je ferions peut-être mieux de songer à lever le pied.

— Oui, qu'elle fit, monter vers le nord.

— Le sauvage conte qu'y en a plusieurs des nôtres au fond des anses et des baies, dans les bois, à l'abric.

— A l'abric chez eux, en Acadie.

Alban à Charles à Charles baissa les yeux et se tut. Mais Pélagie l'entendit tout de même. Il lui disait que l'Acadie, ça n'existait plus ; qu'il n'y aurait plus désormais que des Acadiens.

Pélagie leva la tête et sourit à Alban Girouard :

— Quoi c'est que ça peut faire ? qu'elle dit. C'est les hommes qui faisont la terre, et point la terre qui fait les hommes. Là où c'est que je marcherons, nous autres, il faudra bien qu'ils bailliont un nom à l'endroit. Je l'appellerons l'Acadie. Par rapport que j'allons la rebâti', tu vas ouère, j'allons la rebâti' à grandeur du pays.

Alban avisa Pélagie, puis leva un sourcil dans un petit hé, hé !

Puis c'est elle qui cria :

— Remettez les charrettes en marche !

Mais quand elle voulut bouger la sienne, elle trouva les quatre roues enfoncées dans les marais de Tintamarre.

Et Pélagie se souvint des marais de Salem.

A Salem, sa charrette s'était arrachée par miracle à la glaise des marais. L'Acadie sortie d'exil était réellement née, comme le premier homme, du limon de la terre. A Tintamarre... Beausoleil arriverait-il à temps pour sauver sa charrette une seconde fois ?

Mais à Salem, c'est surtout Bélonie qui avait sauvé la charrette et Beausoleil, Pélagie le savait, elle l'avait vu... tous les deux, Pélagie et le Vieux, ils avaient offert leur vie en échange de l'autre. Et le ciel les avait entendus... Si, Bélonie, c'est vrai. Beausoleil était sorti vivant de la glaise grâce à lui, le radoteux-ricaneux-conteux. La charrette de la Vie avait vaincu la charrette de la Mort, ce jour-là. Mais aujourd'hui, à Tintamarre...

Elle avait juré à ses aïeux de ramener les siens au

pays. Elle avait tenu parole. Et davantage. Elle avait ramené au pays les racines d'un peuple. Sa charrette en lambeaux avait bien mérité le repos. Elle n'aurait pas le cœur de la réchapper de la bourbe une seconde fois.

... Sa charrette qui fut son logis, son témoin, son frère de combat. Sa charrette qui avait épuisé six bœufs, qui avait franchi un continent, qui avait abrité sa famille, qui avait rescapé un peuple. Sa charrette qui serait son tombeau.

Jeanne Aucoin laissa Pélagie seule à sa rêverie, à sa lutte avec l'Ange, sans se douter que l'Ange était si près.

... Bélonie... je t'entends, Bélonie... je sais... je sais... à Salem, j'ai voulu sa vie au prix de la mienne. Je l'avons tous voulue. Tu m'as point leurrée, Bélonie, je sais ce que tu as fait, je t'ai vu. C'est pour ça que ma charrette a gagné... Parce que ma charrette a gagné, Bélonie, malgré tout, elle a quand même gagné contre la tienne : j'avons atteint le pays. Asteur c'est fini, elle ira point plus loin. Elle a mérité le repos... Tu peux venir, j'ai les reins rongés, mais encore vaillants. Assez pour te rejoindre à pied, Bélonie. Et une fois là, prends garde à toi, je m'appellerai encore Pélagie-la-Charrette, ça s'adoune. Et je saurai y parler, à ta Faucheuse, je saurai y retenir le bras si elle ose le lever trop tôt au-dessus des enfants du pays... au-dessus des familles écartelées et qui cherchont à se rejoindre... au-dessus des navigueux en haute mer emportés par le reflux.

... T'en fais pas, Joseph Broussard dit Beausoleil, t'en fais pas... chaque nuit les étoiles brilleront pour guider ton quatre-mâts, les vents du large chaque matin gonfleront tes deux douzaines de voiles, et le soir, les outardes et les goélands chanteront pour toi... pour toi seul... t'en fais pas, Beausoleil...

... Asteur tu peux te montrer, Bélonie. De toute manière, je t'entends déjà. Je reconnais le grincement des
roues et le sifflement du fouet qui fend l'air... j'ai
l'accoutumance de la mouvange des charrettes, ils me fe-
ront point des accroires, à moi. Et mets-toi dans la tête,
Bélonie, que la Pélagie s'en ira point, elle, se cacher dans
les bois, comme les loups, mets-toi ça dans la caboche.
Elle grimpera sans se tenir par la rampe dans ta charrette,
le pied gauche le premier pour la chance, debout, droite,
sans se revirer la tête... les yeux grands ouverts.

A l'aube, c'est le cri de Catoune qui réveilla les charrettes. Un cri qui fit onduler les foins salés des marais
de Tintamarre.

On enterra Pélagie le jour même dans les restes de sa
charrette. Madeleine s'était souvenue des paroles de sa
mère à la mort du vieux Charles à Charles Giroué... Ma
charrette, qu'elle avait dit, je la laisserai timber en morceaux le jour où il me faudra des planches pour dresser
ma croix sur ma tombe. Une croix unique dans les marais de Tintamarre, berceau du pays, là où étaient
tombées ensemble Pélagie et sa charrette.

Le lendemain accosta le capitaine Broussard dit
Beau-soleil. Il était arrivé trop tôt à Charleston, à Philadelphie, à Salem, Pélagie n'avait pas encore achevé de
rentrer son peuple en Acadie. A Tintamarre, il arriva
trop tard. Et il reprit la mer, le capitaine, avec son géant
et son Fou, dans un quatre-mâts sans pavillon ni port
d'attache, absurde, intrépide, héroïque, planant comme
les alcatras sur le faîte des lames, filant vers un horizon
impossible, vers des terres perdues, entrant debout par
la grande porte dans la légende de son pays.

Célina regarda s'évanouir la *Grand' Goule* et son
capitaine.

— Cestuy-là qu'est sorti une fois de la charrette de la Mort, y mettra plus jamais les pieds, qu'elle dit.

Et tout le monde comprit que la défricheteuse venait de l'immortaliser.

Puis elle se détourna la tête de la mer et suivit vers le nord Madeleine et les fils de Pélagie.

C'est tout près dans la vallée de Memramcook qu'elle abattrait son premier arbre, Madeleine LeBlanc, sous le regard ahuri de son homme et de ses frères qui n'en croient point leurs yeux... Allez, flancs-mous, c'est icitte que je nous creusons une cave et que je nous bâtissons un abri !... Madeleine, digne rejeton de la charrette par la voie des femmes.

Et les charretons s'en furent aux quatre horizons de la terre de l'ancienne Acadie, poussés par des vents du sud, du suète, du suroît, du noroît, du nordet, grimpant le long des rivières, sautant d'une île à l'autre, s'enfonçant au creux des anses et des baies.

C'est ainsi que les Cormier aboutirent en haut de la rivière de Cocagne et se marièrent aux Goguen et aux Després...

... que les Bourgeois firent souche aux abords du Coude...

...les Allain, les Maillet et les Girouard sur la baie de Bouctouche...

... les Léger à Gédaïque dit Shédiac...

... les Godin, les Haché et les Blanchard plus au nord, jusqu'à Caraquet et l'île Miscou...

... les Belliveau et les Gautreau à Beaumont, lorgnant déjà la baie Sainte-Marie juste en face...

... les Poirier à Grand-Digue...

... les Bordage et les Richard à Richibouctou...

... les Robichaud au Barachois...

... les Basques dans les îles et à la pointe des dunes...

... et des bribes de LeBlanc partout.

La Célina agitait les bras aux charrettes qui disparaissaient les unes après les autres derrière les foins sauvages de Memramcook. Et encore un coup c'est elle, la défricheteuse de lignage et de parenté, qui eut le dernier mot :

— Je crois bien que c'te fois-citte, la Déportation est bel et bien finie et que c'est la Dispersion qui commence. J'ai comme une idée, moi, que de tout ça je verrons point de sitôt la fin.

Puis elle tourna brusquement la tête pour constater qu'elle ne voyait plus le nègre, l'esclave du bon Dieu !

... Mais il riait de toutes ses dents blanches, le nègre, durant ce temps-là, t'en fais pas, la boiteuse. Car là-bas, dans les bois de la vallée Saint-Jean, il avait suivi le sauvage qui le coiffait déjà des plumes de sa tribu avant de le présenter à son chef qui voyait un Noir pour la première fois. Pour la première fois, un Peau-Rouge ne pouvait pas appeler l'autre Face-Pâle. Et il en resta perplexe, le chef sauvage, apparence.

Et Catoune ?

Les charrettes ont cherché Catoune par les marais de Tintamarre, et l'ont attendue deux jours, comme jadis en Géorgie. Mais cette fois en vain. Elle n'est pas sortie des foins sauvages. Elle n'a pas répondu à l'appel de Madeleine, de Célina, de Jeanne Aucoin, elle n'a pas répondu aux cris des charrettes. Mais trois générations ont juré plus tard que depuis la tombe de Pélagie, Catoune a répondu à l'appel de l'Acadie. Car durant un siècle on a pu entendre chaque nuit de grand vent la voix de Catoune chanter dans les marais de Tintamarre.

Certains prétendent qu'ils l'entendent encore à l'heure qu'il est.

Epilogue

Au dire du vieux Louis à Bélonie, mon cousin, l'Acadie qui sortait du bois un siècle plus tard, ébauhie, ébouriffée, haletante, reniflant l'air et le temps, cherchant à transplanter dans la terre grasse des côtes les plants vivaces arrachés aux racines de la forêt, levant la tête et biclant au soleil et se crachant dans les mains et huchant à son voisin par-dessus le clayon de la clôture de prendre garde à lui... au dire du vieux Louis, cette Acadie-là qui sortait du bois en riant des yeux et en roulant sur les rrrr... ne se serait point mariée en blanc.

Les outardes étaient rentrées, les marées hautes avaient lavé les herbes de dunes et les foins de prés, on pouvait larguer les bêtes au champ. On pouvait sécher l'hiver sur la corde, et s'éventer la mémoire et les sentiments. Un siècle avait passé sur l'Acadie cachée au fond des bois et qui n'avait pas dit un mot durant cent ans.

... N'éveillez pas l'ours qui dort.

Mais en 1880, cent ans après son retour d'exil par la porte arrière et sur la pointe des pieds, l'Acadie sortait sur son devant-de-porte pour renifler le temps et s'émoyer de la parenté. De toutes les anses, et de toutes les baies, et de toutes les îles, on sortait la tête et dressait l'œil.

Et c'est alors qu'on se reconnut.

Ceux de Grand' Digue huchaient à ceux de Cocagne qui criaient à ceux de Bouctouche qui faisaient dire à ceux de l'île du Prince-Edouard qu'on avait déniché des cousins dans le Nord-Est qui s'appelaient Lanteigne, Cormier, Landry, Godin, comme tout le monde. Et ceux-là à leur tour s'étiraient le cou hors de leur abri, avisaient le Sud et agitaient les bras vers ceux de Shédiac et de Memramcook qui répondaient qu'on avait trouvé de la parenté dans l'île du Cap-Breton, à Pubnico et tout le long de la baie Sainte-Marie, en ancienne Acadie.

Oui, on était rendu jusque-là.

Sur les rives de la baie Française dite Fundy, aux abords du bassin des Mines, quasiment à la porte de Port-Royal. Et tant pis s'il s'appelait dorénavant Annapolis. On était quand même rendu là. Sans le faire exprès.

Seul Grand-Pré restait désert, isolé, muet comme un temple antique hanté par ses dieux. Tel que l'avait prédit Pélagie.

Sans le faire exprès.

Comme une roue de charrette, comme le timon d'un bâtiment, l'Acadie nouvelle avait lancé aux quatre coins du pays les rayons de sa rose des vents, sans s'en douter. Elle avait joué à colin-maillard avec le destin et avait fini par labourer tous ses champs et replanter ses racines partout.

Sans le faire exprès.

Et voilà qu'un jour, elle s'entendit interpeller à la fois du suète, du nordet et du suroît :

— Salut, Théophile à Pacifique à Pacifique Bourgeois !

— Salut Jean à Maxime à Maxime à François à Philippe Basque !

— Salut David à Gabriel à François Cormier, de la branche des Pierre à Pierre à Pierrot !

— Salut Alban Girouard, fils d'Alban, fils de Jean, fils d'Alban à Charles à Charles !

— Salut, beau jars de Charles-Auguste !

— Salut, Louis à Bélonie à Bélonie à Thaddée à Bélonie-le-Vieux Maillet, le radoteux !

— Salut, Pélagie-la-Gribouille, fille à Pélagie à Madeleine à Pélagie-la-Charrette, salut !

— Grouillez-vous, bande de flancs-mous ! Personne viendra vous nourrir à la louche ni vous border au lit. Aveindez-vous de vos trous et venez prendre votre place au soleil. Les outardes rentrent du sû, on peut commencer à remuer la terre et jeter nos seines à l'eau. Sortez, flandrins, le temps est au beau.

Le temps était au beau en 1880, Bélonie lui-même le dit. Dépêchez-vous ! Il ne fallait point partir en retard encore un coup.

Le pays avait un siècle à rattraper.

Bouctouche, le 23 juin 1979,
en cette année du 375e anniversaire
d'Acadie.

Dans la collection
Les Cahiers Rouges

Robert Dreyfus	*Souvenirs sur Marcel Proust*
Alexandre Dumas	*Catherine Blum*
Alexandre Dumas	*Jacquot sans Oreilles*
Umberto Eco	*La guerre du faux*
Ralph Ellison	*Homme invisible, pour qui chantes-tu ?*
Oriana Fallaci	*Un homme*
Ramon Fernandez	*Molière ou l'essence du génie comique*
Ferreira de Castro	*Forêt vierge*
Ferreira de Castro	*La mission*
Max-Pol Fouchet	*La rencontre de Santa Cruz*
Georges Fourest	*Le géranium ovipare*
Georges Fourest	*La négresse blonde*
Jean Freustié	*Proche est la mer*
Carlo Emilio Gadda	*Le château d'Udine*
Gabriel García Márquez	*L'automne du patriarche*
Gabriel García Márquez	*Chronique d'une mort annoncée*
Gabriel García Márquez	*Des feuilles dans la bourrasque*
Gabriel García Márquez	*Des yeux de chien bleu*
Gabriel García Márquez	*Les funérailles de la Grande Mémé*
Gabriel García Márquez	*L'incroyable et triste histoire de la candide Erendira*
Gabriel García Márquez	*La Mala Hora*
Gabriel García Márquez	*Pas de lettre pour le colonel*
Gabriel García Márquez	*Récit d'un naufragé*
David Garnett	*La femme changée en renard*
Gauguin	*Lettres à sa femme et à ses amis*
Maurice Genevoix	*La Boîte à pêche*
Maurice Genevoix	*Raboliot*
Natalia Ginzburg	*Les mots de la tribu*
Jean Giono	*Colline*
Jean Giono	*Jean le Bleu*
Jean Giono	*Mort d'un personnage*
Jean Giono	*Naissance de l'Odyssée*
Jean Giono	*Que ma joie demeure*
Jean Giono	*Regain*
Jean Giono	*Le Serpent d'Étoiles*
Jean Giono	*Un de Baumugnes*
Jean Giono	*Les vraies richesses*
René Girard	*Mensonge romantique et vérité romanesque*
Jean Giraudoux	*Bella*
Jean Giraudoux	*Églantine*
Jean Giraudoux	*La menteuse*
Jean Giraudoux	*Siegfried et le Limousin*
Jean Giraudoux	*Supplément au voyage de Cook*
Ernst Glaeser	*Le Dernier Civil*
William Goyen	*Savannah*

Cet ouvrage a été réalisé par

FIRMIN DIDOT

GROUPE CPI

Mesnil-sur-l'Estrée

pour le compte des Éditions Grasset
en novembre 2002

Imprimé en France
Dépôt légal : novembre 2002
N° d'édition : 12500 – N° d'impression : 61579
ISBN : 2-246-08204-8
ISSN : 0756-7170